名門庶女 6

不游泳的小魚 著

風文創 077

目錄

第七十九章

回到艙裡，錦娘就感覺肚子餓，想讓張嬤嬤安排些點心來吃。張嬤嬤這幾日也是有些暈船，不過，好在忠林叔倒是將她照顧得很好，拿了些解暈的藥物給她吃了。

正要送飯給少奶奶，沒想到少奶奶倒是尋到了廚房裡，她笑瞇了眼。「這兩日少奶奶可是很容易餓啊。」

錦娘聽了臉色微紅。她自己也不知道，為什麼又嗜睡又極容易餓，攀了張嬤嬤的手就看向她手裡的食盒。「今兒有什麼好吃的，在船上待了這許多日，好久都沒吃青菜了。」

「今兒有青菜，放心吧，餓了就快些吃吧，一會兒早早歇了。」張嬤嬤疼愛地看著錦娘。她如今也能感受得出，為何秀姑那樣木的人，到了關鍵時候，肯豁出命去保護少奶奶了。少奶奶很真誠平和，很尊重人，沒有半點主子架子不說，還對人實心得很，心腸也軟，就是知道下人們犯了一些小錯，只要不是太過分，她都一律放過，自己雖然只與她相處幾個月時間，卻也被她真心打動，願意全心相待。

張嬤嬤送錦娘回寢艙用飯，錦娘胃口很好，吃了兩大碗米飯，還喝了一碗燕窩，幾個小菜也被吃得七七八八。吃完後，豐兒服侍她淨了面，她便眼沈沈地又要往床上膩，張嬤嬤不由皺了眉道：「少奶奶沒覺著最近有點不一樣嗎？不是病了吧？」

錦娘懶懶地歪在大迎枕上，張嬤嬤的話卻是聽進去了，怔了怔道：「也沒啥，就是特想睡，易餓，提不起勁來。明兒到了岸上，請大夫瞧瞧去吧，應該不會是什麼大事。」說著，又打了個呵欠，一副昏昏欲睡的樣子。

張嬤嬤皺著眉頭尋思了一會子，突然眼睛一亮，一把握住錦娘的手道：「少奶奶的信期是不是好久沒來了？」

錦娘聽了，迷迷糊糊地歪頭想了想，咕噥道：「好像是沒來，好幾十天了，該來了才是啊……不過，我的月事常不準的，這也沒什麼。」

「上回吃了劉醫正的藥，您可是好很多呢，奴婢可是注意著這事。少奶奶，按您現在這副樣子，怕是有了呢！」張嬤嬤欣喜萬分地對錦娘大聲說道。

錦娘聽得一震，驚得瞌睡全沒了，正經地坐直了身子，不可置信地看著張嬤嬤，喃喃道：「不會吧，怎麼就有了？我還小呢，張嬤嬤，怎麼辦，我……我下月才是十五呢，不會真有了吧？」這個身子雖然在簡親王府裡調養得不錯，比起剛來那會兒可要豐滿高䠷得多了，可錦娘的心裡還是很排斥懷孕的，至少是排斥在現在這個危險重重的時候懷孕。可是這個時代，又不能隨便吃避孕藥，而且，王爺王妃幾個是眼巴巴地瞅著自己的肚子，巴不得自己快些給他們生個小孫子才好，自己真要去弄那避孕藥吃，王妃第一個就不饒……

「說什麼傻話呢，都嫁過來半年多了，那可是不得了呢，十五可不小了啊，奴婢那會子生我家大小子時，也正是少奶奶您這個年紀。劉姨娘生世子爺時，也是您這個年紀呢。您啊，人家有了身子只會喜得不得了，瞧您這是啥表情？一會兒少爺看到怕又得罵了。」張嬤嬤笑呵呵地瞋了錦娘一眼道。

「可是，如今處處都是危險，我怕……怕保不住呢。大夫沒確診，保不齊就沒有呢，我先不想這事，好生睡覺才是。張嬤嬤，您可千萬先別說給少爺聽了。」錦娘自我安慰地對張嬤嬤道，一轉頭，看見豐兒也是一臉傻笑地看著自己，便輕喝道：「豐兒，妳最是喜歡在少爺跟前嘰歪了，可記住了，絕對不可以將這事給露出去，不然，仔細妳的皮了。」

豐兒不贊同地嘟囔道：「少奶奶真是冤枉，奴婢的心可是向著少奶奶的，哪裡就在少爺跟前嘰歪了，說得奴婢好傷心。」說著，就一副委屈得要哭了的模樣。

「妳就裝吧，別以為我看不出來啊，妳就是妳家少爺的小眼線，少奶奶我一點子小秘密全被妳洩漏了，妳還裝。妳如今是有少爺給妳撐腰了，不怕少奶奶我了是嗎？」錦娘佯裝發火，戳著豐兒的腦門子說道。

「哈哈哈，難得少爺也有這份小心思呢。少奶奶，您也別怪豐兒了，豐兒可是專門服侍少爺的，她對少爺忠心可沒錯，再說了，您可是少爺的人，少爺對您可是含在嘴裡怕化了，捧在手心裡怕摔著，他不過是關心您呢。」張嬤嬤就在一旁打圓場，看錦娘懨懨的又要睡，倒是過來幫她安置。豐兒含笑看著這幾日越發不講理的錦娘，也過來服侍著，卻是小聲對張嬤嬤道：「指不定真是有了，以前脾氣可沒這麼大呢，我聽老一輩的說，懷著身子的主子脾氣比平日裡可大了不少呢。」

張嬤嬤聽了也戳她，笑罵道：「當著她的面說這話，小心她真要揭了妳的皮去。」

「嘻嘻，她捨不得的，不過就是過過嘴癮，嚇嚇我而已。再說了，我可是少奶奶的陪嫁，那說不得的，我可真不會說，平日裡打個小報告，不過是寬下少爺的心罷了。您也不是不知道，少爺那顆心啊，全繫少奶奶身上，沒事就揪著心，我看了也過意不去啊。」

到了江華境內，大船靠岸，冷華庭帶著錦娘上了岸，改乘馬車而行。自京裡來的兩隊侍衛護衛在馬車兩側，冷謙、冷遜兄弟二人一左一右地騎馬跟著。行裝打點齊整後，車隊慢慢前行，到了離江華縣城三十里處，果然看到有一座高大的山峰，官道也變得狹窄起來。

侍衛們提高了警覺，抽刀在手，緊張地守在幾輛馬車前。行進到山路裡時，突然自兩側山林裡有咻咻冷箭齊響，一抬眼，那鐵箭如雨般射向車隊人馬。侍衛大驚，揮刀連舞，擊落不少箭枝，但仍有不少人中箭落刀，一時馬嘶人叫，亂作一團。冷謙幾個飛劍護著馬車，但那箭矢的目標不是馬車裡的人，而是周圍的護衛，一時，他們兩個反顯得輕鬆得很。看著周邊的護衛受傷不少，冷謙心中一急，大喝著讓眾人下馬躲避，自己縱馬揮刀，救了不少侍衛。

但那箭雨越來越密，冷謙突然棄車向來路而逃，臨走時，對侍衛領隊道：「走吧，護不了了！」

那侍衛領隊聽得一怔，正要喝斥他這種臨陣脫逃的行為，已經有不少侍衛也跟著冷謙往來路上逃去。人在危機時，想得最多的還是自己的命，侍衛領隊想要喝止，也是無用，回頭再看馬車邊，太子殿下派來的冷遜冷大人也早已不知所蹤，馬車裡只聽得一陣女人的哭泣，侍衛領隊見了正要過去救人，卻沒想到馬後被人大抽了一鞭，馬兒再不遲疑，揚起蹄子就向來路跑。

一時間，除了受傷倒地的幾個侍衛外，只剩下幾輛孤零零的馬車。林間的箭終於消停了，不多時，便自兩邊山林裡衝出兩隊人馬，將馬車團團圍住。

為首的是一名身材高大的中年男人，一臉絡腮鬍子，兩隻細小的眼睛陰鷙地看著停在路上的馬車。

他帶著人衝向最大的那一輛馬車，大笑兩聲。「哼，這織造使大人可真是個硬扎子，老夫費了幾番功夫都功敗垂成，這一回，你再逃不掉了吧？」說著，掀開車簾子一看，卻是大驚。裡面哪有半個人影？先前看著上了馬車的一對年輕夫婦此時杳無蹤跡，他臉色立變，大呼道：「中計了！快撤！」

話音未落，自官道兩端便衝過來大隊整齊的軍士，為首的正是江南總督。那絡腮鬍子見了，一臉死灰。沒想到計劃如此周詳，卻落入別人的圈套。正想要再上山頑抗，那邊江南總督帶著江南大營的軍士已經殺將過來，而方才逃跑出去的冷謙又帶著侍衛堵了去路，一抬頭，山上也飄著江南大營的軍旗，退無可退，只能硬拚。

但他帶的這些江湖殺手平日裡手段再狠，遇上了正規的軍隊也是不堪一擊，又加之在人數上占了絕對的劣勢，冷謙、冷遜兄弟二人武功精湛，左突右衝之間，不過幾個回合，便將他帶來的人馬殺了個七、八。江南總督白忠齊手持一桿銀槍，直衝向絡腮鬍子，也是幾個回合便將他挑於馬下，軍士上前便將他綁了。

一場戰役前後不過半個時辰，只是損傷了幾名侍衛而已，卻活捉了賊首，也算是大獲全勝。白總督又命人將整個黑峰嶺掃蕩了一遍，將聚集在山上的黑鯊幫剿滅乾淨，這倒讓當地的老百姓拍手稱快。這一帶地勢險要，又是自京城到江南的必經之地，盜匪猖獗，不少百姓商人常被搶掠，當地地方官雖是帶兵圍剿過，但像家貓抓家鼠，每次總又留下幾隻。而盜匪中，勢力最大的便是黑鯊幫，如今江南總督大人親帥軍隊而來，那些賊眾再無遺留的可能，終於還黑峰嶺一個太平世界了。

而當此時，幾輛民間馬車才悠悠地自官道上而來。白晟羽騎在馬上，護在中間一輛最大的馬車邊，看著前面正在打掃的戰場，嗔道：「妹夫啊，如此激烈的戰鬥你竟然不讓姊夫我過過手癮，太過分了。」

「你一文官，沒事總想著打打殺殺做什麼，小心三姊再不喜歡你就是。」馬車裡就傳來錦娘嘻笑的聲音。

「唉呀，姊夫我文武雙全，妳三姊姊只會更喜歡，哪裡有嫌棄之理？」白晟羽得意地對錦娘道。

「才不是呢，三姊性子可是溫婉得很，最見不得打打殺殺了，她喜歡儒雅又書卷味濃的男子喔。」錦娘一聽，越發胡掰了起來。

「就妳話多，小心躺著別亂動，方才還懶怠得很，這會子又來勁了。」錦娘還想要多調侃白晟羽幾句，身子被冷華庭一扯，勾了回去，頭上挨了一記敲。

她也不氣，呵呵笑著閉目偎在他懷裡養神，喃喃道：「好累啊，再過幾日便到了吧？這路還真遠呢，都走了快一個月了。」

「累了就到總督大人府上去歇幾日。到了江華，過去便是子規縣境，那裡便是基地了。」冷華庭寵溺地捏著她的鼻尖哄道。

錦娘也不知道江南總督是誰，不過不用再趕路，可以歇幾日總是好的。這馬車可實在是太顛了些，等一到基地，什麼都放下，要努力先改造改造馬車才行，不然回去時，還不又得顛了半條命去？

「總督大人就在前方，妹夫，我先去見個禮，你隨後下車吧。」白晟羽在外面說道。

「嗯，那有勞姊夫。」

戰場收拾乾淨，白總督大笑著騎馬過來。他一副容長臉，四十幾歲年紀，因著長年領兵，身上便有股軍人的威嚴之氣，性子卻極是爽朗，也不拘小節。

「晟羽拜見叔父大人。」白晟羽下了馬，單膝點地，舉手一拱，行了個大禮。

「賢姪，快快請起，叔叔面前不用多禮。大哥身體可好？」白總督笑著一翻身，自馬上躍下，大步過來將白晟羽扶起。

白晟羽起身笑著與總督大人聊了些家常，回頭一看，冷華庭已經下了馬車，正推輪椅而來。白總督笑著迎過去，上下打量了一番冷華庭道：「多年不見，小庭果然越發清俊了，怪不得太子殿下心心念念著要為叔好生照顧你，咱們大錦第一美男，還真不是吹的啊！」

冷華庭怎麼也沒想到一身粗豪的白大總督，見了自己的第一句話便是調侃自己的相貌，原本淡定從容的臉上立即泛起一絲異樣的粉紅，無奈又頭痛地心中腹誹太子。真是的，都離你那麼遠了，你還不肯放過我，等明兒當著太子妃的面，非要跟你假戲真做一番，看你如何面對性子剛烈的太子妃！

「白叔，您怎麼也與太子一個德行，小庭可是多年未見過您了，您就不能換句話說嗎？」冷華庭看著白大總督，氣苦地說道。

白總督聽了就大笑起來。「世叔不過是跟你開個玩笑啊！走，難得來一趟，去世叔家裡歇幾日。晟羽啊，你成親，為叔公務在身沒法子去京裡，你可莫怪啊。」

白晟羽躬身一揖道：「叔叔這是哪裡話來，您可是封疆大吏，江南又是國之重地，當然不能離開了，小姪明白得很的。」

此時，軍士將那絡腮鬍子提了過來，白晟羽就歪著頭看那絡腮鬍子，上下左右地打量一番，冷華庭看了便笑道：「三姊夫，你去扯了他的鬍子就是，如此看，怎麼看得清楚啊？」

那絡腮鬍聽得一震，腦袋下意識就往後仰。白晟羽哈哈大笑著走近那人，盯著他的眼睛道：「你是怕我扯你的鬍子，還是怕我撕下你這張偽裝的臉皮呀？」

那絡腮鬍子眼裡立即露出驚惶之色，低了頭，不再看白晟羽。

白晟羽笑著隨手一揪，果然就扯下一撮鬍子，露出裡面黝黑的皮膚。白晟羽再接再厲，自他耳根處一扯，連鬍子帶皮一起揭了下來，那絡腮鬍子頭低得更低，似乎要將腦袋藏到衣領子裡去。

冷華庭看著他被扯得通紅的臉，覺得有點熟悉，但他的頭垂著，看不到面相，白晟羽見了便扯住那人的頭髮往後一提，一張白淨的中年人的臉便露了出來。

冷謙見了，倒抽一口冷氣。「是二老爺身邊的長隨，冷榮！」

冷華庭滿意地點了點頭，道：「果然是跟二叔有關係。沒想到，二叔竟然真的與西涼勾結。冷榮，你倒是潛得深，這麼多年，愣是沒看出你有一身好本事啊？」

冷榮聽了拚命扭著頭，無奈頭髮被白晟羽扯住，動不了，眼裡就露出蠻橫之色。

白總督面色嚴峻地說道：「此人真是你二叔的長隨？」

「正是，他在東府裡生活了幾十年，我怎麼會認錯？阿謙也是認得的，確實是二叔身邊最得力的人。」冷華庭陰戾地看著冷榮道。

「那此案可就牽涉大了，可不僅僅只是個謀殺朝廷命官之罪。賢姪，你說先前曾害過你們的是西涼國人，此人也一定與西涼有勾結，這可是通敵叛國的大罪。」白總督沈著臉說道：「此乃要犯，現在趕緊回總督衙門，咱們立刻就審，以免夜長夢多，出現其他意外。」

冷華庭自是同意，軍士拖著冷榮就走。冷榮回頭看了冷華庭一眼，冷笑道：「你不要妄想在我這裡得到半點信息，今日被你這殘廢施了詭計抓到，又被識破……此事乃冷榮一人所為，不關二老爺的事，只怪蒼天無眼，讓冷榮功敗垂成……」

他話還未落，冷華庭突然自輪椅上縱身飛起，手指在他身上連點數處，一個漂亮的回轉，又回到了輪椅上。

冷榮一臉僵木，臉也脹得通紅，眼睛赤紅地瞪著冷華庭。

「知道你備有西涼毒藥，本少爺好不容易抓到你，又豈會讓你輕易自殺呢？這麼重要的證人，若是死了，那就太可惜了。」冷華庭輕蔑地看著冷榮，轉頭又對白總督說道：「世叔，他牙齒裡藏有毒藥，我點了他幾處大穴，就算他不要命地自己衝關，估計至少也得三個時辰才能解開，趁此時，先將他身上的毒藥全都搜盡才是。」

白總督聽得一頭大汗。如此重要的證人若是死在自己手上，自己可是要擔重責的，幸虧冷華庭眼明手快，不然，一件大功便會成為大過啊。

他也不急著回衙了，命人就地將冷榮全身搜了個遍，但冷榮的牙關緊合著，打不開。冷華庭冷笑道：「放心，他會寫字，只要留著一隻右手寫供詞就成，至於牙齒嘛……」說著一頓，回頭對忠林叔道：「把他嘴裡的毒丸取出。」

白晟羽便上前去掐住冷榮的下頷，將他的嘴撬開，忠林叔在他牙關裡看了一下，用手指摳出一小粒蠟丸，回頭對冷華庭一點頭。

白晟羽鬆了手，卻對一旁的軍士道：「織造使大人的意思是，怕他以後還咬舌自盡，乾脆將他牙齒全都打落好了。」

白總督聽著也點頭，道：「就按織造使大人的意思辦吧。」

一名軍士毫不猶豫地就拿支鐵棍，幾下便將冷榮的滿口白牙全都敲落，痛得冷榮青筋直暴，雙目更加陰狠地看向冷華庭。

冷華庭懶懶地對白總督一拱手。「小姪先回馬車。」

白總督揮揮手，冷謙推了冷華庭上了馬車，大隊人馬浩浩蕩蕩地就去了總督府。

冷華庭回到馬車時，卻看見錦娘又睡著了，不由無奈地一笑，將錦被給她蓋嚴實了些，又怕山路太顛，她的身子亂晃會撞著頭，小心地將她半摟進懷裡，自己也偎著她閉目養神。

錦娘睡得迷迷糊糊的，等冷華庭推她起來時，她才醒來，睜著惺忪的睡眼道：「相公，賊人都抓走了？」

冷華庭不由敲了下她的腦門。「妳是怎麼了，成天像隻小豬一樣，老要睡，一會兒到了白世叔家裡，得找個大夫瞧瞧，莫不是病了啊？」

錦娘聽得一怔，秀眉微蹙了蹙，趴進他的懷裡，仰起小臉，期期艾艾道：「那個……相公……那個……我好害怕。」

冷華庭以為她是被前陣子的暗殺給嚇到了，忙哄道：「別怕，過了江華就到基地了，咱們先在白世叔家裡歇幾天，太子的人馬明日就能聯繫到，賊人想害咱們，可沒那麼容易呢。再說了，有我在，不會讓妳受半點傷的。」

錦娘聽得一頭黑線。人家怕的不是這個好不，一時要說出口的話，反而有些遲疑了。要不要現在就告訴他呢？也許不是真的懷孕了，現在說給他聽，若不是的話，他會不會很失望？

見她低頭沈思，冷華庭以為她心裡還在擔憂，俯身在她額前親了一下。「下車吧，總督府到了。」

錦娘於是按下心思，跟著下了車。

白家很大，江南地廣，不像京城，寸土寸金，府院構建也與京城不一樣，這裡是典型的江南風情，院中亭臺樓閣，小橋流水，假山壘石，迴廊畫棟，布局精巧，極富靈氣與秀麗，一走進來，便有如臨仙境之感。錦娘深深地被眼前的美景吸引住，眼睛忍不住留連在園中各處精妙的景致上，以致白夫人帶著女兒幽蘭迎過來時，她還沒有回過神。

「這不是世媳嗎？是不是很喜歡這江南庭院呢？」白夫人是個溫婉秀美的女子，遠遠就見錦娘睜著一雙清亮的大眼四處觀望，一副陶醉其中的樣子，不像一般的大家閨秀嬌羞持禮，倒顯得落落大方。

「呃……拜見叔母。」錦娘忙福身恭敬行禮。

「免禮，請進，只當此處是自家便好。」白夫人笑道，拉過身後的女兒幽蘭，介紹道：「此乃小女幽蘭，小名七七，她早聞世媳在京才名，聽說世媳要來，幾天前便盼著呢。」

錦娘這才看到白夫人身後一個清麗嬌小的女子，只見她眉如遠黛，目若杏仁，鼻似懸膽，唇如朱櫻，肌若凝脂，瓜子形的小臉上，一顰一笑中，兩個梨渦若隱若現，最是那雙明眸似喜還嗔，如濛上了一層煙霧，錦娘腦子裡立即浮現出紅樓夢中秦可卿的模樣來，真是個典型的江南美人呢。

她正看得起勁，卻不知，那幽蘭此時一雙如水含煙的眸子似羞似怯地偷偷膩在她那妖孽相公身上。

冷華庭與白總督一同進門，與錦娘倒離得有一段路，男客是要被迎進外院花廳的，而女客自然是要迎進二門，只是冷華庭一直不是很放心錦娘，所以，總一前一後地跟著，邊與白總督閒聊，一雙眼時不時地就關注著他那愛打瞌睡的娘子，像是怕她走在路上都會睡著似的。

而正好，白幽蘭一到二門，便看到了正坐在輪椅上緩緩而來的冷華庭。她長這麼大，還是頭一回看到如此俊美的男子，自小，府裡上下和親戚朋友全都誇她是大美女，幽蘭自傲的同時，對其他女子也確實有些看不上眼，加之在江南之地又小有才名，更是眼高於頂，不過今日一見，才知天下比自己更美的不但有，而且是美到了極致，最讓她自慚的是，那個人竟然還是個男子。

「幽蘭妹妹好美啊。」錦娘由衷誇道。

「那個人更美。」幽蘭眼光仍在冷華庭身上錯不開，錦娘誇讚她時，她也是下意識地由衷讚道。

錦娘聽了這才回頭，看到自家相公正皺了眉瞧著自己，眼光裡含著嗔意，她心裡一噤，趕緊看自己周身似乎沒有什麼不妥，回頭再看，才發現幽蘭的一雙美眸膩在冷華庭身上。那廝最是討厭這樣，不由在心裡嘆了口氣。沒事長那麼妖孽做什麼，連如此嬌美的女子都自嘆美貌不如人，真是害人不淺啊，害人不淺。

「不過是個臭男人，哪裡跟幽蘭妹妹相比啊。」錦娘含笑大聲說道。誰教你沒事就瞪我，人家被你外表吸引又不能怪我是吧？

幽蘭聽得一怔，總算將目光自冷華庭身上移到錦娘臉上，一看之下，目光變得清明和冷傲起來，卻是對白夫人道：「娘，這就是含煙妹妹說的那位世嫂嗎？」

「正是，妳不是心心念念地說要見見這位，一首〈梁祝〉震驚京城的那位世嫂啊。」白夫人有些無奈女兒的失禮。

「……簡親王的嫡媳，聽說，妳的相公身有殘疾……就是那位公子？」幽蘭似乎才明白錦娘的身分，小聲疑惑地說著，轉而又瞪大了眼睛，一手指了指冷華庭，又指向錦娘，一副不可思議、野草長在金窩上的味道。

錦娘見了不由氣苦。自己好歹也是清秀佳人，以前身子單薄一些，這半年養好了後，也算是秀眉清目、小巧美人一個了好不好？明明是隻小孔雀，可只要那妖孽在，自己便變成了小烏鴉，不公平！

不過面上還是淡定又大方。「幽蘭妹妹所指正是錦娘相公，他腿腳確實不太便利。」幸好那妖孽賴在輪椅上不肯下地，不然，若讓眼前的美女看向他修長偉岸的身材，那飄飄出塵的儒雅氣質，只怕更會弄得五迷三道的，像玉娘一樣發癡。這裡可是總督大人的地盤，總不能又讓那廝拿東西砸人吧。

「啊，幽蘭見過世嫂。」白幽蘭總算是收拾了心思，正式地給錦娘行了一禮。

「妹妹客氣。」錦娘含笑回道。

「那曲〈梁祝〉真是嫂嫂所作嗎？」幽蘭邊走邊問，一副不太相信的樣子。沒辦法，見過冷華庭後，便覺得天下女子都變得普通了，總認為眼前這個看似與自己差不多年紀的女子配不上那個如謫仙一般的男子。

「正是。怎麼，妹妹也聽過嗎？我記得，只是在裕親王府彈奏過一次而已。」錦娘突然就想到那夜在驛站聽到的簫聲。那人究竟是誰，〈梁祝〉曲調婉轉複雜，那人只是一遍便記住，且比自己更加多了一絲無奈悽惋之感，倒與原曲意境更合，而且此處乃是江南，離京千里迢迢，怎麼可能傳到了此處？

幽蘭聽了倒是眼睛一亮，卻是有些不服氣道：「嗯，這兩日倒是天天聽呢，不過，真的是嫂嫂最先彈奏的嗎？」

「天天聽？是彈琴還是吹簫？」錦娘關心的就是這個。保不齊那個吹簫之人就在此處呢？那人要嘛就是裕親王府裡見過的，要嘛便會和自己一樣來自現代……錦娘心裡有些迫不及待想要見到那人。

「咦，嫂嫂知道青煜哥喜歡吹簫？他那一管玉簫聽說還是太子殿下所賜呢。」幽蘭此時已經恢復一副小女兒模樣，天真中透著些許傲氣，談到冷青煜，聲音便變得輕快起來。

冷青煜?!竟然是他會那首曲子？那個裝懶的討厭小子？錦娘聽了不由洩了氣，滿腔的期待一時成了泡影，臉上便帶出一絲不屑來。幽蘭看了便不喜，嬌聲道：「莫非嫂嫂不信嗎？妹妹認為，天底下怕只有青煜哥哥吹的〈梁祝〉才是最好聽。」

錦娘聽得微怔，抬眼看幽蘭，見她說冷青煜時，那如煙似霧的翦水雙瞳變得極亮，心裡便有些了然。那個討厭的裝懶小子肯定擄獲了這位嬌美的總督千金的芳心了。

不過，沒想到那小子於音律還有一套，將那曲子奏得如泣如訴啊，可是，這與自己又有什麼關係？錦娘很快便不願再想，她走著走著又有些困頓了，很想睡。

白夫人也看出她精神不太佳，便笑道：「一路風塵，世媳定是疲累了吧？一會子先用過晚餐，再去歇息吧。」

錦娘對白夫人的體貼很感激，笑著福了禮道：「多謝叔母，打擾了。」

白夫人將她先帶到花廳用餐。白總督原是要將男女賓分院而招待的，但冷華庭很是不放心他的小妻子，還是委婉地要求只在男女賓之間隔個屏，同在一廳吃飯便可。

白總督也看得出他對錦娘的重視，便也應允了，而且這位簡親王家的少奶奶原是皇上親自允下來辦事的，聽說極負才學，就是太子殿下也對她很是讚賞，她的身分也算得上是半個欽差呢。

所以，他特地讓妻女陪同一桌用飯，讓女兒與錦娘混熟些。將來女兒也是要嫁入豪門的，若是到了京裡，交了簡親王嫡媳這一手帕交，倒是多個人照應不是？

宴席設在內院的花廳裡，錦娘跟在白夫人和白幽蘭的後面走了進去，看見自家相公正坐在廳裡，一雙眼眸正關切地看著自己，不由甜甜一笑，緩緩自他身邊走過，正要轉了彎到屏風後去時，便聽得有人自門外笑道：「啊，青煜來晚了，還好趕上了晚飯啊。」

錦娘聽了一轉頭，眼睛便落入一道幽如深潭的眼眸中。那眼睛漆黑如墨，似是帶著一股魔力要將她吸進去似的，而且眼神太過複雜，似喜似怨又似痛，更有深深的無奈，沈重得像要讓人窒息，這……還是先前在太子府裡見到的那個開朗又自大的裝懶小子嗎？怎麼神情如此憂鬱，還帶著淡淡的悲傷？

可這又關自己什麼事？錦娘搖了搖頭，收回自己的視線，又深深地看了自家相公一眼，逕自走到了屏風後。

看著那一抹嬌俏的身姿就快被那塊繡著麗山麗水的風景長屏無情遮擋，冷青煜的眼神微黯，嘴角勾起一抹苦笑。千辛萬苦，只為她偶爾的回眸，雖然只是一眼，卻是解去他心頭萬般苦澀，可這又何嘗不是飲鴆止渴？解得了一時，卻讓相思更入骨。

冷青煜啊冷青煜，你怎地變得如此無用，竟為一個女子卑微委屈至此？

「世子快快有請，下官正說，世子今日到何處遊玩去了，怎麼還沒有回府呢？」白總督客氣地對冷青煜說道。

「世伯，你就不要以下官自稱了，你看，白世兄也是青煜好友，你如此稱呼可就外道了。」冷青煜收拾心情，笑著自己入了座，卻正好觸到冷華庭銳利的眼神，正冷冷地看過來。

他莫名地就有些心虛，避開冷華庭的目光，抬手在桌上作揖。「各位世兄，青煜與你們辦的是同一件皇差，所以也不算冒昧啊。華堂兄與那二位世子已經去了基地，青煜對那堆破銅爛鐵沒興趣，不若在世伯府裡玩著自在。」

此言一出，白晟羽與冷華庭都是一怔。白晟羽正拿了個小酒杯在手裡，眉頭一挑，笑道：「世子倒是個灑脫之人，你可是皇上親自委任的督察，怎麼能不與幾位同僚一同赴任呢？皇上可是說了，讓你們幾位督察先去查探，做下改造方案，織造使大人隨後才進駐，你如今倒是清閒地與我們在一起，知道的，只當是世子年少心性愛玩而已；不知道的，還以為我們挖牆腳使陰計，離間了你們呢？」

這一番話說得極為不客氣，而且裡面蘊藏著另一層意思，那便是他們不歡迎冷青煜，認為他就是來打探情況的。

冷青煜聽了也不介意，這是他早就預料的事情。他勾起一抹苦笑，斜了眼看著白晟羽道：「世兄莫急，青煜話還未完，青煜之所以留在此處，不過是想賴在江華城裡遊山玩水而已，那什麼方案啥的，與青煜無關，青煜已經與華堂兄說好，我就掛個名，只擔監察之責，不擔改造之任。青煜前日也看過那基地上的東西，根本就是前所未見、前所未聞，看著是一頭霧水，看都看不懂，談何改造，那不是自找無趣嗎？青煜向來便識時務，拎得清自己的斤兩，不會的，絕不裝懂。」

冷華庭聽他這話倒是說得坦誠，一時對他印象好了許多，便也端了杯酒，對他一舉。

「青煜兄，今晚不談公事，喝酒。」

冷青煜心中酸澀，舉杯一敬，自己先仰頭一飲而盡。

白晟羽見冷華庭如此，自是樂見，便也哂然一笑，舉杯敬酒。

第八十章

卻說白幽蘭，聽說將與男賓同廳用飯，心裡便直犯嘀咕，既想再看幾眼那美到極致的男子，心底也盼望著那個人也會及時趕來，平日裡因著禮數，要見那人一面真的很難，他自住進來後，便很少進內院，自己又被母親看得緊，想要溜到前院也是不行，今天正好可以隔著屏多看看他。

天可憐見，她正想著時，他就來了，只是……眼神為何那樣憂鬱？而且，他在看誰？她順著視線看去，赫然看到，那樣專注的目光竟然又是投在了自己身邊這個並不起眼的世嫂身上，心中不由泛起陣陣酸意。憑什麼，她要相貌沒相貌，要身家，聽說也只是個庶女，為何那樣優秀的男子眼裡都只有她呢？

自己雖說不上傾國傾城，但也是有名的大美女，整個江華城能越過自己去的，可沒有幾個，為什麼？就沒一個人肯多看自己一眼呢？

她是越想越氣，忍不住便跺了一腳，氣沖沖地往屏風裡走去，卻又捨不得，回頭再看一眼，就見到了那人唇邊一抹苦澀的笑，那樣刺眼，讓她覺得心痛。明明前日來時，還是一臉燦爛的暖笑，今天卻像變了個人似的，他……心裡裝的人，會是眼前這個已嫁作他人婦的女子嗎？

「世嫂，妳與青煜世子是舊識嗎？」她忍不住探問起來。

錦娘先前便看出白家小姐對冷青煜有意思，這會子她一問，心裡倒是警醒了些。那個死小子，沒事死盯著自己看什麼？上回在太子府裡時，將自己捉弄得還不夠嗎？又要耍什麼花招？

如此一想，她便冷冷地回道：「算不得舊識，只是見過一、兩面而已。」說著，注意力就被桌上的美食給吸引，看著色香俱全的菜色，她的口水都快要流出來了。

「只是見過一、兩面？」幽蘭真的不太相信，如此普通的女子，那人只見過一、兩面就傾心了，那也太離譜了吧，她身上有什麼魔力不成？

「我還以為你們是打小就識得的呢，你們都是在京裡長大的，不像我，是在這小地方，沒見過什麼世面，嫂嫂在府裡住著，以後可得多教教我才是。」幽蘭真的很想在錦娘身上探查探查，看她究竟有什麼過人之處。

「喔，妹妹客氣，嫂嫂我除了會吃就是會睡，啥都不懂，又怎麼教妳？」錦娘聽著便道，這個白小姐看著就不是個好相與的，明明一臉清高，偏要裝謙虛，此種脾性最易得罪了，自己不過借住幾晚，犯不著與她起衝突。

白夫人聽了她的話，卻是嗔道：「世媳太謙虛了，我可是聽說，妳琴棋書畫樣樣精通呢，而且，還給皇后娘娘和太子妃殿下上過條陳，很會治家理事，是女中翹楚啊。」

錦娘聽得便連連謙虛了幾句。

一頓飯完，錦娘便速速回到白夫人安排的小院，四兒和豐兒也都在一個院裡頭，好方便照顧。

白府的丫鬟婆子倒是殷勤得很，早早就幫錦娘備好熱水，錦娘也顧不得許多，洗洗就到床上睡了。

張嬤嬤看著就越發高興起來，湊到四兒幾個耳邊道：「我看啊，妳們可以準備做些小衣服了。」

四兒和豐兒聽得眼睛一亮，一時喜不自勝起來。

錦娘自回屋裡睡了，而冷華庭卻等席一散，便與白晟羽和冷謙幾個一起去了白總督的書房。他們幾個商議，冷榮之事怕是牽扯太大，應該送由皇上親自審問處置的好，而且，如今二老爺明顯是脫不了干係了，若讓他知道冷榮落網之事，他必然就會潛逃。

白總督也覺得他說得很對，只是心中還是覺得疑點很多，便凝了眉道：「冷大人可也是皇親，在京中地位甚高，怎麼也難以相信他會做那通敵叛國之事。若此事是真，會不會影響到你簡親王府？要知道，通敵叛國可是抄家滅族的大罪啊！」

冷華庭聽得不由笑了，揶揄道：「這點世叔倒是不用擔心，皇上絕不會給簡親王府抄家滅族的。誰家不出一、兩個敗類？最多他這一支會被滅了，不過，對這一點小姪也很想不通，真不知道二叔他圖的是什麼？」

當下，幾人商定好，由總督大人派江南大營得力幹將押送冷榮回京，路上一定要嚴密看守，既要防止冷榮自殺，又要防備有人來劫囚。

此事辦好之後，冷華庭、白晟羽正要離開，就聽有人來報，說簡親王世子冷華堂到訪。白總督聽得一陣詫異，回頭看了冷華庭一眼，似笑非笑地說道：「你這兄長心思可真重，既是親兄弟，何必魚和熊掌都要奪走，給兄弟留一點不成嗎？」

冷華庭沒想到久混官場的總督大人竟然也會說出如此直白的評語，不由呵呵一笑，心裡卻明白，他是在向自己表明心跡和立場。看來，這位總督大人也是精明得很，在京裡怕也有不少眼睛和耳朵，對京中之事探查得很清楚。

王公大臣當中，不管地位和身分如何，能得皇上和太子寵信，那才是前途無量之人。以冷華庭那日在殿中的表現，很多人都清楚他在皇上心中的地位，所以，白總督才會棄簡親王世子而護冷華庭。

冷華庭聽了沒有說什麼，只是感激地看了總督一眼。

只此一眼，白總督心裡便有了底，也不避諱，揮手讓人將冷華堂請進來。

冷華堂一身風塵僕僕，臉上還有些倦容，看來這一路趕得很急。一進門，看到冷華庭和白晟羽幾個都在座，不由愣怔了幾秒，隨即臉上又帶了溫潤優雅的笑容。「原來小庭已經到了，大哥還正擔心你會在路上出事呢。」

見過不要臉的，沒見過如此不要臉的，一副貓哭耗子假慈悲樣，當人不知道，他是最可能策劃謀殺自己之人呢。冷華庭連一個微笑都欠奉，看都懶得看他一眼，只當一隻蒼蠅嗡嗡飛過，神情淡漠得很。

當著白總督的面被他如此漠視，冷華堂面上很不好看，卻又裝作大度，不與他一般見識的樣子，臉上笑容不改，對白總督一揖。「小庭自小任性，若有何失禮之處，還請大人見諒。」明知道冷華庭只會對他無禮，他偏要裝大度反來向總督求情，這讓冷華庭聽了嘴角直抽搐，勉為其難抬眼看冷華堂，眼神卻含著無比的厭惡。冷華堂被他看得一噤，臉上終於有點掛不住，喃喃道：「小庭，你就不能對大哥好一點嗎？」

白總督感覺這兩兄弟有即將吵起來的架勢，畢竟是在他府上，弄出了事也不對，忙打圓場，撇開話題。「世子連夜到此，可是基地上出了何事？」

冷華堂臉上就露出為難之色，眉頭皺得老高，無奈道：「父王在府上突然病倒，華堂初來乍到，對基地上的事情又一竅不通，無人帶領，甫一接手，還真不知從何做起。昨兒那台織布機還好，但紡紗機子，卻是怎麼也開不起來，那些個開了多年的老師傅也找不到癥結所在，聽說當年那位建基地的奇人曾經傳下一位記名弟子，對此機械粗懂一二，只是那人早便離開了基地，後人也不知道居於何處，華堂想請世叔幫忙查找一番。」

白總督遺憾地嘆了一聲。「確實是有這麼一家人，你父王曾經也尋過，找了多年沒找到。你此番初來，怕是不知道此事，那人離了基地多年，技藝是否還在也是未知，就算在，是否又傳給了後代，更是未知，世姪此番怕是要失望了。」

冷華堂聽了果然很失望，不由求助地看向冷華庭。冷華庭皺著眉頭對他翻白眼，覺著自己與他待下去，定然抑制不住要發火，不如快些離開才是正經。

他對白總督抬手一拱，說道：「世叔，華庭今日疲累了，先去休息。告辭。」

白總督也知道他們兄弟不對盤，便笑笑應了，白晟羽也與白總督行禮告辭，又對冷華堂行了一禮，卻是似笑非笑道：「二姊夫，其實，你們若是解決不了，倒是退出便是。基地停機一天，對朝廷那便是一大損失，你們總占著不出來，四妹夫也不好進駐。人嘛，誰也不可能是全才，二姊夫不懂機械也不是什麼醜事，只要有自知之明便好，小弟多嘴，告辭、告辭！」

說著嘴角帶笑，當著冷華堂的面又去推冷華庭往外走。

冷華堂氣得嘴角直抽，卻又不好發作，只是一轉身，按住冷華庭的輪椅，急切地說道：「小庭，你我乃是兄弟，不管是你還是我解決了基地之事，都是簡親王府的功績，為何不兄弟齊心，將此事辦好呢？大哥保證，若治好基地，我絕不再與你爭奪墨玉，就由你承繼便是，你……就提前去基地，想想辦法，讓那紡紗機早日恢復正常吧！方才三妹夫也說了，停機一天，對朝廷就是一大損失，而且紡紗機若不好，原紗用完，那織布機也只能停下，那損失只會更大啊！」一副為國家利益而放棄個人恩怨的語氣，那沈重中又帶了一絲痛惜，似乎他原就是一位胸懷廣闊、憂國憂民的好臣子。

冷華庭聽了又翻了一個白眼，嘴角帶著一絲譏誚，挑著眉對他道：「皇上可是下的明旨，讓你們幾位世子爺先行勘察，動手改造機械。這可是莫大的榮寵，將先機全給了你們，你若不行，就如三姊夫所說，早日退出便是，何必嘰嘰歪歪占著茅坑不拉屎？如今既是如此為國著想，那更應該早日退出讓賢才是。」說著，又冷厲地看了一眼冷華堂猶自按在自己輪椅上的手，嫌惡地說道：「放開。前些日子被人追殺，好不容易歇口氣，你就不要再來煩我了，我要去休息。」

冷華堂聽得一滯，似乎很是震驚，關切地問道：「小庭被人追殺？那……那你有沒有受傷？是哪個惡徒如此大膽，竟敢刺殺朝廷命官，不要命了嗎？」

冷華庭真的被他噁心到了，抬眼譏諷地看了他一眼，懶懶地說道：「你不知嗎？我還以為你們也同樣被人追殺呢，看來，運氣不好的總是我啊。」說著回頭瞪了白晟羽一眼道：「三姊夫怎麼也跟著磨嘰，快些走了。」

白晟羽不由哈哈一笑，得意地看了冷華堂一眼，推著輪椅出了門。

回到屋裡，錦娘早就睡了，豐兒服侍他洗漱後，便乖巧地退了出去。冷華庭自輪椅上站起來，走到床邊，愛憐地看著錦娘睡得紅撲撲的小臉，俯身在她額頭親吻了一下，心裡罵道：小沒良心的，也不等等自己就睡。

不過，腦子裡又是一激，以往就算再晚，錦娘也會等他一起入寢的，這些日子以來，也不知道是路途太勞累還是真的染了什麼病，總是迷迷糊糊地嗜睡，明日一定要請個大夫好好給她診診脈才是。

冷華堂等冷華庭一走，臉色便變得沈重起來。他坐在白總督的對面，對白總督道：「華堂聽說小庭被追殺，真有此事嗎？」

他的眼神關切裡透著憂鬱，似乎真的為此事擔憂的樣子。

白總督聽得眉頭跳了兩跳，淡笑道：「此事當然是真的，今兒若不是本官親自營救，你這弟弟怕是已經遭人毒手了。」反正此事也鬧開了，那樣大的一場戰鬥，百姓的嘴也關不住，冷華堂遲早是要知道的。

冷華堂聽了，氣得隨手一拍桌子，怒道：「太可惡了！怎麼能夠如此？賊人太過猖狂了！」深吸了一口氣，又問：「可有捉得活口？對此等謀殺我親兄弟之人，華堂真想將他活剮了才好。」

白總督聽了眉頭又是一跳，似笑非笑地看著冷華堂道：「世子今兒所來的真正目的是在此嗎？」

此話說得冷華堂臉上一變，目中怒火更盛，正要發脾氣，白總督又道：「世子果然是手足情深又大度寬仁，對華庭真心關愛，本官見了也為王爺感到欣慰啊。」

冷華堂聽了臉色這才緩了一些，卻仍是眉頭緊鎖，嘆口氣對白總督道：「小庭自小時候得了場怪病後，脾氣就有些古怪了，喜怒無常，他是我唯一的弟弟，當然會很關心他的，華堂無狀，一聽小庭被人追殺，便心生怒氣，倒是衝撞了大人，罪過、罪過，不知大人可否審訊了那歹人，找出幕後真凶了沒有？」

冷華堂的話讓白總督很是警惕，不知道他心裡在打什麼主意。聽說冷二老爺與世子華堂關係非同一般，莫非，刺殺一事與世子也有關聯？但是，他既為簡親王世子，將來必定要承襲王位，怎地如此捨本逐末，與西涼人勾結？簡親王之位何等的尊崇，再是位高權重不過，還最得皇上寵信，就算事成，西涼又能給他多大的好處？難不成西涼皇上還會將皇位傳與他不成？真真荒謬！

如此一想，白總督實在是不信冷華堂會愚蠢到了這步田地，斟酌著說道：「活口嘛，自然是有的……」故意將語氣拖得老長，眉鋒緊皺著，似有為難之色。

「在哪兒？華堂恨不能現在就去生吞了那廝！」冷華堂急切地說道。

「真是可惜，首惡自盡了，如今只剩幾個嘍囉關在大牢裡，也問不出什麼話來。世子非要去看的話，倒是可以讓人帶你去，不過，這幾人本官還是要交到京城，送與大理寺受審的，世子暫時還不能殺了他們，本官還要用來邀功的，哈哈哈！」白總督被他的神情弄得更加心疑，眼裡卻露出一絲狡賴，大笑著說道。

冷華堂沒料到總督大人說話如此直白，不由怔了怔，乾笑了幾聲道：「那倒是，既是嘍囉，殺了也沒什麼益處，主要是要找到幕後指使之人，才能為小庭出氣。」說著，一拱手，對白總督行了一禮道：「如此華堂也算放心，基地上的事情緊急，華堂就此別過。」

第二日起來，錦娘睡得足，精神也好了很多，冷華庭看著便放心多了，四兒和豐兒兩個進來服侍他們洗漱後，出了裡屋，白夫人細心地讓人送了早點進屋來，幾人吃了，正商議著到江華城裡好生遊玩一番，那邊白總督急急地請了冷華庭去。

沒多久，冷華庭面色凝重地回來說道：「娘子，基地出事了。」

錦娘聽得一怔，出事？出什麼事？不就一堆破機器嗎？能出什麼事？最多被冷華堂他們弄得更糟而已。

「昨日那織布機上絞死了兩個人，現在基地工人們全都罷工，不肯做了，只好全線停了下來。去南洋的貨是早就訂好的，下月就必須得裝船走。娘子，快快收拾收拾，咱們一起去基地。」冷華庭皺眉說道。

錦娘聽得心裡一緊。這可是前世所說的職業傷害，古代人可是最迷信了，一切無法解釋的事情全都會歸結於鬼神之說，說法一旦形成，就會深入人心，造成很嚴重的後果，必須得儘快解決才是。

「此事非同小可，相公，速速啟程吧。」錦娘邊說邊回屋收拾行裝，好在原就只打算住兩天，好多東西也沒有打開，直接搬上車了就是。

一出門，白總督一身盔甲，威風凜凜地站在二院門前，正等著冷華庭。錦娘不由詫異，看了冷華庭一眼，冷華庭忙解釋道：「那邊工人鬧事了，而且是聯合當地的老百姓一起，大哥他們幾個已經維持不好秩序，總督大人怕咱們去了有危險，便親自帶人，一是護送，二是要去鎮壓刁民。」

錦娘聽了便皺了眉，不過，這也不是說話的時候，先去了再說吧。

出到大門，便看見白晟羽、冷謙兩個也已經整裝待發。冷青煜懶懶地騎了馬跟在隊伍裡，冷華庭不由皺了眉道：「青煜弟不是不想牽扯進去嗎？」

冷青煜黑如深潭的俊目輕輕掃了錦娘一眼，眼裡滑過一絲擔憂，淡笑著對冷華庭道：「我不過跟去看看熱鬧。放心吧，華庭兄，我不會給你惹事的。」

最好如此。冷華庭不再說話，讓冷謙給抱上了馬車，錦娘正要跟上去，卻聽見一聲嬌呼——

「我也要去，爹爹，七七也要去。」

一回頭，便看到白幽蘭揹著個小包袱，帶著貼身丫頭，一臉倔強地走出來，後面氣喘吁吁地跟著白夫人。

白總督見了，不由撫額道：「快回去，女兒家家的，怎麼能夠拋頭露面？爹爹是要去辦正事呢，妳跟著算什麼事？」

白夫人聽了連忙就拉白幽蘭。「快，聽爹爹的話，回屋裡去。」

「女兒家又如何？世嫂不也是女兒家嗎？她不是也出了府，自京城千里而來嗎？她能行，七七一樣能行。」白幽蘭不依不撓地說道。一轉眸，看到白總督眼裡的無奈和怒火，嘴一嘟，道：「爹爹自己選吧，要嘛現在就帶了女兒去，女兒可以與世嫂一起作個伴，要嘛……就女兒偷偷地跟著，到時，女兒再出了危險，你們可後悔都來不及了。」

錦娘看著那驕蠻的白幽蘭，心裡不由一陣羨慕。還沒看出來，她嬌嬌柔柔的，竟然是個敢作敢為的女子，於這個時代裡，也算是個另類吧？她定然是看冷青煜也在，所以才要跟著。一個勇敢愛的女子，自己何必不成全她一回？「幽蘭妹妹，這一去，怕是要受很多苦呢，妳真的要去嗎？」

白幽蘭偷偷地瞄了眼冷青煜，一臉堅決道：「妳不怕苦，我也不怕，只要妳能做，我也能。」語氣裡盡是單純又略顯衝動的傲氣。

她父母都在，錦娘當然也不能直說讓她跟著，畢竟這行為可是有違世俗觀念。

白夫人還想將她往裡拖，一邊又好言相勸著，白幽蘭執意不肯，白總督又最是疼愛這個么女，只好多囑咐了幾句，還是讓她上了馬車。

不過，冷華庭是不會讓白幽蘭上自己馬車的，他霸道地將錦娘一把扯上馬車，揪著她的鼻子道：「妳少瞎摻和，不是誰都和妳相公一樣開明的，她若是壞了名聲，將來嫁不出去，可得找妳負責呢。」

錦娘聽了就笑道：「她豈會嫁不出去？人家已經有了心上人，正是追著心上人而來呢。」

冷華庭皺了眉，凝眸看著錦娘，一臉風雨欲來的樣子，錦娘見了就拿手去戳他。「你莫自戀，人家的心上人可不是你。放心吧，你可是我的私有財產，任誰想要妄想，本夫人都一腳將她踢到麗江裡去。」

冷華庭聽得一頭黑線。自己竟然成了這個小女人的私有財產了，不過，她霸道的語氣很合他的心意，一把摟住她的腰道：「原想著今兒給妳找個大夫瞧瞧的，又出了這麼檔事，來不及了，咱們去了後，先到父王的別院裡住著，讓大夫給妳診了脈後，妳再去基地也不遲。」

錦娘聽了，猶豫著看向他。「相公，或許不是病呢。」

冷華庭眉頭一挑，詫異道：「不是病？那是什麼？難道妳又中毒了？」神情跟著就急切起來，伸手去探她的脈。

錦娘也不掙扎，嘟了嘴道：「嗯，那個，張嬤嬤說，怕是……怕是有了。」

「有了？有什麼了？」冷華庭被她說得一頭霧水，不解地說道。

錦娘不由頭痛，懶得再跟他說。主要是大夫沒有確診，等大夫看過，一切就明白了。

冷華庭見錦娘脈象平穩得很，不像是有病，也就放了心，沒將錦娘的話放進心裡去。

因著前方事情緊急，行進速度加快很多。自江華去基地的官道倒是全鋪了青石，據說是那奇人特地要求的，說是減少運輸時間。錦娘反正就偎在冷華庭的懷裡，也不覺得怎麼累，三十幾里的路程，幾個時辰便到了。

在別院裡安置好後，因著事情緊急，冷華庭就立即帶著錦娘直奔基地。

所謂的基地其實就是一個不大的紡織廠，不出錦娘所料，廠子真的建在麗江上，在水流最湍急之處傍河而建，利用水力推動機器運轉，減少了很多人力，而且，也加快了紡紗織布的速度。

馬車停在工廠外。小小的廠子占地不大，院外卻是守備森嚴。錦娘掀開車簾子一看，不由倒抽一口冷氣。那院牆外竟是裡三層外三層地圍滿了老百姓，很多老百姓正手拿鋤頭和扁擔與守廠軍士對峙，群情激憤，大喊著：「放我家人出來！裡面妖魔吃人，放我家人出來！」

原來，這群百姓是裡面工人的親屬。也不知為何，那些工人似乎全被關在廠子裡，不允許出來，而裡面機器絞死人的消息又沒封得住，而且越傳越烈，傳到最後，明明只是有兩個人傷亡，竟變成了織布機每天吞吃兩個人，所以外面的百姓知道了才群起鬧事，只求救了自家親人回去。

看到這種情形，冷華庭很擔心地抱緊錦娘。老百姓正是激動的時候，現在下馬車，指不定就會受到無辜攻擊。他一掀簾子，見冷謙就守在馬車外，便問道：「阿謙，你去看看，為何不讓那些工人出來？」

冷謙聞言打馬前行，但百姓將院子圍了個水洩不通，馬兒根本進不去，倒是將不少百姓的目光引過來。他們看又來了官家的軍隊和大官，一時便衝了過來，舉著東西就要鬧，幸得有江南大營的軍士攔著，不然就會有人衝到馬車這邊來。

白總督正在著人驅趕人群，江南大營的軍士又是上過戰場的，動起手來就沒了輕重，一時不少百姓便受了傷，群情更加激憤。錦娘看這情形越發亂了，用軍隊鎮壓這些老百姓當然很容易，但卻會造成很多人無辜死去，更會破壞朝廷在百姓心裡的地位。

她心裡一急，便對冷華庭道：「相公，你運中氣，對他們說，已經請了降妖驅魔的人來了，讓大家不要鬧，最多三天時間，就會放了他們的親人。」

冷華庭聽這話也不錯，正要起身鑽出馬車去，錦娘又一把將他拉回來。「你這張妖孽臉能出去嗎？別一露臉，人家拿你當妖魔給收拾了。唉，這兩天懶怠，竟是忘了給你化醜一點了。算了，你叫冷遜過來，我來教他法子，包管有用。」

冷華庭被她說得氣呼呼的，卻又不得不承認她說得沒錯，而且，自己也最是討厭別人像觀賞稀有珍品一樣盯著他看，只好皺著眉，沒好氣地掀了簾子，將冷遜叫過來。

冷遜過來後，錦娘掀了車簾對他道：「你去跟白大人說，讓他將我的話傳給軍士，就說官府已經請了降妖驅魔的仙人來了，請大家先回去，三日之後必放所有員工。」

冷遜聽得一頭霧水，錦娘又道：「軍隊不是紀律嚴明嗎？以十個軍士為一組，同時將這話大聲喊出來，以此輪番幾次，百姓應該全都能聽到的。」

冷遜將錦娘的話傳給了白總督，白總督先是聽得一愣，隨即將命令傳了下去，不多時，小廠外的院牆邊便響起了聲徹雲霄的喊聲——

「織造使大人有令，降魔大師已到，請百姓讓開，三日之後，必放乃家人。」

十個年輕的軍士同時吶喊，中氣十足，像在空中響了炸雷一樣，又是一遍一遍地喊，老百姓想不聽見都不行。他們原就是擔心親人被妖魔吞吃了才來營救的，既然官府請了大師來，自然很是高興，漸漸就有人不再與軍士對峙，向後退開，讓出一條道路來。

但很快又有人在人群裡喊道：「大家不要信，這是騙人的，你們誰看到了大師？那是假的，他們分明就是要將咱們的親人全祭了那紡織魔。」

如此一來，剛散開的百姓又有聚攏的傾向。冷華庭在車上看著便皺了眉，也顧不得多想，將錦娘自邊上一放，說了聲：「小心了，不要出來。」人就飛出了車門。

他飛身一躍，在空中一個曼妙的旋轉，修長的身材加上豔麗脫俗的容顏，又是一襲繡金竹邊的白袍，整個人翩翩若仙，如謫仙下凡般在空中漫步。許多百姓抬頭去看，頓時看花了眼，而官兵又正不停地喊著降魔大師已到，一時間，有的百姓便跪拜了下，口中大呼：「大仙，救救我們吧！」

那先前搗亂之人一見這情形，正要再說什麼，冷華庭腳尖輕點，幾個起落便抓住了那個人，又是一縱氣，自百姓頭上飛了回來，將那人扔在白總督的馬前，自己又飛回了馬車裡。

他行動瀟灑美麗，乾淨利索，好多百姓都沒反應過來，他便消失了，一時原本拿著鋤頭家什來鬧事的百姓，不少都丟了手中的傢伙，於是更多人加入了跪拜的行列……

白總督立即大聲道：「方才大仙揪出的這個人，便是蠱惑你們鬧事的，大家不要輕信這些人的話。朝廷既然已經派人來了，就不會騙大家，請大家先行回去，三日之內，若再有人慘死，你們便鬧到本官總督衙門去，本官給你們一個答覆就是。」

百姓對官府原是很敬畏的，因著有人在鼓譟，加之又真死了人，才會如此衝動前來鬧事，這會子官府已經放低了態度，又親眼見到降魔大仙，而此地最大官員已經給了承諾，再鬧下去，便沒有什麼意思，於己於人都不好，便開始慢慢地散了。

而那人群裡仍隱著的鬧事者，看同夥被抓了，也一個一個縮了頭，不敢再鬧，隨著人群一起散去。

看著外面情況好轉，錦娘長吁了一口氣，回頭似笑非笑地看著冷華庭道：「這些百姓什麼眼力啊，明明是妖孽嘛，怎麼一晃就變大仙了？」

冷華庭忍不住擰著她的鼻子。「我不去充神，難道妳想去？妳相公原就是謫仙般的人物，就妳非要說成妖孽，來來來，現在就讓我這妖孽吃了妳。」

這一路上，日日趕路，錦娘又經常嗜睡得很，他們還真有好些日子沒有行房了。一想到此處，冷華庭便覺得心中一蕩，手就往錦娘衣服裡鑽。錦娘沒好氣地拍掉他的手道：「也不看看是什麼時候，一會兒就要進廠子裡呢，你可真是精蟲上腦了啊！」

冷華庭聽不懂她說的精蟲上腦是什麼意思，但知道她是在拒絕，噘了嘴，小聲嘟囔道：「到晚上，看我這大仙怎麼吃掉妳這個小妖精。」

錦娘聽了捂嘴便笑，一副幸災樂禍的樣子看著他道：「哼，怕是不成了呢，你晚上可不能碰我。」

「為何？妳……月事……又沒來，我注意著呢。」到底覺得害羞，他說著說著臉就紅了。錦娘卻是拍他的額頭，道：「不是告訴你了嗎？我怕是有了呢。」

冷華庭終於聽明白了她的意思，瞪大了鳳眼，一瞬不瞬地看著錦娘，紅唇微張著，半晌沒回過神來。錦娘伸手在他眼前晃了晃。可憐孩子，不會是嚇到了吧？

冷華庭突然一把將她扯進懷裡，一臉虔誠地看著錦娘，聲音喑啞，還微微顫抖著。「妳……妳是說，我……我們有孩子了？」

錦娘也被他的神情所感染，不由也跟著激動起來。雖然很害怕，但是，能懷一個他的孩子她還是很高興的，只是……還沒有確診呢……

「相公，只是懷疑呢，得等大夫看過後才知道呢，那個……我怕是假的，就沒和你說……」錦娘期期艾艾的，有些擔心地說道。

「一定是真的，一定是真的！娘子，咱們就要做爹和娘了，妳……妳太好了，謝謝妳，娘子……」冷華庭不知道要如何形容此時的心情，只覺得周遭所有的陰謀詭計、所有的冷箭風霜全成了雲煙，生活太美好、太幸福了，原本只是混吃等死、行屍走肉一般活著的自己，不但有了心愛的妻子，還會有心愛的兒子，老天對他還是很眷顧的。

錦娘心疼地看著他眼角滑出的淚水。他可能自己都不知道，自己在流淚，這是喜極而泣，是幸福的淚嗎？可是，她看著卻既心酸又心疼，一抬手，輕輕抹去他俊臉上的淚水，柔聲道：「就算這一次不是真有了，也沒關係，因為我們都很年輕，我會為相公生很多個孩子，我們要有兒有女，要兒孫滿堂，要幸福快樂地活下去。」

冷華庭將她緊緊地抱在懷裡，含淚親吻著她的額頭，哽咽道：「嗯，我們一定會有兒有女，一定會兒孫滿堂的。娘子，我們一定會幸福地過完這輩子，還有下輩子、下下輩子的。」

兩人正激動著，馬車已經行進到紡織廠裡，冷謙在車門外輕輕敲著車窗道：「少爺，該下車了。」

錦娘這才想起，現在不是高興的時候，還有好多事情在等著他們解決，前途漫漫，險阻重重，不過有他在，她不怕，她有信心能戰勝一切。

下得車來，白總督由衷地讚揚冷華庭道：「世姪果然聰明絕頂，想出了這招以惑治惑的好法子，不然，今兒這事可還真無法收拾，若是鬧成了大的民亂，便會血流成河，皇上也會震怒啊，到時，你世叔我可真吃不了要兜著走。」

冷華庭燦然一笑道：「世叔誤會，此乃內人所出的主意，華庭只是揪出了那尋釁鬧事之人而已。」

白總督聽得一怔，隨即對錦娘一拱手道：「怪不得皇上會親允姪媳同來，姪媳果然才智過人，蕙質蘭心，世叔在此謝過了。」

錦娘聽著倒覺得不好意思起來，微羞地低了頭，斂衽回了一禮。「叔父客氣。」

一旁的冷青煜見了，目光又止不住地看向錦娘。他告誡過自己多次，不要看她，不要看她，她是別人的妻子，不是自己能妄想的，可是……可是心就是管不住，眼睛也不由自己使喚，總是不由自主地被她吸引。也許在別人眼裡，她很不起眼，但在他眼裡，她便是那顆最璀璨最耀目的星，只是，那光芒只肯照亮他人，不屬於自己。

走進院子，錦娘看到大大的院子裡有兩棟廠房，類似於現代的簡易工廠，院內栽了不少花木，還有休息亭、水池，裡面養了不少錦鯉，廠房邊上建了食堂，還有宿舍，可以看到宿舍區，有衣服晾曬在外面……最讓錦娘驚奇的是，這裡還建有分了男女的公共廁所。

那穿越者是誰呀？太偉大了，整個大錦境內，她都沒有看到過一間公共廁所，竟然還……區別了男女，難道工廠裡有女工？真大膽啊，竟然有本事讓女人也外出工作……還是與男人一起，那人也太牛了吧！得有什麼樣的魄力才敢於挑戰如此等級森嚴，男尊女卑的社會禮教？

看看這院子裡，一應設施處處透著強烈的現代氣息，都是那位前人按照自己的思想建成的吧？若是自己，除了那個公廁以外，其他的全都會依照這個社會約定俗成的東西來辦，肯定沒有如此大膽和叛逆的，她不禁又想，當初的奇人真的是穿回去了嗎？

第八十一章

冷華庭見錦娘一臉興奮，眼裡放著異樣的光芒，那是他平日裡從未看到過的，原本清秀的小臉因此而煥發美麗動人的光彩，就像一朵綻放的煙火，絢爛多姿、動人心魄，他不禁暗自慶幸，慶幸當初自己只是一眼便相中了她，更慶幸是自己得到了這樣一顆掩藏在沙子裡的寶石，一朵萬花團簇之中最不起眼，卻最高貴清雅的金盞蘭。

目光微斜，睃到了一雙同樣注視著錦娘的眼眸，同樣的讚賞與愛憐，卻多了一絲痛惜和無奈，仔細一瞧，那人竟是冷青煜，一股怒火便在胸間熊熊燃燒，像是自己最珍視的寶貝被人偷窺一般。他皺著眉，眼裡釋放著危險的氣息。原來，那小子真對錦娘有意思，哼，太不自量力了，得找個機會打發了他才好。

他轉過頭，伸手扯了扯錦娘，臉上裝出一副難受的樣子。「娘子，我不舒服。」

錦娘正興致勃勃地往廠裡衝，突然聽到這話，不由停下腳步，關切地摸了摸他的額頭，又摸了摸自己的，沒感覺什麼異樣啊？又問：「是哪裡不舒服？會不會方才用多了力氣，扯到腳痛了？」她下意識裡總感覺冷華庭的腿還是痛著的，只要他一說不舒服，她就想要去掀他的下襬，看看那雙腿有沒有好利索了。

冷華庭蹙著眉，眼睛清澈中帶了一絲霧氣。「也沒什麼，就是感覺暈暈的，怕是著了涼吧。」

錦娘一聽有些著急，忙自冷謙手裡接過輪椅，細心地問道：「那要不咱們今兒就別管這檔子事了，先回別院再說吧？」

冷華庭笑著作堅強狀。「嗯，不用了，既然來了，當然得以國事為重，咱們快快進廠子裡去看看吧。」

錦娘這才點了點頭，又拿帕子拭了拭他額頭上的汗珠，繼續向前走。

只是她直起身來的一瞬，沒有看到自家相公正挑了眉，得意地向另一個傷心失意的男人示威呢。

冷青煜黯然地偏過頭，不去看冷華庭得意洋洋的樣子。自己不過是輸在時間和運氣上，有什麼了不起，也許，當初那個女子嫁的是自己，生活會要單純幸福得多呢！

冷華堂和榮親王世子、和親王世子一同站在廠門口，一臉焦頭爛額的樣子，眼巴巴地看著正緩緩走來的白總督和冷華庭等一行人，他們身邊還跟著幾名年長、看著像工頭樣的人。

「見過總督大人。」三人先給白總督行了一禮，再與冷華庭和白晟羽一起見禮。

冷華堂急切地對冷華庭道：「小庭，可將你盼來了。自今日起，大哥就撤出，小庭可以放手去做自己想做的事情了。」

冷華庭聽得眼皮都未抬一下，只是客氣地與那兩位世子見了禮，點點頭，算是打了招呼。

白晟羽卻是搖著扇子，懶懶地走上前，對白總督道：「還請叔叔做個見證，幾位世子方才可是說了，要正式將基地交與織造使大人接手，以後基地裡發生變化，那可與這幾位世子無關。自今日起，他們便只擔負監察之責，而無改造之權了。」

冷華堂沒料到白晟羽見機得如此快，含笑的眼裡便帶了幾分狠戾。他身後的那兩位世子臉色也同時變了一變，卻又無可奈何地抿著嘴，並未作聲。

白總督聽了，嚴肅地點了頭。「嗯，也是，那就請三位世子交出此基地印信和鑰匙，自今日起，三位——喔，不對，再加上青煜，四位世子爺便只能在廠外等待結果了。」

冷華堂沒想到白總督也如此咄咄逼人，自己不過一句客套話，他便當了真，還就此逼自己交出那臨時印信，哼，怕是父親早就囑咐的吧？一想到王爺，冷華堂就有些心驚肉跳。自己那日確實是下了藥，只聽說那藥能讓人暈迷，會失憶，但沒想到會嚴重到要昏迷半年之久……

若是父王在，今天也不會鬧出這麼大的事情，怎麼說父王也在這裡管了幾十年了，他的威信可是無人能比的，這些個老工匠可是全只聽父親一人調擺的，自己來了這麼些日子，也沒能收了他們的心，他們可是在這廠子裡混了一輩子的人，再怎麼不懂，年年月月地積累下來，總也摸清了一些門路的，若是能將他們幾個全都拉到自己手下，那麼就算小庭真的將基地改造成功了，自己也能在此處得到最想要的信息……或許將來，還有再奪回的機會……

不管他如何不願意，冷華堂還是將掌在自己手裡的臨時印信和鑰匙都交了出來，遞給冷華庭。冷華庭仍是看也未看他一眼，只是瞟向白晟羽，白晟羽一臉壞笑地接過，一拱手，說了聲：「二姊夫，多謝了，請慢走。」

冷華堂再好的修養，臉上也掛不住了，一改先前的溫潤有禮，狠狠地瞪了白晟羽一眼道：「不管如何，交割還是必要的吧，你們不想看看廠子裡的財產有何損失嗎？」

錦娘倒是贊同這話，垂了眸，對冷華庭道：「這倒是，一會子將父王交到咱們手上的物品清單與大哥當場清點，對一遍吧，省得以後說不清。」

以前錦娘在公司做事，遇到調離職務時，不僅要填寫物品清單，還得有人監管，雙方簽字後，再簽上監管人的名字，才能認可。

冷華庭聽了便沒有作聲，自己推了輪椅往裡走，站在邊上一直冷眼旁觀的幾名年老師傅卻是將手一攔，道：「大人可以進去，但是女子不能，裡面正在鬧妖氣，女子進去更為不吉，還請大人見諒。」

錦娘聽得一愣，這才抬眼認真地看那位正說話的師傅，猜他可能是廠裡面的半個技術顧問吧，或是德高望重之人，不然以他一介布衣，著實沒膽子跟織造使大人如此說話。

此言一出，冷華堂臉上便露出一絲譏誚，一時間，很多人都看向錦娘，錦娘這時才發現，整個院子裡真的只有自己一個女子，白幽蘭早就被白總督留在了別院裡，而四兒幾個也沒允許跟來。怪不得方才下車時覺得怪怪的，有點不對勁，不只是沒有看到一個工人，更沒有看到有女子在此生活的氣息，雖然有個標了女字的公共廁所……原來，那位偉大的奇人還是沒能改變世俗。

「大伯，這廠子以前有來過女子嗎？」冷華庭正要發火，錦娘連忙扯了扯他的衣袖，恭敬地問道。

那老師傅眼裡露出鄙夷之色，冷傲地說道：「曾經那位祖師是說要讓女子進來從業的，但聖祖爺英明，一道旨意下來，女子不許在紡織廠工作，自此，此地便再無女子踏足過一步。除非……」

「除非什麼？」錦娘笑問道。

「除非是墨玉的繼承人，否則，絕不能壞了規矩。」那老師傅仍是傲慢地說道。

「您是要看這個嗎？」錦娘淡笑著自袖袋裡拿出那塊墨玉，放在掌心。

那老師傅看了臉色一變，混濁的眼睛裡露出希冀的光芒，激動地看著錦娘，喃喃道：「怪不得，妳會進院子……原來，妳就是王爺所說的能改變整個基地的奇人……」話音未落，那老師傅向邊上另外幾位老師傅看了一眼，那幾位也很是激動地看著錦娘，好半晌，他們才似乎下定了決心似的，同時向錦娘拜了下去，哆嗦地喚了一聲。「少主——」

錦娘聽得莫名，不解地看向冷華庭，冷華庭嘴角卻是含了絲欣慰的笑，附在錦娘耳邊說道：「我一直沒有告訴過妳，那位建造此基地的奇人，其實也是個女子啊。」

錦娘聽得大驚。她以前看過不少穿越文，卻沒想到那位所謂的奇人真的是位穿越女啊，這也太神奇了吧？

「老師傅，快快請起。」錦娘伸手去扶那幾位老師傅，但手剛伸出去，冷華庭就將她一扯，自己托住了最前面的那位，說道：「請起吧，不是說裡面出了事故嗎？快些帶我們進去看看。」

那老師傅卻不肯起來，抬了頭，用衣袖擦了擦眼角的淚水，對錦娘道：「老奴葉一拜見少主。」

他後面的另一位年紀稍輕，體態稍胖一點的老師傅接口道：「老奴葉二。」

再後面果然便是葉三、葉四了，看他們相貌並不相同，不像親兄弟啊，怎麼……

「老奴幾個的家祖原就是葉姑娘的家奴，葉姑娘建此基地時，老奴幾個祖父便跟在她身邊，幫著管理此間廠子，後來葉姑娘嫁給了簡親王才離開的，但老奴們幾輩子傳下的手藝還是在的，一直用心地維護著葉姑娘留下的基業。如今終於得以再見少主，還望少主不要辜負了葉姑娘的一番心血才是啊！」葉一老淚縱橫，趴在地上哀哀地說道。

錦娘聽得更驚。弄半天，那位奇人不只是個女子，還曾經是簡親王妃！怪不得此墨玉一直只由簡親王府掌管，就是皇族血親也無法輕易地搶奪過去。只是，那位葉姑娘既是嫁給了當時的簡親王，又怎麼會突然失蹤了呢？冷華庭會不會是她的後代呢？她越想越疑惑，忍不住就問冷華庭：「葉姑娘是你祖奶奶？」

冷華庭無奈地點了點頭，差點當著眾人的面拿手指點她慢了好幾拍的額頭。年初一可是帶了她進過祠堂的，那裡明明就供奉著第一位簡親王妃的牌位，她偏是沒看見。

錦娘總算弄明白了一些，都怪自己先入為主的思想，以為會機械製造的便是一個男人，而且，那設計圖紙又是在皇宮，而不是在簡親王府裡。更疑惑的是，葉姑娘既是簡親王妃，為何不肯將那些英文和畫圖技巧教授給自己的子女呢？為何反倒皇室子孫會一些呢？為何又說她是突然失蹤的？再者，為何葉一、葉二幾個要叫自己少主？難道只要是女子接掌墨玉，他們便明白是穿越之人？再說了，王爺當初又是如何一眼看出自己的與眾不同，一進門，便讓自己掌玉的？

唉呀，太複雜了，想得頭都大了。錦娘搖搖頭，對葉一道：「您快些起來吧，帶我進去看看那出事的設備，是不是因為故障而出的問題。」

錦娘還是覺得人命關天，有些事情，以後再去琢磨清楚就是。

葉一顫巍巍地站了起來，抹了一把老淚，才點了頭，轉身往裡面走。錦娘邊走邊忍不住說道：「葉一，既然此基地是葉姑娘所建，那你們為何會如此鄙視女子，為何不讓我進來？」

葉一老臉一紅，臉上露出一絲尷尬，喃喃道：「在老奴眼裡，葉姑娘是神仙，她去後，再也沒有任何一個女子能與她相比。況且，此規矩乃是聖祖爺下旨，老奴也是遵循聖祖爺的指令而已。」

葉一說得有些在理，不過錦娘也明白，這些男人骨子裡仍是看不起女人的，一個如此先進的設備由一名弱女子設計和建成，他們心底是既佩服又嫉妒，又不願意承認的吧？

若自己和葉姑娘不是太另類，他們也不會心服……不對，這會子他們還沒有對自己心服呢，一會兒若不拿些真本事出來，這些看似對自己恭謹的老師傅們，立即就會變臉的。

工廠裡果然沒有機器的轟鳴聲，更沒有看到工人，錦娘不由詫異，方才不是說工人都被關起來了嗎？關在哪裡？

「葉一，工人們呢？」錦娘忍不住就問。

葉一聽了便轉頭憤怒地看向冷華堂，冷哼道：「這個要請世子回答了，世子來了不過幾天，兩台機器就接連地壞了，機器弄死人後，又把所有工人都關起來，老奴真不知道世子爺這是意欲何為呢？」

果然如此，冷華庭聽了狠狠地瞪了一眼冷華堂，對白總督說道：「世叔，葉一的話您也聽到，今天這事可是看得出來有人故意搗鬼，想引起百姓暴動，這可是動搖大錦國基的行為。」

白總督也是一臉憤怒地看著冷華堂。真沒想到簡親王會讓一個如此陰險又愚笨的人做世子，這事若不是錦娘急智，想出那麼一個以惑治惑的法子，自己這頂烏紗帽怕也被他給揭了去。

冷華堂聽了冷華庭的一席話，卻是一反常態，表情並非憤怒而是無辜，眼裡也是一片無奈和茫然。他想解釋什麼，但看很多人憤怒地看著自己，嘴角抽了抽，便不再說話。他身後的和親王世子和榮親王世子卻是一臉的氣憤。和親王世子忍不住說道：「此事並非你們想的那樣，我們也是被人利用了，我們並非故意要將工人關起來，只是工人鬧騰得厲害，都說要罷工，再也不回來了，所以——」

「世兄，別說了，終歸是我們做得不對，考慮不周才會鬧出如此大的事故，咱們還是老實回去向皇上請罪吧。」冷華堂卻截口攔住了和親王世子的話，眼裡露出一絲蒼涼和無奈。

錦娘也知道現在不是追究這個的時候，扯了扯冷華庭的衣袖，示意他暫時不要再糾結此事，冷華庭便不再說話。葉一帶著錦娘繼續往前走，穿過長長的走廊，轉個彎，錦娘終於看到了傳說中的紡織機。

那是兩台巨型設備，整台機械足有三公尺多高，十幾公尺長，紡棉製紗一應配件很齊全，只是那機器使用年份太久，又沒有好好維護和保養，很多地方磨損太過嚴重，齒輪與齒輪之間都有很大的空隙，而拉動齒輪的鏈條也有些鬆脫，不過，倒是沒有生鏽，看來，每日的潤滑還是做過的。

錦娘又細看機器的構建，想知道那位簡親王妃是如何利用水力來推動如此大的一台設備運轉。

一低頭，果然看到設備是建在水上的，臨近水的地方有幾個偌大的齒輪盤，還有一個類似風葉的葉輪，流水衝擊葉輪運轉，葉輪帶動齒輪，齒輪帶動皮帶……果然是個聰明絕頂的穿越前輩，若換作自己，是根本不可能在技術如此落後的時代，憑著記憶能設計出如此龐大的兩台機械。那人要嘛是學機械製造的，要嘛怕是在紡織廠裡浸淫多年，對紡織機的結構瞭如指掌，不然光會一點現代知識是絕對不可能創造如此奇蹟的。

只是，好好的一台機器，就算不能運轉，又怎麼會絞死人呢？

「葉一，紡紗機是哪裡出了問題，為何開不起來了？」錦娘邊看設備，邊問道。

「回少主的話，前兒還開得好好的，昨天突然就不成了，還……連著絞死了兩人。老奴按照往日的法子也查探過，沒有找到故障所在。」葉一躬身答道。

錦娘又走到機器正面的操作臺前察看了一遍，也沒發現什麼異樣，只是有些疑惑，那些傳動部位怎麼都沒有做防護，這樣開機確實是很容易出事。

「今天先不開機吧，拿紙筆來，我畫幾個圖樣，你們照著圖樣做幾個防護罩，將這些外圍全都罩住後，再開機看看。」錦娘細細地察看了一番後，決定小心些行事。

其實，她在認真察看時，身旁一眾的男人全都傻眼似地看著她。以前只是聽冷華庭說他娘子是如何的聰慧有才幹，今日得見才知，她確實與眾不同，一干男子自進來後，看著這兩堆破鐵只能乾瞪眼，什麼也看不懂，尤其是白總督和冷謙冷遜幾個更是一頭霧水，那機器在他們眼裡就是一堆死物，不明白它為何能創造巨大的財富。

如今看錦娘一個從未出過府牆的小女子，正有模有樣地察看那堆冷冰冰的鐵疙瘩，偶爾蹦出一、兩句他們聽不懂的專業術語，他們心裡驚奇的同時，又不得不佩服錦娘的才學和奇特。或許，真的只有她才能改造這兩台機器，為大錦又創造出另一個奇蹟來呢……

冷華庭看過圖紙。錦娘教過他如何看圖，如何識別機器上的各種零配件，錦娘在細察機械時，他也沒閒著，推著輪椅在機械邊轉悠著，只是，他畢竟只是粗通皮毛，對內裡的構建還是懂得不多，聽錦娘說暫時不開機，便知道錦娘心裡有了打算。

再一抬眼，看到一眾的男人全都死盯著自己的娘子，眼裡露出不可置信的驚奇，他心裡泛酸的同時，又覺得很自豪。看什麼看，這會兒知道爺的娘子是天下第一才女了吧？尤其是面對冷青煜那越發癡迷的眼神時，他更是眉頭一挑，推了輪椅過去，擋在錦娘身邊，回頭還不忘輕蔑又略帶威脅地瞪一眼冷青煜。

錦娘在操作臺上東摸摸、西瞧瞧，葉一已經找來了筆，她便伏在操作臺上畫起來，一旁的人全都靜靜地、滿懷期待地看著。

錦娘畫得專注，冷華庭坐在輪椅裡默默地看著她作畫，只覺此時的她是那樣的美麗與耀目，她臉上自信淡雅的光輝，讓所有在場男子動容。

一時間，偌大個車間裡靜靜的，只聽見錦娘揮動墨筆的沙沙聲。

突然，一聲轟響，停著的紡紗機驟然運轉起來，錦娘正伏在操作臺上作畫，感覺有一股吸力將她往機器裡拉，很快，她長長的裙角便被捲進了一旁轉動著的皮帶裡——

她嚇得一聲尖叫，冷華庭立即攔腰將她抱住。但那機器一旦運轉，力量何止千斤，冷華庭又坐在輪椅上，身子連帶著輪椅立即被扯過去了尺許。他長臂一勾，拚命拉住操作臺上的一角，才勉強將錦娘拉住。一旁的冷謙抽刀便向錦娘的裙角割去，但時間太快，那衣角眼看著便捲進去了好多，再割，便要貼著錦娘的身子了，一刀下去，怕是要削掉錦娘的皮去。一時大家又急又惶，白總督拚命地拉住冷華庭，怕他也被一起捲進去。

而葉一則去關操作臺上的開關，卻赫然發現開關已失靈，怕是一早便有人動了手腳，他心裡一急，大喝道：「去控制室關總開關！」

一旁的葉二便像瘋一樣跑去，但顯然控制室離得較遠，錦娘的衣服已經捲得越來越多，彷彿半個身子都貼在轉動的皮帶上，情況危急萬分。冷華庭看得目眥盡裂，心像要自胸膛裡跳出來一般，死死地抱住錦娘，絕不鬆手。

若老天這回真要將她帶走，他也會跟著一起進那皮帶裡，就算是被絞碎，那就一起被絞吧，成了肉泥，那也是她中有他，自此再也分不開了……

「撕了她的衣服！」白晟羽大喊道，上來就不管不顧地扯錦娘的外衣。這個當口，什麼禮教避諱都顧不上了，救人要緊。

冷青煜也是被嚇得魂都掉了三分，眼看著一群人手忙腳亂地救著人，法子都無用，眼看著那嬌小的人兒一點一點被吞進那冰冷冷的機器裡，他的心如刀割，痛得難以呼吸，心底就升起一股視死如歸的凜然之氣，突然拿起身邊的一根大鐵棒飛身躍起，橫插在其中一個正轉動著的大齒輪上，修長的雙腿正好勾住另一側的立柱，身子就掛在空中，頓時，那轉動著的齒輪被暫時卡住，那傳動的皮帶因著慣性反而向前回還了一點。

冷謙乘機一刀下去，割裂了錦娘的衣裙。

冷青煜只是稍稍將那齒輪卡住了一下下，個人的力量就算再大，也無法跟機器相比，他手裡那根長長的鐵棒很快又被那齒輪帶著往下轉。他拚命地勾住立柱，無奈力氣不夠，又是懸著身子的，很快他便支撐不住了，感覺自己會隨著那鐵棒被扯去齒輪裡一樣。腳背上一陣麻痛，怕是破皮了吧……他死死地堅持著，不肯放手也不想放手。

若是因此死了，她會不會為自己而哭呢？會不會也有點心痛呢，許多許多年以後，她會不會偶爾想起，有個被她罵作裝嫩的小子曾經救過她一回？

整個這一切，說時遲、那時快，卻是在瞬息之間，幾個人的動作幾乎是同時進行，一聲清脆的裂帛之聲有如天籟，讓眾人都鬆了一口氣。冷謙割破了錦娘的衣裙，那皮帶一扯，將衣服撕去了一大塊，危機總算解除了。

「青煜，放手！」心還未完全落下，另一聲驚呼又教眾人的心懸起，冷青煜掛半空中死死地抓住那鐵棒，危機解除了他也沒注意，眼看著他的腳從立柱上被拖開，整個身子正被那鐵棒帶進齒輪裡去，白晟羽一抬頭便看到這驚險的一幕，嚇得大喝。

但冷青煜似乎沒聽到，整個人像癡呆了一樣，如水中正在飄零的枯葉，隨著水流的漩渦打轉，任那齒輪將他帶進機器……

白晟羽正要縱身飛起，一根細索便向冷青煜捲過去，捲住他的腰身一扯，冷青煜便不得不被拉回地面。白晟羽連忙疾走幾步，手一托他的腰，將他墜地的力量減弱許多，冷青煜這才踉蹌著站穩。

他還有點迷糊著沒有回神，剛才腦子有點木，只想著就此為錦娘死了也好，或許，她能記住他一些，這會子人下來了，再抬眸，看到錦娘小臉蒼白，那雙大眼水霧濛濛的，正關切地看著自己。

他突然覺得滿天的烏雲全散了，心裡滿滿的全是喜悅，顧不得自己腳上的痛，嘶啞嗓問道：「妳有沒有傷著？」

「傻子！你想要自殺嗎?!」錦娘憤怒地罵道。

她剛自死神手裡被救出來，心立即又揪著。剛快被拖到皮帶上去時，她冷靜得很，沒有掙扎一下，因為她知道，在這種情況下掙扎只會給營救的人造成麻煩，她努力保護著自己，不亂碰任何東西，更沒有哭，脆弱只會給自己和他人造成更大的恐慌，但看到冷青煜為救她而差點被捲進機器裡時，她的眼淚就出來了。若冷青煜真為救她而死，那便是她一輩子的負疚和心累，她最怕的就是虧欠別人還不了的人情，這會子見冷青煜被救下來了，不由開口就罵。

她的責罵聽在冷青煜耳朵裡如聞仙樂一樣，一時被幸福和意外堆了滿心。她是在關心自己呢，她在為自己傷心哭泣呢，他很慶幸方才自己勇敢地做了那件事，若不然，怎麼能將她的目光吸引過來？

冷青煜呵呵傻笑著，只是傻傻地看著錦娘，一句話也不說。冷華庭卻是收了細索，一把將錦娘抱進懷裡，緊緊地摟住她。剛才的餘悸還沒消散呢，差一點，只差那麼一點點就失去她了……天可憐見，他有多麼惶恐，又多麼害怕，一顆心碎了又補，補了又碎，痛得快要麻木，好在老天有眼，錦娘一點也沒受傷，她還是好好的，好好的啊……

眼淚忍不住就掉了下來。當著一大群男人的面，他一點也沒有丟面子的自覺，任誰經歷了方才的情形，也會情不自禁吧。

一群大男人也還真無人去笑話冷華庭，剛才那一幕太過驚險恐怖了，若非冷青煜及時在那齒輪處卡了一下，只怕錦娘就被絞死了。她可是整個基地的希望，還沒開始就去了，在場的一眾人等全都脫不了干係的。

「少爺，少奶奶的衣服破了，會著涼的。」冷謙冷硬的聲音不合時宜地在耳旁響起。

冷華庭這才將錦娘放開。其實，正值初春，錦娘身上穿得也多，剛才也只是撕壞了外面的棉裙，裡面還穿了中衣的，這在現代還真不算什麼，但在這裡便是儀容不整，有失禮數了。

冷華庭立即脫下自己身上的外袍披在錦娘身上，這時，葉二已經將控制室開關給關了，白總督也回過了神，立即讓葉一帶著，命人將整個廠子全都圍了起來，尤其是剛才葉二所去的控制室，派人裡裡外外搜尋著。

冷華堂自事發時便有點僵木，眉頭緊蹙著。當錦娘的裙襬被捲進皮帶裡時，他心裡有點慌，再看到小庭死死地拖住錦娘，一副要同歸於盡的樣子，他便又氣又妒，更多的是擔心和害怕。明眼人都能看出，只有孫錦娘才能改造基地，若孫錦娘死了，這兩台機器便真的會成廢鐵啊，那對整個簡親王府可是個沈重的打擊……

但小庭怎麼能對那個女人如此癡情呢，她就算是會一點奇技淫巧又如何，相貌平平又普通，比起枚兒來都差了好遠，小庭……真的是沒眼光！

他呆怔著，腦子裡一陣胡思亂想，當白總督說要帶人清查時，才反應過來，拱手對白總督道：「大人，此事太過蹊蹺，華堂願與幾位世子一起參與搜尋，若不還這基地一片安寧的環境，弟妹也很難施展才學，一定要揪出幕後黑手，給死去的工人和我弟妹一個交代。」

不只是白總督，就是白晟羽和冷謙幾個聽了這話都是一怔，大家齊齊看向他，不知道他意欲何為，眼神裡是明顯的不信任。

冷華堂無奈地苦笑道：「大人，不管我與小庭關係如何，我還是簡親王世子，身為世子，我身上擔負著簡親王府的未來和職責，而簡親王府最大的倚仗便是這個廠子、這兩台機器，可以說，基地出了問題，我簡親王府就失去了根基，我就算再想爭權奪勢，也不會在這個節骨眼上使手段。自掘墳墓之事，華堂再愚鈍也不會做的。」

這一番話倒是難得坦誠，他是將自家面子全然掛起，拚著丟簡親王府臉面也要讓聽者相信，自己是真的無心害錦娘，或者說，是不會在此時此地加害錦娘。

而且，他這話也說得很合情合理。當年簡親王之所以能在眾多的皇族子弟中得到這頂鐵帽子王，最大的因素便是娶了那位葉姑娘，接手了墨玉，如今若基地毀損，不能再支撐大錦的朝廷支出，那麼簡親王府便會逐漸衰敗下去，他得了那個世子之位又有何意思？

白總督看了冷華庭一眼，冷華庭面無表情，只是眼裡露出一絲疑惑，沒有說什麼。

倒是白晟羽嘆口氣道：「二姊夫如此想是最好，那麼，叔叔，就讓二姊夫參與捉拿奸賊吧，或許……二姊夫更清楚奸賊的所在呢。」

冷華堂聽他話裡有話，眉頭就皺了起來。他自來便很不喜歡白晟羽，更是討厭白晟羽總跟在小庭身邊，看著心裡窩火，這會兒再聽他說話陰陽怪氣，便更來了火，正要斥責白晟羽幾句，卻聽白晟羽接著說道：「畢竟二姊夫和幾位世子爺先來幾日，情況也比我們熟悉一些不是？」

真是打一掌又給顆糖，但他還是將那斥責的話生生吞了回去，只是狠狠地瞪了白晟羽一眼，一拱手，跟著白總督的屬下一員大將走了。

冷青煜仍呆呆地站在錦娘身邊，臉上帶著淡淡的笑容。一旁的冷遜真有點看不下去了，輕輕扯了下他的衣袖。「世子爺，你的腿在流血，還是趕緊去醫治了吧！」

冷華庭聽了，垂眸看了冷青煜的腿一眼，見他一雙鹿皮馬靴靴面都磨破了，正向外滲著血，不由皺了眉，冷冷地對他說道：「青煜弟，多謝。」

冷青煜聽得一怔，心裡就很不是滋味。他救錦娘，不需要這個男人來替她道謝，他是心甘情願、無怨無悔。

「華庭兄客氣。」他還是拱手還了一禮，知道自己沒法子跟冷華庭比，誰讓人家是錦娘的夫君。

「不過，方才我也救了青煜弟一命，咱們也算是扯平了，青煜弟還是早些回去醫治傷腿的好，若落下個病根，保不齊王叔會怪罪華庭呢。」冷華庭半挑了眉，似笑非笑地說道。

他這話意思很明顯。別以為救過錦娘一回，她就會心存感激，故意露著個傷腿不去治，是想裝可憐吧？哼，別說門兒，窗子都沒有！咱們扯平，互不相欠了！

冷青煜聽得臉上一陣尷尬。再留下去，保不齊錦娘真會誤會自己在邀功呢，唉，腳真的好痛啊，走吧，反正今天收穫也不小了，她都為自己流過淚了。

抬眸又依戀地看了錦娘一眼，但那女子正皺著眉頭緊盯著方才那個差點要了她命的皮帶，饒有興趣地看著，根本就沒有聽到冷華庭與自己的一番對話，更不知道自己就要離開。他不由黯然地嘆了口氣，一轉身，勾上冷遜的肩膀，撒賴道：「不想我回去向太子哥哥告狀，那你就現在送我出去。」

「你是住哪兒？我送你就是。」冷遜無奈地拍拍他的肩膀道。

冷青煜一回頭，見錦娘仍看著機器，完全沒有回頭的意思，不由大聲道：「自然是住簡親王伯家的別院裡，我這傷可是為世嫂而受了，總要找幾個伶俐的丫頭好生地服侍我吧？」

「呃，是呀、是呀，去吧，住別院裡啊，正好幽蘭妹妹也在，忠林叔那裡保不齊還有不少好藥呢。」冷青煜正要黯然離開，卻聽錦娘冷不防地回頭道，兩眼熠熠生輝，哪裡見到半點剛從生死關頭回來的驚慌？

他的心又被刺了一下，忍不住就回頭瞪了錦娘一眼，一瘸一拐地扶著冷遜出去了。

「少主，發現什麼問題了嗎？」葉一忍不住問道。

「是的，方才那設備開起來後，按說，就算這些部位沒有防護罩，也不可能會將人吸住，絞進皮帶機裡才是。我方才仔細察看了一番，發現連接這條皮帶的齒輪被人做了手腳，原是逆時針轉的齒輪，現在是順時針轉，所以人離得近了，開機時一不小心，便會將人絞進去。」錦娘邊看邊鄭重地說道。

「您是說……這個齒輪被裝反了？」葉一大驚，下意識地就嚷了出來，他兩眼緊盯著錦娘說的那處地方，渾濁的老眼裡閃過一道利光，臉色也變得凝重起來。

「是的，葉一，看來這個人對這台紡紗機很熟悉，而且也懂得一定的機械構造原理。我先前聽說，昨天這台機器是不是壞過了？誰修的？」錦娘直起身來，眼睛一瞬不瞬地看著葉一，神情很嚴肅。

錦娘看似平淡的目光裡帶著一絲審視和威嚴，在這樣的注視下，葉一心裡沒來由地一陣發慌，低了頭道：「回少主，昨兒確實壞了，正好就是這台皮帶機，是……是葉二的兒子，葉小毛來修的。葉二祖上跟著葉姑娘時，葉姑娘曾教過他一些簡單的換皮帶的法子，摸了這麼些個，葉二一家的手藝倒是比之當年要強多了，幾輩子下來，也會一些簡單的維修，尤其是對幾個機器，更是精通……少主，難道是葉二……」

「來人，帶葉二，立即將葉小毛抓來。」白總督聽了也不等錦娘說話，大聲命令軍士道。

葉一聽得一震，聲音顫抖著對錦娘道：「不可能的，少主，葉二與老奴一樣，一家世代忠於簡親王府，他怎麼可能會做這謀害少主之事？少主，若無真憑實據就懷疑葉二，會寒了老奴這一干人的心啊。」

錦娘聽了，眼裡便露出一絲傷感來。或許，當年的葉姑娘很會籠絡人心，手下的奴才一個一個對她都是忠心耿耿的，而且，葉姑娘既然教了他們一些技術，那他們幾個在基地上的地位就會非同小可，待遇肯定也不是一般奴才能有的，這幾輩子下來，他們名義上是簡親王府的奴才，實際上，家裡怕也是萬貫家財，身分地位在這一帶也很是尊崇了吧？

人一富貴了，心就會生變，就會有更多的慾望和不甘心，利益驅使下，又有什麼不能幹出來的呢？何況林子大了，什麼鳥都有，葉家幾個家僕在此地生活了幾輩子，家族怕也是發展得枝繁葉茂了，子孫裡，有見錢眼開、利慾薰心的，也是肯定的。

「葉一，你既是叫我一聲主子，那就請你相信我的判斷。人說話會撒謊，但機器是死的，它不會撒謊，一會子你讓人來，將這皮帶重裝一遍，看我說的是不是真的。」

錦娘前世可是在一家國營企業裡做過不少年的，雖沒有實際操作過機械，但原理還是知道，尤其她做過幾年配件採購供應，對機械的零配件很是熟悉。這台機器因著鍛造技術的落後，其實設計得很簡單，很多精密的配件無法生產出來，便用一些粗糙些的東西來替代了，所以這種簡單的機械結構，錦娘還是看得明白的。

葉一聽了也覺得有理，回頭看了身後的葉三、葉四一眼，那兩位點了點頭，卻是皺了眉道：「回少主，工人全都被關在了後面倉庫裡，您看……」

錦娘這才想起這一茬來，她回頭看了眼冷華庭，冷華庭皺了眉問葉一：「他們現在情緒怎麼樣？還會鬧事嗎？」

葉一聽了嘆了口氣道：「他們不過是被嚇到了。這機器也運轉很多年了，雖也弄傷過工人，但從未像這次一樣，將人活活吸進去絞死的，害怕也是有之的。」

錦娘聽了便道：「那你帶我們去，我去告訴他們，什麼妖魔鬼怪一說全是無稽之談。」

葉三、葉四方才也聽到錦娘所說的話了，他們也有些明白，畢竟與這機器打交道也有幾十年了，有些東西一點就通的，只是他們向來以葉一為首慣了，所以都不說話，只是看著葉一。

錦娘看了就皺眉。他們這些人，口裡說是拿自己當主子，其實早就自己結成一派了吧，若事事都得葉一拿主意，那葉一一旦有點小心思，這基地上就會變得難以收拾。不知道王爺是如何管理他們的，不過看樣子，這幾個人在基地上的權力可不小，冷華堂那樣強勢的一個人，也沒敢真的就將他們幾個老的全關起來，對他們也是恭敬得很。

「速速帶少奶奶去，你們還在等什麼？」冷華庭也看出來那幾個人的小動作，語氣很是嚴厲。

葉一聽得一怔，爬滿皺紋的臉上就帶了一絲不豫和自傲，微垂了頭，掩飾著眼底一閃而過的犀利，沒有動，也沒有作聲，像是在遲疑，更像是在無聲反抗。

錦娘見了微微一笑道：「當年的葉姑娘初來時，怕是很多男子都沒有將她看在眼裡吧？

自古以來，女子無才便是德，所以，男子看不起她，但她卻有你們這些男子都沒有的智慧，創造出這個世界的奇蹟。而你們的祖父們，正是葉姑娘一手培養和調教出來的，你們不過也是子承父業而已。當年的葉姑娘能夠調教出一批人來，難道本夫人就不能嗎？這個世界，少了誰，太陽照樣都會從東邊昇起，不信的話，大可以拭目以待。」

錦娘一臉的從容與淡定，臉上帶著自信的光輝，語氣平和，卻是鏗鏘有力，話語堅決又不容置疑。

葉一幾個聽了臉色微變，神情也肅穆了起來。葉一垂手，對錦娘行禮道：「老奴不敢，老奴這就帶少主過去。」

錦娘看他們幾個被自己一席話給暫時震懾住，心底是否服氣並不知道，但如今正是用人之際，她也不想做得太過，不過，看來這樣的人，是留不得了。

第八十二章

葉一帶著錦娘與冷華庭一行人等來到廠間後面的倉庫裡，果然這裡有吵鬧之聲，不少人正在大喊著：「放我出去！我要回家，放我出去！」倉庫與廠房因著防火之故，隔得很遠，所以這裡的聲音只是隱約傳了一點到前方去，一扇大大的鐵門將上百名工人全都關在倉庫裡，有人伸了手，在窗戶裡呼喚。

一隊守廠軍士把守在倉庫門外，防止工人破窗而出。

錦娘讓人把鐵門打開。門一開，裡面的工人便往外衝，但很快被軍士攔住，錦娘身材嬌小，被軍士們攔著，根本無法看到工人，也無法讓工人看到她，她便讓人搬了個大桌子來，自己往桌子上站去。

冷華庭見了就去扯她，眼裡露出一絲不贊同。錦娘知道他的意思，在這個時代，女子拋頭露面已經很違禮教了，她一個堂堂簡親王府少奶奶竟然站在高處讓下等百姓觀瞻，實在很不像話。

錦娘安撫地對他笑笑，眼睛明亮又透澈，還含了一絲堅決和自信。這樣的她讓冷華庭心裡升起一絲褻瀆之感，下意識地就鬆了手，點點頭，自己抱了她，一個飛身，便將她送到桌上。

錦娘看著下面蠢蠢欲動的工人，清了清嗓子，大聲說道：「工友們，你們受苦了！」她的聲音清越悠揚，許多工人正與軍士吵鬧，突然看到桌子上站了一個女子，邊上的大官全都看著她，聽她說話，雖然很是驚奇，倒是明白這個女子身分怕是不簡單，又聽她說得和氣，對他們不是高高在上的喝斥，不少工人便停止了吵鬧，靜靜地看著錦娘。

錦娘看他們安靜下來了，便又道：「我是這裡的新任接班人，墨玉就在我手上，現在這裡的一切，由我說了算，請大家認真地聽我說。」

此言一出，工人們又開始議論起來。有些如葉一一樣，是幾輩子都在此地工作的，基地的發源他們也知道一二，葉姑娘當初有多麼神奇，自祖輩起，一代一代地就流傳葉姑娘的故事，葉姑娘成了他們心中的神，如今突然再出現一位女主子，他們心裡便不由自主想起了葉姑娘，一種崇敬之情油然而生。但有些人是不屑的，他們開始竊竊私語，卻很快便被另一些人阻止了。

很多人會不服自己，這是錦娘意料中的事情。她接著又道：「工友們，聽說昨天紡織機出了事故，絞死了兩位工友，對這件事情，朝廷很重視，也很遺憾，我今天來，就是要解決這件事的。」

工人們正為這事心中恐慌，聽錦娘提起，很多人又激動起來。有人大喊道：「有鬼、有妖怪啊！紡織廠在此百年之久了，吸取了多少靈氣，裡面有紡織魔啊！」

「是啊、是啊，有妖魔啊！以前從沒看到過機器吞人的，好生生的一個人，被絞成了肉泥，給魔鬼做了飯食了，鄉親們，咱們還是趕緊逃吧！」

「是啊，連葉一他們都沒能看出來，那一定是有鬼了，咱們快點弄些香來拜拜吧，不然紡織魔成形了，會飛出工廠，到處吃人的！」

錦娘很無奈地聽著這些愚昧又無知的話，但她知道，此時不能生氣，只能心平氣和地對他們說，更要拿出切實的證據，證明自己說的話是對的，讓他們相信妖魔鬼怪根本不存在。

「工友們，請靜一靜，聽我說。我方才也被紡織機絞進去了，衣服被絞爛了，但是，我安然無恙地出來了，若真有魔鬼，又怎麼可能放過我呢？」

她身上裹著冷華庭寬大的外袍，看著有點怪，但工人們先前的心思全在如何逃離上，哪裡會注意這一些？這會子她自己說了，倒是認真地看了起來，見她果然穿得很不合時宜，頭髮也有點散亂，看著有點狼狽，心裡便信了幾分。一旁的白總督又大聲說道：「此乃本官和眾人親眼所見，大家不信，可以問葉一、葉三幾位。」

工人們便將目光全投到葉一、葉三身上，眾目睽睽之下，葉一再也不能沈默，他清咳了一聲，大聲道：「方才之事，是老夫親眼所見，少主的確被機器捲了進去，又死裡逃生了。」

這話又引得工人們一陣恐慌。紡織機仍有危險，不管是不是妖魔作祟，再操作它仍是會死人，那才是可怕的，人群裡又是一陣騷動。

錦娘見此大聲道：「我已經探清楚了，是有人在皮帶裡動了手腳，將機器傳動齒輪裝反，才會釀成此等慘禍的。現在我來，就是想請幾位師傅出來，將那齒輪重裝一次，再開機，大家可以親眼見證，我說的話是不是真的，若再出現危險，你們可以拿我是問。」

有的工人並不相信。「那皮帶機可是葉二親自看著裝的，他們家都裝了幾輩子了，怎麼會裝錯？」

「是啊，葉二一家可是裝皮帶機的老手了，幹了幾輩子，又怎麼會發生如此大的疏漏？」

「耳聽為虛，眼見為實，現在就請派幾位能幹的工人代表出來，大家先在此處等著，等機器正常了，便讓你們親自去看。」錦娘含笑又說道，她的話親切隨和，沒有半點高高在上的意味，如談家常一樣與工人溝通著。

工人們覺得她說得也很有理，便推了幾個出來，跟著錦娘重新回了廠間。在錦娘的指導下，將機器重裝了一遍，錦娘令所有人全都退開，至少離紡紗機兩公尺遠的距離，再讓人將機器開將起來。在任何人都沒有預料到的情況下，她靜靜的，從容地走向那台出過事的機器……

冷華庭嚇得心都要跳出來了，伸手就想要去扯她，錦娘回頭自信地看他一眼，示意他不要害怕，冷華庭知道，她看似柔弱，實則倔強，只好垂了手，提心弔膽地看著她一步一步向那台機器走去。

所有人全被錦娘的大膽和勇敢震住，就是白總督、冷謙這樣看慣生死的冷硬漢子，也為錦娘的勇敢折服。工人們更是揪起心來，有人忍不住喊了聲：「不要啊……會死人的。」

錦娘淡淡地回頭一笑，走近那台正轉動著的機器，輕輕摸了摸操作臺上的手柄，又故意挨那皮帶更近一些。她穿著冷華庭長長的衣袍，在皮帶機面前走來走去，卻並未出現皮帶吸衣服、將人絞進去的事情發生。

錦娘走了一圈後，回頭對葉一和方才帶過來的幾位工人道：「如此大家可以相信了吧？並沒有所謂的妖魔，事故發生的原因，全是有人搗鬼，這不是天災，是人禍！」

葉一臉上終於露出了憤怒之色，他眼裡全是愧疚與自責，更多的是欽佩。他下襬一撩，撲通一聲跪了下來，對著錦娘納頭便拜。「少主，老奴錯了，老奴不該懷疑少主的能力，請少主責罰吧！」

葉三、葉四見了也跟著跪下，對錦娘磕起頭來。那幾個跟來的工人一見，也是紛紛跪下，大聲喊道：「多謝夫人！」

錦娘笑著扶起葉一，對葉一道：「你既是信了，便去與工友們說清楚，如若他們還想留在這裡工作，我還是歡迎的，若有人想離開，我會讓少爺給每一位發放安家費，請他們自行選擇吧。再有就是，那兩位死難的工友，每人自基地庫裡領一千兩撫恤金，以贍養和安置他們的家人，此事請你好生一併辦了吧。」葉一在工人們之間的地位和聲望，錦娘暫時還要用到，若真發現他也是心存不軌，等這幾天……

這些話讓那些工人聽得一震，心裡升起一股由衷的感激。少主寬仁善良，不過十幾歲年紀，又從來沒有來過基地，男人都不懂的機械原來她都懂，難道她是葉姑娘轉世？或者她也是神仙下凡，特地來拯救基地的嗎？

一時間，他們的心變得虔誠起來，看向錦娘的目光裡全是崇拜和敬仰。

錦娘讓葉一帶著工人們回了倉庫，將那些關著的工人全放了出來。有了工人自己的說法，又聽葉一說了錦娘對工人們的處置辦法，很多工人都安靜下來。有幾個仍是害怕的，錦娘便命人真的發了他們安家費走了，大部分工人留了下來，這裡是他們賴以生活的地方，每月的收入比起種田來要強了好幾倍，他們有很多一大家子全靠這裡的工錢養活，所以也捨不得棄了這份工作。

錦娘又找出紡紗機裡的幾處故障，命葉一帶人修理好，有很多配件需要更換和改良，一時也來不及，她便用筆記下，打算回家畫好圖紙，再著人去造。

這時，冷華堂果然帶人將葉二和葉小毛抓了來。工人們一見，群情激憤，大罵葉二一家喪盡天良、狼心狗肺，就是葉一、葉三幾個與葉二相交多年，也是對他恨到了極致。葉二剛被帶過來，便被葉一狠狠地甩了一巴掌，罵道：「你這個數典忘祖的畜生！你為何要如此做?!」

葉二一臉的愧色，老淚縱橫，心痛又絕望地看著他的兒子葉小毛，無奈地垂下了頭，一句話也沒說。

錦娘等他們氣出得差不多了，才命他們全散了。

冷華堂幾個也是對葉二父子恨之入骨，他們好好地來，原想著有一番作為，結果沒幾天便鬧出這麼大的事情，引起公憤不說，還惹得民眾鬧事，差點釀成大禍，若不是還沒有找到幕後黑手，真要一劍殺了這兩個人。

和親王世子和榮親王世子兩個人這一回可真是對錦娘心服口服了，更是感激之至。他們第一次辦如此重大的差事，就遇到從未見過的困境，若非錦娘聰慧機智，不過一、兩個時辰便將一場大禍消弭於無形，他們真會罪責難逃，也丟盡京裡父王的臉面。此事過後，和親王世子與榮親王世子與冷華庭的關係親密了起來，倒是與冷華堂保持了距離。自己是真的對機械一竅不通，人家孫錦娘是真本事，再爭奪下去就太沒臉了，更沒意思，如此，兩人老實地退出基地，讓位於真正的賢能之人。

他們原就是王孫公子，又有幾分才學，與冷華庭也很談得來，一時間，兩人也不肯回驛站了，如冷青煜一般笑著鬧著賴進簡親王別院裡住著了。

白大總督連夜審訊了葉二父子，嚴刑拷打之下，終於查出是西涼人收買了葉小毛，故意在機械裡搞鬼造成混亂的，而躲在控制室裡暗中開機，準備殺死錦娘的也正是葉小毛。他們供出西涼人在基地的據點，白總督順藤摸瓜，一舉將暗藏在基地和江華縣城的西涼人全部抓獲，不過首惡仍是聞風逃走，讓白總督高興的同時又扼腕嘆息。

此事後來冷華庭和白晟羽分析，西涼人先是想擄了錦娘和冷華庭走，想逼他們夫妻為西涼新建一個基地出來，後來幾次三番地全都失敗了，便一不做、二不休，想乾脆殺了錦娘，讓大錦的基地也就此毀了，破壞大錦賴以倚仗的經濟支柱，那也算是一個大大的收穫。

錦娘強撐著精神在基地裡忙了幾個時辰，回去時，一到馬車上就伏在冷華庭的懷裡睡著了。

醒來時，已經是第二天早上，肚子餓得直叫，眼還沒睜就喊道：「相公，我餓死了。」好半天沒聽到聲音，她迷迷糊糊地睜開眼，便觸到冷華庭那對湛亮的眸子，正深情地注視著她，眼裡竟是微微帶著濕意。

錦娘一怔，腦子裡立即清明了，猛然坐了起來，便向他撲過去。

「別亂動，妳現在不能亂動。」冷華庭一見，慌慌張張地自輪椅裡站起來，坐到她身邊，一把將她攬進懷裡。

錦娘暈乎乎地喔了一聲，仍是不明所以地看著冷華庭，小意地去拭他眼角的淚珠，柔柔地問：「相公你怎麼了？又有什麼事情不開心嗎？腳痛不痛？還是基地裡出了什麼事情？不是父王那裡有什麼不好的消息吧？」

冷華庭含笑聽她碎碎唸，大手憐愛地撫摸著她的額頭。「娘子，咱們真有了。」

「喔，有了？有什麼了相公？」錦娘的腦子還沒轉過來，木木地問道。

冷華庭聽了，笑著將她摟得更緊，聲音裡帶了絲哽咽，還有一絲後怕，一絲劫後重生的喜悅。「傻娘子，咱們有寶寶了呀！妳不是已經知道了？」

「喔，寶寶啊……什麼？你說什麼相公?!」錦娘懶懶的，有點漫不經心地又喔了一聲，突然反應過來激動地自他懷裡鑽出來，大聲問道。

原來，昨天錦娘太累，在馬車上就睡著了。冷華庭一直抱著她，讓冷謙推回屋，一進門，他便命人請大夫來給錦娘把了脈，大夫果然診斷出錦娘懷有身孕了。當時就把張嬤嬤和豐兒、四兒幾個喜得，若不是錦娘睡了不能吵，她們一定會大叫起來。

冷華庭好笑又無奈地拿手指戳她。「真不知道該說妳是太聰明還是太糊塗，大夫說快兩個月了，妳竟然都不知道？我的傻娘子呀，妳快要嚇死我了，我再也不讓妳做那些危險事了，老天保佑，妳遇到如此多劫難，卻讓我們的孩子安然無恙，謝謝老天爺啊！」說到後面，他竟是喜極而泣。

錦娘終於明白是怎麼回事了，腦子裡是一片空白。真的有孩子了，她隱隱地很開心，又很害怕。都說女人生孩子那是自鬼門關裡走一回，自己這個身子才十五歲，發育都不太齊全，加之這裡的醫療又不好，若是遇個難產，只怕這條命都會去了。

可是，相公他是如此開心、如此幸福，他想這個孩子想很久了吧，只是因著自己先前有那不足之症，所以一直沒有說起過，怕說了會引得自己難過吧？他自小就孤獨，看著錦衣玉食，周身卻全是要害他、陰謀要殺死他的人，不過十二歲就被人下了毒，被毒藥折磨了整整六年之久，還由一個相貌堂堂的偉岸男子變成一個人人可憐的殘疾，甚至因此連親生父母都不相信了。那幾年，他的世界裡全是灰暗和無助，更多的是寂寞和淒涼吧，他太想要有一個屬於自己的孩子，她知道，那是他們愛情的證明，一個孩子，能讓他的心變得踏實和安寧，更能讓他恢復屬於他的尊嚴和信心。

生吧，孫錦娘，為了這個深愛著妳，妳又深愛著的男人，勇敢地接受腹中的小生命，快樂地迎接他的到來吧……

在外面的張嬤嬤對四兒幾個睃了幾眼，悄悄地都退了出去。

打了簾子出了門，腳剛踏出去，豐兒和四兒兩個立馬轉了身，伏在門框邊偷聽。果然，透過簾子的縫隙，就看到少爺激動得一把就抱緊了少奶奶。

四兒和豐兒原本激動又興奮的心情，見到那一幕後，心裡跟著就發酸。少爺……他是喜極而泣吧，少爺在王府裡過得不好，只有和少奶奶在一起時，他才會笑，少爺其實……很可憐呢。

張嬤嬤見了，一手一個拎著她們兩個就往邊上扯，小聲罵道：「少爺如今是正激動著，以他的功力，妳們幾個小蹄子也敢聽他的牆角？砸得妳們腦袋開花去。」

四兒和豐兒聽了，脖子一縮，悄悄地走了。

張嬤嬤也抑制不住內心的喜悅，悄悄地離開，自正屋轉到後堂，再進了偏房裡。忠林叔正在房裡搗鼓著香料，張嬤嬤笑著走近他，端起桌上的茶喝了一口。

「怎麼樣，說了什麼？」忠林叔頭都沒抬，手裡仍是忙碌著。

「好事情，少奶奶真懷上了，老天有眼啊，真讓少奶奶給懷上了。」張嬤嬤心情仍是很激動，聲音都有點哽咽了。

忠林叔聽了猛然抬頭，眼裡也是一片驚喜之色，卻什麼也沒說，丟了手裡的東西就悶頭往外走。

張嬤嬤忙拉住他道：「老頭子，你做什麼？你這是要去哪裡？」

「給王爺報信，這事出乎王爺的意料，我得給他報個喜訊去。」忠林叔頭也沒回，邊走邊說道。

張嬤嬤聽了便鬆了手，喃喃道：「那我要不要也告訴王妃啊？唉呀，真要說了，我怕王妃會喜得不管不顧地就衝到江南來呢……」

忠林叔聽了這話倒是站住了，眉頭皺了起來，似在深思著，半晌才道：「王爺若是知道了，自會有打算的。如今是非常時期，妳也知道，王爺最在乎的就是王妃了……」

「那是，不然王爺也不會想出那麼一招，故意留在府裡護著王妃了。少爺和少奶奶如今總算越發成熟老練了，尤其是少爺，像變了一個人似的，無論是智機籌謀，還是手段果決，可都不比王爺差，王爺應該放心了吧。」張嬤嬤聽了便嘆了口氣道。

忠林叔也跟著嘆了口氣。「這也是沒有辦法的事情，王爺一直就在夾縫中過著日子，他也很無奈啊。不說這麼多了，我去報信了。」說著，便出了門。

張嬤嬤一個人坐在屋裡就有些發怔，仍是猶豫著要不要告訴王妃這個喜訊，想了半天，突然就拍了下自己的頭。這有什麼好猶豫的，明兒這事一定很快就會傳得全院知道，總有那好事的會幫著傳信回去的。

突然心中又是一凜，世子爺可也住在別院裡頭呢，這會子少奶奶懷了孕，他會不會又弄什麼么蛾子啊？不行，一會兒老頭子回來，跟他再商量商量，要如何防著些才是。

錦娘正下定決心要好好養胎呢，外面張嬤嬤忽然來問：「少奶奶，得起了，白家七姑娘找您說話來了。」

錦娘聽得眼睛一亮。這位白姑娘雖說是任性傲慢了些，但人還是不錯的，又喜歡那個裝嫩小子，要是撮合了他們，倒也是一樁好事呢！她一骨碌就從床上爬了起來，剛要往下滑，冷華庭一把捉住她，小心地托住她的腰身，嗔道：「不過是個不相干的人，妳急個什麼勁兒，毛毛躁躁的，也不怕傷了身子。」

錦娘無奈地放慢動作，無辜地看著冷華庭。這廝自從自己懷了孕後就有些不正常了，很有點朝大媽轉變的傾向，一大早唸自己兩回了，這孩子可才懷上呢，還得七、八個月才能生，這要天天這麼唸著，頭都會疼死去。

「豐兒、四兒，妳們兩個快進來。」錦娘無奈地嘟了嘴道。

豐兒、四兒兩個笑著打了簾子進來，福了禮道：「少奶奶，您大可不必急的，少爺說的也沒錯，您如今可是雙身子的人了，不能亂動的，白姑娘有張嬤嬤款待著呢，不會得罪了去的。」

連她們幾個也跟著唸，這才開始呢……錦娘撫額作頭痛狀，瞋了四兒一眼道：「妳就快些過來給我梳洗吧，方才只喝了一盞燕窩，肚子還餓著呢。白姑娘一大早過來，也不知道用過了沒，一會兒讓張嬤嬤再多備些早膳吧。」

「您就甭操這份心了，張嬤嬤省得的。」四兒笑著幫她梳著頭。

那邊豐兒也服侍冷華庭梳洗完畢了，四兒正拿了根金簪子給錦娘插上，豐兒見了便道：「別插金的，用玉的吧，身上戴的全都用玉的得了，有了雙身子的人，戴玉吉利呢。」

四兒果然就聽了她的，換了根玉簪子給錦娘插上，兩口子精神奕奕地出了門，白幽蘭正百無聊賴地坐著，張嬤嬤在一旁陪著她，有一搭沒一搭地說著話。

見錦娘出來，便笑著起了身，福了一禮道：「聽說世嫂懷孕了，妹妹特地過來給世嫂道喜。」

錦娘走到主位上坐下，笑道：「妹妹客氣，同喜、同喜。」眼珠子卻盯著張嬤嬤，她實在是餓啊。嘴裡繼續問：「妹妹這麼早過來，可曾用過飯？」

「用過了，府上僕人很殷勤，對幽蘭照顧得很好。」白幽蘭一雙似水含煙的眸子又在冷華庭身上膩了一圈，不過看他神情冷漠得很，便不再多看，心裡卻是急著要去看某一個受傷的人，只是自己一個大姑娘家，這樣子不管不顧地過去，實在不好意思，若是……有錦娘陪著，那就好說話得多了。聽說那人也是為了救錦娘而受傷的呢，想到這個，她心裡又酸溜溜的，不過這孫錦娘都已嫁作他人婦，如今又懷了身孕，這會子正好過去讓他知道這事，好讓他早些死了這份心才是。

「喔，那妹妹妳先坐會子，我先吃個早飯再說啊。」一會子飯擺好了，錦娘迫不及待地坐了過去。平日裡，都是錦娘服侍冷華庭用飯的，這會子冷華庭等錦娘一來，不等四兒動手，自己先拿了碟，將一籠水晶餃子先挾了一碟。錦娘正想吃這個呢，眼巴巴地看著，見他想要吃，她的眼睛就盯著小籠湯包。

冷華庭挾好餃子後，又拿個碟子，將籠裡的小籠湯包又挾去了四分之三。錦娘看著就撇了嘴，好吧，他是相公，他最大。又轉了目光去看雞肉粥，那廝竟然又拿了碗，先拿了杓自己舀了一碗。好吧，粥多，舀了就舀了，還有呢，可是，他挾那麼多又不吃，錦娘看得口水都差點流出來了。

低了頭，委委屈屈地準備自己動手舀粥喝。

「妳才喝了燕窩，這會子又喝什麼粥，一會兒肚子裡全裝了水，東西又吃不下了，不經餓的。」說著冷華庭就要奪她的碗。

錦娘終於怒了，拿眼瞪他道：「相公，我餓！」

「餓就吃啊，快，將這些全吃了。」冷華庭壞笑著將自己面前的兩個碟子往錦娘面前一推，眼裡全是促狹之色。錦娘一抬眸，看到他面前空空如也，正端了那碗肉粥在喝。

再一看自己面前堆成小山似的兩碟餃子和包子，心裡一暖，挾了一個就往他碗裡放，自己也吃了一個，兩眼一瞇，一副非常享受的樣子。冷華庭看著就凝了眼，還真是個容易滿足的傻丫頭。偷偷地又挾了些青菜放到錦娘碗裡。他這會子可是記起了，錦娘自個兒說的，每天必須攝取一定量的蔬菜，這樣營養才均衡。

白幽蘭在一旁靜靜地看著這兩口子。錦娘與冷華庭之間眉眼裡的情意，藏都藏不住啊，溫馨甜蜜得當別人都不存在似的，整個屋裡就是他們夫妻的二人世界，這樣的夫妻關係，別人就算想要插足，怕也是不可能的吧……如此一想，她更是有了信心，心裡對錦娘原有的牴觸情緒也消散了不少，一時間，她倒是很羨慕起錦娘來，一生能得這樣一位俊逸的相公寵愛，也算是難得的幸福了吧。

吃過飯，錦娘便正經地與白幽蘭閒聊。冷華庭還想著廠子裡的事，昨天錦娘一回來就睡了，要畫的圖紙都還沒畫呢，但白幽蘭是白總督的女兒，就算再不喜，也得給白總督幾分面子的，於是耐著性子，拿了錦娘昨天記下的東西在看。

白幽蘭期期艾艾地就問起昨天在廠子裡的事，彎彎繞繞地說半天，總也沒說到正題上。錦娘急了，乾脆直接地說道：「青煜世子昨兒個可是為了救我受了傷呢，幽蘭妹妹若是無事，便陪嫂嫂一起去探個病吧。怎麼說，你們兩家也有交情，妳爹爹不在，妳就替妳爹爹去看看也是應該的。」

白幽蘭等的就是這句話，也不再客套。「那是自然，妹妹這兒也備了些藥，想送給世子呢，那就一起吧。」

說著就起了身，冷華庭聽了很惱火地瞪了錦娘一眼，不贊同地看著她。錦娘兩眼使勁往白幽蘭身上睃，不時眨著，一副八卦到不行的樣子，讓冷華庭又好氣又好笑，不知道她為何要如此瞎熱心做什麼，不過想著她才受了幾次大難，又日日為基地上的事情揪著心，讓她玩玩也好，便不再瞪她，只道：「一會子要去廠子裡，早些回，我在屋裡等妳呢。」

錦娘聽了，立馬狗腿地對他綻了個大笑臉，假惺惺地給他道了個萬福，不等冷華庭再說什麼，直身一溜煙就出了正屋，生怕又被他抓回去。

她這調皮的樣子讓白幽蘭都忍不住笑起來，也學著她的樣子，輕手輕腳地溜出來。四兒好笑地跟在錦娘身邊，生怕她磕著碰著了，小心地看護著她。

冷華庭一到江華，便接手了太子在江南的暗衛，如今整個別院裡處處都是暗衛把守著，就是錦娘出門到院子裡行走，身後也會隱著兩個暗衛，只是錦娘這個毫無武功底子之人全然不知道罷了。

錦娘和白幽蘭說說笑笑，沒多久就走到了冷青煜的湖畔小築。江南別院的大總管早就派了兩名丫鬟服侍冷青煜，只是這裡的丫鬟們對錦娘不太熟，昨天又來得匆忙，晚上回屋時，錦娘又是睡了的，這會子錦娘和白幽蘭來了，她們倒是給白幽蘭行了禮，給錦娘行禮時，卻不知道要稱呼什麼。

「我是妳們的二少奶奶，裕親王世子可在？」錦娘也不介意，笑著自我介紹道。

那兩個丫鬟聽得微怔了怔，對視一眼後，恭敬地再行了一禮，一個便笑著進去給冷青煜報信，另一個卻是個嘴巴伶俐的。「奴才還是第一次見到二少奶奶呢，聽院裡人說，二少奶奶可是個神仙般的人物，才氣縱橫呢，男子都做不了的事情，二少奶奶會，今兒總算看到了，奴婢也算是有福氣了。」

她的聲音清脆悅耳，又是一臉可愛的笑，大大的眼睛看著就有點像死去的金兒，錦娘沒來由地就對她生出幾分好感來。「妳以前就是在這個小築裡當差的嗎？」

「回少奶奶，奴婢叫雙兒，以前是在您現在住著的聽雨院裡當差的，這次才被大總管調到這裡來。」雙兒笑著回道。

「喔，這樣啊。」錦娘沒再往下說。自己那院子裡的人肯定被張嬤嬤篩選過一遍的，既然沒要這個雙兒，定是覺得她不合適。自己可不想管這種事情，既然把權力交給了張嬤嬤，就要給她足夠的信任才是。

一時，另一個丫鬟出來說，冷青煜正在屋裡養傷，請二位夫人姑娘進去。

錦娘微笑著往前走，白幽蘭卻有點怯怯的不好意思，錦娘將她手一挽，拉住就往屋裡去。

還好，冷青煜並沒有躺在床上，他半歪在太師椅裡，兩腿被包成了兩個大粽子，怪不得這麼老實沒出門，腳不能走呢。

一聽說錦娘來看他，他那顆心差點喜得從胸膛裡跳出去，一臉期待地就想要起身，無奈腳被包著跑不得，只好半支了身子看著門外。

錦娘一進去，看他那副樣子，像個正等著主人安撫的小狗一樣，不由抿嘴就笑。「世子爺的腳可好些了？」

冷青煜看著錦娘的笑就有些發怔，耳根子沒來由就有點發熱，心裡也莫名緊張起來。他不由暗罵自己無用，平日裡也沒少和女孩家說話，怎麼一到了她面前就出糗？看她笑吟吟地看著自己，他好半晌才道：「呃，好……好一點了，只是……」

「只是被包成了粽子，出不了門是吧？」錦娘看他那樣子越發就覺得好笑，這小子與前幾次見到時大不相同了，沒想到他還是個會害羞的呢。

「呃……呃，是的，妳……妳怎麼來了，昨日、可有受傷？」向來以瀟灑自如著稱的他，竟然連話都說得不利索了。

錦娘很無奈地搖了搖頭，將白幽蘭推到前面。「幽蘭妹妹她很惦記你的傷，特意讓我帶她來看你呢。」媒婆工作正式開工。

冷青煜聽得怔了怔，墨玉般的俊眼立時微黯了黯，嘴角扯出一絲笑意，禮貌地對白幽蘭道：「是嗎？那謝謝白姑娘了。」低了頭，卻是再不開口說話。

白幽蘭看著心裡就悶得慌。自己難道就真的比孫錦娘差很多嗎？為什麼他跟她說話就雙眼亮晶晶的，跟自己說話，卻是連看都不看一眼？

「世嫂說是青煜哥哥昨天救了她，她也是特地來看你的呢。」白幽蘭很聰明地說著他感興趣的話，儘量不讓場面變僵。

果然冷青煜的頭又抬起來，眼裡綻著期待的亮光，靜靜地看著錦娘。

錦娘微感覺有點不對勁，乾笑道：「嗯，是啊、是啊，多謝世子傾力相救。」

說著，還是很禮貌地自四兒手裡拿過一個禮盒，放到桌上，一轉頭，笑著對白幽蘭道：「幽蘭妹妹也有禮要送給你呢，看這時辰也不早了，世子、幽蘭，你們先聊著，我還得跟相公去廠子裡呢，就不打擾了。」說著就起身。

白幽蘭沒想到她這麼一會子就要走，雖然她很想與冷青煜單獨在一起待一會兒，但畢竟是未出閣的大姑娘家，與男子獨處還是不合宜。

她無奈地也起了身，卻是很關切地對錦娘道：「世嫂，妳千萬要慢著些，妳可是雙身子的人了呢，得保重些才是。」

錦娘聽得眉花眼笑，回頭對她道：「幽蘭妹妹啊，妳不要這麼早就走的，就在這裡和世子聊聊天吧，反正大門開著，又有丫鬟在一旁，沒啥不合禮數的。世子也最是灑脫的性子，可不是古板之人，妳就不用送我了，留步，留步。」

冷青煜聽到白幽蘭說錦娘懷孕了時，心就一抽，彷彿有人拿根細繩將他的心勒緊了似的。懷孕了，她懷了別人的孩子……他一時就有點愣，眼前變得黑暗起來，看著她小巧的身影慢慢走出正屋，向外面走去，只覺得她離自己越來越遠。以前就是觸手難及，現在更是相隔萬里了，難道，這一生真的就如此錯過了嗎？或者連錯過都不是，是相遇的時機太不對了，老天連一點機會都沒留給他。

正發怔，又聽她巧笑嫣然地說讓白幽蘭陪自己，呵呵，原來，她真的不是來看自己的，她……竟是來為他作大媒的呢？

一抬眸，看到白幽蘭眼裡的一抹憐惜，他臉色一沈，似乎最重要的秘密被人偷窺，一股厭惡之情油然而生，冷冷地對白幽蘭道：「多謝白姑娘好意，青煜乏了，想歇歇。」

白幽蘭自小到大，還是第一次被人如此直白地驅趕，她強忍著心裡的委屈和酸澀，勉強笑道：「那幽蘭就告辭了，青煜哥哥好生休息。」

錦娘開開心心地跟著四兒出了門，卻看到雙兒正笑吟吟地送了出來，禮貌地對錦娘道：「二少奶奶慢走。」

錦娘回頭對她笑笑，繼續往前走著。自屋裡往院子裡去，是要下幾個臺階的，錦娘腦子裡還在想著冷青煜和白幽蘭的事，沒有注意腳下，邊下了幾個臺階之後，走到倒數第二階時，突然腳一滑，好好的身子一個踉蹌就向前撲，嚇得四兒及時去扶她，誰知四兒自己腳下也是滑得很，一時兩人同時向前撲倒……

還好，在她們倒地前的那一瞬，突然感覺肩膀被人一提，整個身子便懸了空，很快又穩穩地落了地。錦娘心有餘悸地看著地面，不停地拍著自己的胸口，一顆心嚇得差點沒碎了。

環顧四周，卻見人影一閃而逝，不見了。

錦娘定定神，抬眼看自己方才差點摔倒的地方，看到臺階上正好一塊油漬，而自己剛好就踩在油漬上了。四兒也一定是被油漬滑到了……

懷孕的消息才出，就有人下手了，來得可真快啊！

第八十三章

錦娘冷笑著回去。一回到聽雨院，她便沈著臉往裡走。冷華庭正坐在屋裡等她，看她臉色不對，也不問她，只是探詢地看向四兒，四兒臉色也有點蒼白，內疚地垂了頭道：「方才少奶奶差一點摔著了。」

冷華庭一聽眼就瞇了起來，瞋著眼就想罵，但看錦娘一臉黑沈沈的，估計剛才怕是又嚇又慌，如今更是被氣著的，只好嘆口氣哄道：「以後少往外跑了，就在這院子裡就好。再要不，妳去哪裡，都由我陪著，別再一個人出去就是。」

「相公，著人將別院總管叫來，我得先將這別院裡整治整治再說。這懷孕的消息傳出來還只有一日呢，就有人弄么蛾子。我可是想在這別院裡生了再回京去的，天長日久的，我們兩個又要管著廠子裡的事，若總被這些小事給牽絆著，日日提心弔膽的，過著也沒意思，更沒法全心改造那兩台機器。」錦娘嚴肅地對冷華庭道。

剛才正是嚇到她了，更是將她氣到不行了，在王府裡就是日日過著如履薄冰的日子，到了江南，原想著可以放下心防鬆懈一下的，沒想到一日沒過，就有人殺上門來了，她沒那心思跟那些人玩躲貓貓的遊戲，快刀斬亂麻，先收拾清理了這些下人再說。

冷華庭聽她說得認真，倒是笑了起來，揚了眉道：「怎麼，娘子真打算在這裡長住了？」

「那當然，江南的氣候比京裡好多了，我喜歡在這裡。而且，廠子裡的事情弄完得有好幾個月，那時候身子沈了，想回去也不可能了。」

「那倒是，不過這裡比不得王府，王府有父王和娘親為妳撐著腰呢，這裡的總管怕是不一定會聽咱們的話。」冷華庭沈思著說道。

「他不聽我的，我就先向他開刀，最多父王醒了後責怪我就是。那些日防夜也要防，心神不寧的，這日子沒法過，對寶寶也不好。相公，一會子你只要看著就行，我就不信了真還讓奴才飛上天，惡奴才欺到主子頭上去了不成？」錦娘冷笑著說道，以前在王府時，她只是走一步看一步地防著那些奸人，如今她有了孩子，是個要做母親的人了，她要給自己和孩子一個安寧的生活環境，就再不能心慈手軟，總讓人家欺負上門了才反擊，若哪一天真讓他們得了手去，自己怕是會傷心一輩子。

「嗯，娘子，不管妳做什麼，我都支持妳，他要敢反駁，我就砸開他的腦袋就是。父王來了，自有我一力承擔。」冷華庭寵溺地看著自己的小娘子，斬釘截鐵地說道。

錦娘聽了心裡暖暖的，一揚手，對張嬤嬤道：「使個人去，將院裡的總管、管事、管事娘子一起全給我叫來。」

張嬤嬤眼睛亮亮地看著錦娘，一股由衷的欣慰感爬上了心頭。少奶奶這才是當主母的樣子，比起王妃來，真是強了不止一點、兩點。居上位者，就得有魄力，有打破陳舊的決心，更要有殺伐之氣，太弱只會讓人欺負到頭上去。

很快，院子裡就來了男男女女十幾個人。總管是個中年男子，也是姓冷，是王爺自京裡帶來的，管著江南別院也有些年了，在此地也算得上是有頭有臉的人。

他被叫來後，有些莫名，但他是個性子沈穩之人，很懂得察言觀色，見錦娘臉色很不好看，一進院便躬了身，一副恭敬聽訓的樣子。

「不知二少奶奶將奴才等都招來，有何吩咐？」

錦娘冷眼將到來的十二個人掃視了一遍，淡淡地說道：「你們在這院裡也幹了不少年頭了吧？我想問你們一個問題，做下人的，最應該的本分是什麼？」

總管被錦娘問得一愣，抬頭看了錦娘一眼，又低下頭去，恭敬地回道：「回二少奶奶，最應該安的就是奴才本分，而做奴才的，最應該的就是忠於主子，為主子辦好交代的任何一項差事。」

錦娘聽了便點了點頭，半挑了眉道：「那我是不是你們的主子？」

「二少奶奶自然是奴才、奴婢們的主子。」這一回，是下面的十幾個人一同答道。

錦娘又很滿意地點了頭，悠悠地在這十幾個人面前踱步，又道：「那好，我初來乍到的，也不明白你們的名字，更不清楚你們平日的為人，我就以事論事了。方才我去湖畔小築，有人使陰絆子，在屋前臺階上澆了油，差一點將本少奶奶摔倒。我相信，你們都已經知道，本少奶奶如今是懷了身孕的，若那一跤真摔下去，你們可想過後果？」

此言一出，大總管臉色立變，他回頭快速地看了另外那十幾個人一眼，又垂下頭去，而那十幾個管事和管事娘子立即噤若寒蟬，無人敢說一句話。

大總管很無奈。少奶奶問話總不能冷場了吧？沒一個人回答可不行，只好躬身回道：「還好少奶奶洪福齊天，沒有出事，不然奴才等可是罪該萬死了。」

「確實罪該萬死！」錦娘的話如冰刀冷硬，大總管聽得眉頭微皺，眼裡便帶了一絲不屑，但他仍低眉順眼地聽著，沒有多說什麼。

錦娘接著又問：「大總管，湖畔小築裡的僕人是誰安排的？」

「回少奶奶的話，是奴婢。」這一回，回答錦娘的是個中年婦女，看著四十多歲的樣子，衣著也體面，頭上的飾物倒是比張嬤嬤幾個要奢侈得多。看來，她在這府裡的地位還不小，而且，還占著一個能撈好處的好位置。

「大總管，叫人牙子來，將這管事娘子賣了。」錦娘淡笑著對大總管道。

大總管聽得一愣，不可置信地看著錦娘，嘴唇嚅動了下，似乎想要為那管事娘子求情，但半晌，還是放棄了，只是默默地看了那管事娘子一眼。

那管事娘子聽得一怔，問道：「二少奶奶，為何要賣掉奴婢，奴婢並沒有做錯什麼。」

「沒做錯什麼？據我所知，湖畔小築的僕人是昨兒才安排去的，是在本少奶奶進府後重新安置的吧？」錦娘嘴含譏笑，眼神卻銳利如刀。

那管事娘子聽得身子一顫，卻是硬著脖子道：「回少奶奶，整個院子裡閒置的小院多了去了，平日無人居住時便只留打掃的，如今裕親王世子也住進來，當然得重新安排人手。」

錦娘慢慢地踱到她身邊。她的個頭比那管事娘子稍矮，但她自帶著一股威嚴高貴的氣質，在她凜冽的目光注視下，管事娘子漸漸低下頭，垂了眼瞼不與錦娘對視。

「可是據本少奶奶所知，這間院子以前也並未住人，為何這院子裡的人不是臨時安排的呢？」錦娘緊盯著那管事娘子的臉說道。

當自己是傻子呢，雖說只來了一晚，一些訊息不用自己多問，張嬤嬤就會說的，但畢竟瞭解有限，不過有些時候，似是而非地詐一詐也是必要的。

果然那管事娘子聽了臉色變得灰白起來，腿一軟，便跪了下去。

錦娘揮了揮手，對大總管說：「不用遲疑，賣了吧。」她現在沒有閒心去調查幕後之人，這府裡住進了些什麼人，誰最不願意看到自己懷孕，誰最想害自己夫妻，不用猜也知道。而且，這種未竟的事實也很難推翻得了那個人，如今也不是為了這些事情與他較勁的時候，這一切的一切，都得等基地之事完了以後，自己和相公得到朝廷公認，地位達到一定的高度以後，再來與他算總帳。

那管事娘子還想要求饒，錦娘又道：「大總管，她既是管事娘子，那她男人也會是管事，也不囉嗦了，一家子一併賣了吧。」

十幾個人裡果然走出一個中年男人，一臉憤怒地看著錦娘。「二少奶奶，別說您是主子，但您不是這院裡的當家主母，奴才們是王爺的人，只聽王爺的吩咐，王爺不在，當然是聽世子爺的，世子爺說要賣奴才，那才行，少奶奶您沒這權力。」

果然是個人物啊，說話也猖狂。對這男人的怒吼，錦娘眼皮都未眨，慢悠悠地走到冷華庭身邊，冷笑著對那男人道：「你方才可是說，王爺不在，你要聽世子爺的？那昨日湖畔小築所換之人也是世子爺吩咐的？是世子爺指使你讓人在臺階上澆油，讓本少奶奶摔倒的？」

此話咄咄逼人，對冷華堂可是一點都不客氣，那男人聽得一陣錯愕，沒想到自己的話倒成了她將事情繞到世子爺頭上的契機，一時頭上冷汗都出來了，仍是嘴硬道：「少奶奶請不要胡說，世子爺可不曾吩咐奴才這樣做。」

「既不是世子爺吩咐你做的，那自然是你夫妻二人自行作主。惡奴欺主之事你們都做了，本少奶奶不過是賣了你們，已經算是仁慈了。」錦娘又不緊不慢地說道。

那男人真的被錦娘噎得沒話說，又氣又急，只好大聲嚷嚷道：「奴才要找世子爺評理，少奶奶非當家主母，無權處置奴才！」

錦娘聽了大怒道：「來人，先將這惡奴打三十板子再說。」

大總管沒想到這位新來的二少奶奶辦起事來雷厲風行，半點喘息機會不給人，說賣就賣，說打就打，不由稍稍遲疑了一下。錦娘一回頭，對一邊的冷謙道：「阿謙，著你的人來打。」

阿謙毫不猶豫一揮手，兩名暗衛閃了出來，按住那管事男人便開始打，一時，哀叫聲如殺豬般在江南這個美麗又靜穆的早晨響起。

大總管臉上一陣紅一陣白，嘴角囁嚅著沒有說話，但沒想到這事根本沒完，錦娘等那男人的叫聲弱些了，又踱了出來，對那一排此時已經嚇白了臉的管事和管事娘子說道：「湖畔小築的灑掃歸誰管，自動出來吧。」

立即又有一名身材微胖的中年婦女哆嗦著站了出來，腳一軟，伏地便拜。「二少奶奶，奴婢真沒那害二少奶奶的心啊，求二少奶奶開恩，奴婢可是簡親王府的家生子，斷沒有謀害簡親王子嗣的狗膽，請二少奶奶明鑑！」

嗯，這位態度還算可以，不過，也脫不了干係。錦娘端起豐兒送過來的茶輕輕抿了一口，對大總管道：「將她罰到外院去做灑掃三個月，以觀後效，若有悔改，再行回來。」

那管事娘子聽得心頭一鬆，伏地連連稱謝。

「將湖畔小築裡所有的下人一併全賣了，本少奶奶沒那閒心一個一個去查是誰做的，一鍋端了省事。」錦娘一步一步，寸步不讓，院裡眾僕聽得如此不講情理、大肆責罰的做法很是不滿，但畏於方才那個男人被打得血肉模糊的前事在，一個一個敢怒不敢言，只全都憤怒地看著大總管。

錦娘見了也瞇了眼，半挑著眉，盯著大總管的表情，眼神犀利又冰冷。大總管被兩邊夾擊著，一時冷汗涔涔，摸出一條帕子拭著汗，卻是半句話也沒說，讓他叫人牙子來，他也沒使人去，那要嘛便是在無聲反抗，要嘛，便是在拖延時間，等他的主子來。

果然，沒多久便看到冷華堂一臉溫潤優雅的淡笑，似是很湊巧地走了過來。

「咦，小庭，你們這是在做什麼？給奴才們訓話嗎？」連聲音都是溫和又隨意的。大總管及下面的一干管事臉色這會兒都一鬆，像是迷失方向的小狗，終於找到了自己的主人。

冷華庭臉色淡淡的，一如既往地對他的到來和問話漠視著。

錦娘今天心情也不好，連打圓場的話都懶得說。場面要僵就僵吧，這個人太過討厭了，她沒心情跟他磨嘰。

冷華堂也不氣，他也不是第一次被小庭冷待了，又很隨意地對大總管問道：「你們怎麼不去做事，都到二少爺屋裡來偷懶來了？」

竟然不管不顧地要拆自己的台，人明明就是自己召集來的，事問完沒問完他也不問，一來就讓人走，憑什麼真以為他是老大了？

錦娘不動聲色地看著那些管事們。果然，大總管臉色放緩，淡淡地對冷華堂道：「世子爺，二少奶奶要賣了好幾個奴才呢，奴才正在等您的示下。」語氣恭敬，而且態度也明確。

錦娘不由笑了起來。她原只是在試探這位大總管，看他認不認得清風向標，這會子終於看清，這位看似沈穩精幹的大總管眼裡也只有冷華堂，對自己的話根本就是在敷衍，很好。

冷華堂聽了臉色果然一變，沈著臉對錦娘道：「弟妹，妳怎麼可以甫一來就胡鬧，這些個下人在這別院裡當差可有年份了，都是父王自京城王府裡頭帶來的，憑什麼說賣就賣掉他們？」一轉頭，又像是不想與錦娘弄得太僵，對那大總管道：「你們先下去吧，弟妹一時在氣頭上，我勸勸她就好。」

錦娘聽了也不急，等那大總管剛一轉身，便悠悠然道：「據我所知，此處並非簡親王府私產，而是朝廷撥給墨玉掌管人的臨時居所，你們大可以走就是，離開這個小院半步，後果自負。」

說著，又是慢悠悠地自袖袋裡拿出墨玉來，拎著那墨玉的繫線，懸在手中晃蕩著，不緊不慢地對冷華堂道：「如今這一代的墨玉接掌人便是本夫人了。世子爺，這裡不是私人住所，而你也非在地辦事之人，你如今只是掛個監察之職，我想，監察的手伸得再長，也無權監管本人住所裡的私事吧？」

冷華堂再沒想到她會有此一說，這別院確實是朝廷撥給墨玉掌管者的私人住所，但幾輩子以來，墨玉便是由簡親王府掌管，所有簡親王府的人心裡全當此處為簡親王府所有了，從沒想過它的歸屬仍是朝廷。錦娘的話一句也沒錯，卻將所有在場之人震得話都說不出來。

冷華堂陰戾地看著錦娘，眼裡噴著憤怒之火，像要將錦娘生吞活剝了似的。

錦娘抬眼淡淡地與他對視，譏笑地看著他，嘴裡卻說出一句讓他更為光火的話。

「所以呢，這裡便是我和我相公居住辦公的地方，我們不想有閒雜人等來打擾，還請世子爺自即刻起便搬離此住所吧。」

說著，對身後的冷謙又揮了揮手道：「著幾個人，幫世子爺收拾收拾，我也累了，這雙身子果然容易累啊。」

冷華堂急怒攻心。自他當上世子以來，還從未被人如此羞辱驅趕過，他突然一抬手，便向錦娘搧去。

錦娘面不改色地迎向他。果然那巴掌根本就打不下來，因為冷華庭在身後一扯將她抱進自己懷裡，然後二話不說，飛身便向冷華堂攻去。

冷華堂顯然並不想與他對敵，不過幾招便連連後退，大聲道：「小庭，你這老婆太過無禮猖狂了，我可是你大哥！」

「你再罵她一句，我便一劍殺了你！」冷華庭人在空中，軟劍已然抽出了身，而太子派來的暗衛已經不由分說地圍了三個上去，招招攻向冷華堂。

錦娘卻是笑吟吟地看著場中的打鬥，一點也不擔心相公會吃虧。她可太瞭解那廝的本事了，冷華堂再有本事，也不敢公然在此傷了冷華庭的。

她有了空閒，便捏了一塊四兒端在手裡的桂花糕，轉頭對張嬤嬤和忠林叔道：「將這些人，包括這位所謂的大總管，一併全都趕出府去，不許自贖，全都賣遠一些了。做下人，連個最基本的操守都沒有，留著做什麼？若有人鬧事，便送官府處置。」

那大總管在別院裡也是養尊處優慣了的，沒想到這位新來的二少奶奶，竟然連自己也要賣了，不由怒火中燒，大聲道：「少奶奶如此行事，大肆處罰無辜之人，王爺不會放過妳的！我是王爺的人，妳無權賣我！」

錦娘好笑地看著那大總管，自袖袋裡又拿出一個印信來，攤在手中，亮給那大總管看。

「臨來時，母妃給我的，這是父王的印信，說我可以隨意處置任何人。大總管，本夫人原以為你是個聰明人呢，也給過你不少機會，但你太讓我失望了。」一轉頭，又對張嬤嬤道：「張嬤嬤，人牙子叫來了沒？」

眼看著大勢已去，那大總管面如死灰。他怎麼也沒想到，投靠世子爺會是錯的，歷代簡親王府的墨玉都由世子爺掌管，世子將來是要繼承王爵的，整個簡親王府將來都要由世子說了算……

錦娘真的乏了，看看那個正打得起勁的妖孽，嬌聲嚷道：「相公，收工了，咱們去畫圖紙，一會兒還要去廠子裡再開工呢！」

冷華庭正打得起勁，聽錦娘一喚，真的就驟然停手，躍回到輪椅裡坐好，一臉討好地問錦娘：「娘子，可有受驚？」

「沒，我好著呢，有相公在，我什麼也不怕。」

「喔，那咱們進屋去吧，外面吵死了。」一轉頭，對冷謙道：「速速按少奶奶的吩咐，將這兒所有的人全都趕出院子裡去。」

錦娘聽了又回過頭道：「得讓白叔派些兵丁來盯著點，別把我院裡的東西偷走就不好了。」

兩夫妻旁若無人地邊走邊聊，原在府院裡的下人聽了全都面如死灰，當然，裡面也有很多是無辜受牽連的，不過錦娘知道，張嬤嬤會細心地挑出那些心善之人留下。她這話，原也只是對那十幾個管事來說的，除了首惡，又清了下面的人，這院子就該清淨了。

她邊走邊撫著自己仍是平平的腹部，在心裡說道：寶寶，娘既然決定要迎接你的到來，就要給你一個安全的環境，可不能讓你連出生的機會都沒有。不能怪她狠心，她不想留下半點隱患在這別院裡，更不留下任何讓人加害她腹中胎兒的機會。

回到屋裡，外面鬧得再厲害也與他們夫妻無關。錦娘鋪了紙，將昨日記錄下來的東西，循著記憶和針對那台機械的現狀，一一畫好，冷華庭就在一旁靜靜地看著，遇到不明白的就問，錦娘再細心地一一解說，不到一個時辰，圖紙便全都畫好。

他們這次來，隨行人裡就帶有好幾個將作營的大師傅，而江南也特設了一個製造坊，專門為基地鍛造配件所用。

錦娘將圖紙交給將作營官員後，便與冷華庭一起上了馬車。昨天的紡紗機也不知道開得正常了沒，得去看看，還有那防護罩也不知道做好沒有，那些裸露在外面的轉動部位必須要遮蓋好，不然，又會引發傷害事故。

馬車上，錦娘忍不住問冷華庭：「相公，你說太子給你的暗衛是一直跟著我的嗎？」

「是啊，不然，妳今天可真是危險了。」冷華庭仍有些後怕，對那暗衛的忠心盡職很是感激。

「那他們為何沒有看到澆油到臺階上的人，或者看到了為何不制止？」錦娘真的很疑惑這一點。

「他們是隨妳進了屋，怎麼能看到啊？傻娘子，人家可是從未離開妳三丈遠過。」冷華庭好笑地揪了揪她的小鼻子，寵溺地看著錦娘道。

喔，原來如此。也是，若是自己進了屋，而他們守在外面，若有人突然在屋裡行刺自己，那怎麼辦？

於是放下心思，再不糾結這事了。不過，一想到有兩個大男人隨時隨地監視著自己，身上就是一層雞皮疙瘩。沒辦法，不能忍也得忍啊，誰讓自己沒本事保護自己呢。

到了廠子裡，工人果然有序地在忙碌著，不過紡紗機仍沒有開動，工人不過是在清理倉庫裡的存貨。葉一早早地等在廠子外面，一臉焦急，看見錦娘夫妻終於來了，便急急地迎過來。

「少主，這一批貨訂在下月二十就要上船，商隊下海的日子不能再拖了，與南洋那邊也是訂好交貨日期的。」葉一急切地說道。

錦娘一聽，眉頭也皺了起來，問道：「還差多少貨物？」

「三千疋，只剩一個多月時間了，少主，快想想辦法吧。」葉一急得頭上都在冒汗。三月的江南，天氣仍是寒，他卻急得直拿帕子抹著汗。

「你別急，我先去看看紡紗機吧。」三千疋布可不是個小數目，來時聽說那織布機一天也就能織出百餘疋，若機器完好，運轉起來，完成這三千疋倒是不難，但那也是滿打滿算的，還不能算那些織出來的次級品，時間可真是緊呢。

何況，這紡紗機還沒有好，原紗織不出來也是白搭。

錦娘皺了皺眉，沈吟了一會子，道：「手工紡出的紗能上織布機嗎？」

葉一聽得一怔，這事他從來沒試過，還不知道呢。「從未試過，少奶奶問這話是何意？」

錦娘聽了一笑道：「你立即到百姓家裡弄些紡好的棉紗來上機試試，若是能成，便挨家挨戶地出高價收購。這三千疋布主要不是賺錢，而是保信譽，江南盛產棉花，不只是農家，就是江華縣城裡頭的百姓家裡也都會紡紗織布的，應該能收不少好紗回來，先抵一陣子，我這裡快些找出紡紗機的故障就是。」

葉一一聽，也只有這個法子了，趕緊就提了下襬著人去辦了，心裡對錦娘是越發佩服起來。這位少主子果然腦子靈得很，不只會機械，也很有些急智呢。

到了廠間裡，錦娘看到葉三帶了幾個年輕工人正圍著那台紡紗機看，機器是停著的，沒有開。

見錦娘走近，他們忙過來行禮，錦娘便將自京城帶過來的圖紙攤開，仔細研究著紡紗機的構造。在佩服前輩穿越女的同時，腦裡也形成了要將這紡紗機徹底改造的決心和方案。

她發現一個重大問題，那就是每個齒輪中間的軸裡沒有裝軸套，只有軸承，這樣機器運轉時，雖然不影響速度，卻是加快了齒輪與軸的磨損。這個世界裡既沒有機油，也沒有黃油，機械的潤滑做得再勤，也達不到太好的效果，若是在所有軸上安裝上軸套，那便既減少機械的磨擦，又加快機器運轉的速度。不過這只是後話，為今之計是先將紡紗機修好，運轉起來，完成這一批貨物再說。

錦娘又命工人將紡紗機開了起來，仔細察看，發現機器動力是沒有問題的。

她讓工人按操作程序上了棉試了試，卻見原本要抽成細紗的板，一上機便被捲進去，堵死了皮帶。

機器停下後，錦娘便走到那捲板的位置細查，終於找到了問題。原來，這裡的機器聯軸器上全都沒有鑽孔，軸與皮帶之間連接部位都是焊接的，機器運轉久了，那焊接的地方就斷裂了，若要更換配件，就得將這個部位的整個設備全都拆換，而且那斷口也並不明顯，看著就像是完好的，若非錦娘對機器很瞭解，又看得細心，是很難發現的。

低了頭，錦娘又暗想若是將這聯軸器鑽個孔，再配上六角螺絲，就不會輕易斷掉，而且就算是壞了，也只是換一個小小的聯軸器就成。

這事還真的麻煩了，抽棉成線那部位的機器太大了，也不知道有備件沒，若要換，得趕緊去做，這裡的鍛造工藝定然也不先進，不知何時才能弄好呢？

第八十四章

錦娘自機器上下來，一旁的冷華庭看得心驚肉跳的，生怕她一個不小心就會摔了，早早地就推了輪椅過去，護在她身邊。這會子他突然很後悔一直坐輪椅了，不能站直了肩並肩地保護她。

可是，心裡某個地方總在警告自己，不能太大意，就是要站起來，也不是這個時候，一定要在誰都意料不到的時機，給敵人一個迎頭痛擊，讓他們再無翻身機會，該自己的，一定全都要奪回來。

錦娘觸到他眼裡的殷殷關切和擔憂，安撫地對他笑了笑，也顧不得跟他多說，提了步就走。

葉三、葉四跟在後頭，看錦娘秀眉微蹙，似在思索，想問又怕打攪了她的思路，只得默默地跟著。冷謙推著冷華庭跟在一旁，錦娘快步到了廠子裡的休息室，拿了墨筆和尺，就算是畫起圖來，她細心地描著軸套的尺寸，按照原先設計的圖標全都用文字敘述清楚，好讓將作營的師傅能輕易看懂，並儘快製造出來。

畫完軸套，又畫聯軸器，想了想，這個時代可能沒有在鋼鐵上鑽孔的技術，更不可能有電鑽，便想著畫了一個圖，讓他們鑄一批帶孔的聯軸器出來。同時，她還發現這個時代沒有螺絲和螺母，東西很容易鬆動，她沈吟片刻，腦子裡努力回憶著前世的牙板和車絲工具，又畫了一幅牙板圖，標明了尺寸等。

兩台機器更換些配件後，暫時是能用的，但錦娘也知道，兩台機器運轉的年份太久了，大部分設備已經老化，像個七老八十的人，就算換了零件，也用不了多久。一勞永逸的法子便是重新設計和製造幾台新機器，不過，現在好像也不是做這個的時候，皇上雖然讓冷華庭和自己掌了墨玉，但是，這到底是為皇家做事，一旦將自己的底都交了，以後沒有了利用價值……她有時候腦子裡就會胡思亂想，總在猜那位第一任的簡親王妃到底是穿回去了？還是……因為太聰慧而不合時宜，所以死了？這是一個謎團。木秀於林，風必摧之，錦娘只想一步一步地展現自己，要讓上位者永遠需要，少不得，那才是最好的自我保護方法。

將自己發現的、能改的，又很關鍵的小配件全都畫好了圖樣，錦娘拍了拍後，伸了個懶腰，正轉身要遞給冷謙。

她在畫圖時，冷華庭就坐在輪椅上靜靜看著，看似簡單的圖樣，她足足畫了好幾個時辰，量了畫、畫了量，認真又細緻，這時的錦娘，神情專注又認真，時而沈思，時而微笑，時而又蹙緊眉頭，那樣璀璨耀目，將他的心和他的靈魂全都照亮。

看她好不容易工作完了，直身伸腰，他的心裡就升起一股憐惜和疼愛。「都畫完了嗎？」輕輕地挨近她，大手扶在她腰間，暗動內力為她按摩，以舒緩她的勞累。

「嗯，都畫好了。阿謙，你速速去交給將作營的師傅們吧，請他們儘快做出樣品來，上機試試看。」錦娘確實有點疲累，但自腰內傳來了暖流直入丹田，讓她渾身的痠痛緩解了不少。她雖不懂武功，卻也知道這是她親親相公的功勞。

一會子，葉一急匆匆地回來了，後面還跟著個工人，扛了一大捆細紗回來。錦娘看著心中一喜，暗嘆葉一做事細心又快捷，也顧不得勞累，手一揮，便急急地跟著葉一去了廠間。織布機正開著，雖然偶有故障，但小小的故障，葉三、葉四幾個帶著自己家子姪還是能夠解決的，錦娘便讓操作工人換上葉一帶來的人工細紗。

上機一試，果然能用，只是人工紗不如機紗均，在高速運轉著的機器上容易斷，那樣接頭就多，但也沒關係，錦娘讓工人將車速放慢一些，果然接頭就減少了很多，只要工人小心仔細地看著，一疋布下來，還算合格的。

葉一見了，大鬆了一口氣，由衷地對錦娘道：「這下好了，三千疋布的原紗問題解決了，少主可真是活菩薩，一來就將王爺和奴才都頭疼的問題解決了。」

錦娘看他眼裡全是真誠，比之昨日更為恭敬了，而且最重要的是，在他眼裡再也看不出不屑和不馴，心裡也稍稍放了心。看來，這些個葉姑娘遺留下來的家奴們，渾身自帶一股傲氣，他們待人看的是實力，對強者是絕對的服從，但對不如他的人，就算地位高於他，有的事情他不得不應承，但也是陽奉陰違，說一套做一套，不將人放在眼裡的。

想通此點，她對葉一的看法倒是大為改觀。這個人還是很有用處的，一旦自己徹底將他收服，他身後的力量也絕對不可小覷。這個廠子裡的工人，大多很尊重葉一，看他臉色行事，他們祖輩都在這兩台機器前工作，操作和維修技術都算是一流的，要管理好他們，除了用先進的企業管理方法，更重要的是以人治人，而葉一，便是「治人」的最佳人選。

而這裡……不過是自己的試金石，錦娘心裡有更遠大宏偉目標，只是，如今不是實施的時候而已，到時，少不得也要葉一的幫助呢。

「你也辛苦了，我已經設計了一些新的配件，讓將作營儘快做了來，到時候，連著織布機上的也一併換了，應該可以提高紡織速度的。」錦娘淡笑著對葉一道，語氣平和客氣。

葉一聽得心中一喜，渾濁的眼睛裡閃著激動的光芒，躬身道：「如此甚好，少主果然非同凡響，老奴才佩服。」

錦娘聽了只是淡笑。該做的事情也做得差不多了，便吩咐葉一快速去收購手工細紗，儘量不讓織布機斷料。

自工廠裡出來，一坐進馬車，錦娘又呼呼地睡了。冷華庭將她半摟在懷裡，心疼地拍著她的背。第一次有些懊惱自己的無用，若是自己也會那些機械製造，也就不用讓這個小東西如此辛苦了。

回到別院，看到院門口正排著長長的隊伍，張嬤嬤和忠林叔兩個正坐在門外選人。冷華庭讓冷謙悄悄將馬車開到偏門處，正要將錦娘抱下來，錦娘倒是醒了，迷迷糊糊地又嚷嚷著餓了。冷華庭無奈地笑道：「一會子就有吃的了。妳如今可真像隻小豬，吃了睡，睡了吃。」

錦娘嘟了嘴，不滿地說道：「不是我要吃，相公，是你兒子要吃呢，我一個人哪裡吃得了那麼多嘛。」

冷華庭笑著刮了刮她的鼻尖，兩人邊說邊笑地就進了府。

一進門，遠遠地四兒就迎了出來，臉色有些不太好看。錦娘看著就覺得詫異，身後的冷謙那張冷硬的臉也更加冷冽了。

錦娘也沒問，直接進了屋，一看地上跪著一個人，不由一驚，偏了頭就去看那人的臉，卻是早上在湖畔小築裡見過的雙兒。

雙兒一見錦娘進來，哭著便拜。「二少奶奶，奴婢是雙兒，您早上見過的呀！」

錦娘皺著眉，別開頭了一些，走到正位上坐下，也沒理雙兒，只是問四兒：「湖畔小築的人不是都賣了嗎？她怎麼還在這裡？」

四兒聽了便狠狠地瞪了一眼雙兒，小聲回道：「今兒人牙子來收人時，張嬤嬤留下了這個雙兒，奴婢也不知道她是何用意，奴婢倒是認為，這個雙兒看著就不地道，早上就她對少奶奶殷勤得很，熱情得有些過頭了，看著就有古怪，果然少奶奶就被滑到了，哼，那油，指不定就是她澆的呢！」

「少奶奶，不是這樣，您聽奴婢說，奴婢那是在向您暗示呢，可惜您沒聽出來啊……不對，是奴婢太笨，用的法子不好，讓少奶奶沒得提起防備，但奴婢絕對沒有害少奶奶的心啊！」雙兒聽了，大大的眼裡就露出驚惶和委屈，邊磕頭邊解釋道。

錦娘聽了稍稍回想了下，倒是覺得她說的話也有些可信，正是雙兒告訴她，湖畔小築的人是臨時換的，才讓自己看出那大總管其實也是被冷華堂收過去的人。她的話似乎真暗含了些警告意味，不過自己被滑時，她卻沒有及時提醒的……

錦娘一揮手，冷冷道：「下去吧，讓張嬤嬤安排妳去前院做灑掃就是，沒有允許，不許妳到後院裡來。」

四兒看了急得直跺腳。她對錦娘的決定很不贊同，正要再說什麼，豐兒卻是扯住了她，搖了搖頭。「去擺飯吧，少奶奶看著可是又餓了呢，在基地裡忙活了一天，肯定是累了，咱們早些服侍少奶奶用飯安置才是正經。」

錦娘用過飯，正要歇息，張嬤嬤總算忙完，笑吟吟地進來彙報。錦娘對她搖了搖手道：「您辦事，我沒什麼不放心的，只要將我院裡的人好生挑了，別讓那些不三不四的人進來就成。」

張嬤嬤聽了便福了身道：「少奶奶放心，您屋裡的人，奴婢都請了侍衛去調查過她們的家底的，而且送人進來的人牙子，奴婢也是讓人查了的，跟人牙子說過，附近的人不要，就要那自遠處買來的，沒有父母親人的，一下就是死契，不簽死契的一律不要。」

錦娘笑了。「不讓妳說，妳非得說。不過，簽死契確實好，又不是家生子，在府裡就沒了根基，不會牽扯到七七八八的關係上頭去。嗯，這樣我倒真是放心了。」

又問起雙兒的事，張嬤嬤聽了便嘆了口氣，道：「雙兒是陳姨娘的姪女，奴婢以前倒是聽說，陳姨娘有個舅兄是被王爺帶到江南來的，想來，奴婢也是念著舊主的好，才會竭力保了雙兒。少奶奶您既是將她放到了前院，那她就算是要鬧什麼么蛾子也難了，再者，如今院裡的人都換了，她一個小小的丫頭，孤掌難鳴，倒真不用顧及，就算是賞她一口飯吃，做做善事，給小少爺積福就是了。」

錦娘卻是將張嬤嬤的話聽到了心裡。原來，雙兒是陳姨娘的親戚，也怪不得張嬤嬤會保她，陳姨娘畢竟身世迷離，能留下一個親戚也好，保不齊就能問一問當年的事情，只是不知道雙兒又知道多少。

接下來的日子過得風平浪靜，錦娘每日裡去廠子裡察看，又找出兩台機器上的一些不足，在細節上加以改善，畫了一些配件圖樣，交給將作營製作。而葉一，果然在半個月裡收齊了三千疋布所需的原紗，紡紗機雖然還沒有修好，但下海的貨倒是不會有問題了，這讓錦娘和冷華庭都放了心。

能改的、能換的，她都改換了，只等將作營將東西做好再安到設備上去，錦娘漸漸地也懶怠去廠子裡了，在院子裡養胎，成日就真的是吃了睡、睡了吃，身子也越發豐腴起來，原先沒長開的五官，如今越發明麗起來，看得一向以相貌自傲的白幽蘭都覺得羨慕了。

白幽蘭一直在別院裡住著，每日都會來錦娘屋裡坐坐、聊聊天，倒是與錦娘關係越發親密起來，神情也是平靜得很，只是偶爾流露出的一絲羨慕洩漏了她心裡的黯然。

冷青煜的腳傷只養了幾天便好了，又是個坐不住的性子，腳好之後，便有事沒事地到錦娘院子這邊來遛遛。不過，他知道冷華庭不待見他，有時，也就是等冷華庭去了廠裡，他就遠遠地站在院外凝視著，看錦娘每日清晨和黃昏在院子裡扶著腰散步，看她笑時，他也會開心，看她憂心時，他的心也會發緊，只是，只能遠望而已，再也不能近前一步的……

但他卻不知，每每在他凝望著錦娘的時候，不遠處，也有一雙似水含煙的眸子無奈又傷感地凝望著他。他越是對錦娘癡心，白幽蘭便越覺得這樣的男子珍貴，竟是一頭栽了進去，再也無法自拔了。

錦娘無心管這些閒事，肚子一天一天地大了，漸漸有出懷的趨勢，她腦子裡使勁回憶著前世有關懷孕的知識，別的沒記起什麼，倒是記得懷孕了就得多活動，那樣將來生孩子才能順順當當，又記得不能高攀取物，不隨便吃藥等等，有時她還莫名其妙就惋惜，為什麼自己不是結婚生子以後再穿的呢，那樣就會有生孩子的經驗了。

二十天以後，錦娘設計改造的那些配件終於出爐了。這一天，錦娘興沖沖地坐上馬車，與冷華庭一起去了廠裡。

葉一幾個果然既興奮又期待地站在廠子外面迎接，錦娘一下車便問：「東西可都拖來了？」

葉一幾個行過禮後道：「來了，就請少主過來主持安裝調試呢。」幾個人高興地說著，抬眸一掃眼，看錦娘微微隆起的腹部，心裡又添了幾分高興和擔憂，更添了幾分感動和佩服。少主都有了身子了，還在操心著廠裡的事，如她這般認真敬業又才華橫溢的女子除了葉姑娘，只怕世上再無人能比了。

到了廠間裡，錦娘撫著腰指揮工人將新到的配件安裝上去。最先換上的便是軸套，再就是抽棉配件，加上錦娘改良過的軸承和小齒輪。

在錦娘的指導下，工人很快便將新配件全都換好了，再試開機，果然，紡紗機終於能抽棉成紗，生出又細又勻的原紗來了。

葉一幾個更是歡欣雀躍，一把年紀了像個孩子似地哭了起來，幾人再次拜倒在錦娘面前，又表了一番忠心。錦娘對此很滿意，要的就是這樣的效果，她如今也是藉著這兩台機器來籠絡人心，更將自己的設想在舊機器上實驗，這些都只是為將來做儲備。

紡紗機修好了，錦娘又命工人停了織布機，將織布機上的配件能換的全換了，再開機時，果然織布機的車速提高了半成。這讓葉一幾個更是讚嘆不已，同來的白總督也是佩服得五體投地，他原還存著兩邊不得罪的心思，這會子可真的拎清了，誰才將是皇上和太子最看重的人，簡親王亦……怕是要換新繼承人了……就算冷二少爺的腿不能站起來，只要這個孫錦娘想要，那世子之位怕就得易人了。

又過了半個月，下南洋所需的三千疋布終於只剩最後的三百疋了，除去次級品，織布機再運轉三天，便可以完成所需的全部任務。

這一天，錦娘正懶懶地窩在軟榻上看書，冷華庭這兩天也沒去廠裡頭，就膩家裡陪著錦娘了。錦娘半躺著看書，他就挨在一旁，半支了肘，歪在輪椅裡靠著，卻是拿了錦娘畫過的圖紙在看。

這時，張嬤嬤突然帶了個小廝急急地進來，稟報道：「少爺、少奶奶，不好了，方才廠子裡來人說，廠子裡出事了！」

冷華庭和錦娘聽得一震，立即自裡屋出來。錦娘問那小廝：「是何人來報，出了何事？」

那小廝道：「回少奶奶，方才那人說是葉一的兒子，看著一臉惶急，說是求少奶奶救救他父親呢！」

葉一出事了？錦娘聽得一陣錯愕。葉一可是廠裡不可或缺的人才，他出事，對廠子可是一大損失，要再找一個既能幹又懂行還忠心的人來管事，還真是難呢。

「不會是受傷了吧？」錦娘實在想不出葉一能出什麼事，試探著問道。

「回少奶奶，奴才也不知道，那人還在外院等著呢，要不要召他進來，您自個兒問？」那小廝倒是個機靈的，見兩位主子都被自己這消息給震住了，忙出了主意道。

錦娘聽了忙讓人召了葉一的兒子進來。葉一的兒子叫葉忠彬，今年已經三十多歲了，也是廠裡的一把好手，他最大的本事就是給設備上保養油，也如葉一一樣精幹得很。

錦娘與他早已經相熟了，看葉忠彬真的是一臉惶急地進來，錦娘一揮手，讓他免了俗禮，直接問道：「葉一究竟出什麼事了？」

葉忠彬還是跪下，邊行禮邊道：「回少主，奴才的爹被江華府抓去了，說是……說是貪墨，而且先前正準備運到碼頭倉庫的貨也被攔截下來，說是那貨有問題，不許上船。」

冷華庭聽這事情可真不能小覷了，忙道：「小小的江華府有何權力抓基地上的人，你會不會弄錯了？」

「回少爺，正是江華府派人自奴才家裡將爹爹抓走的。奴才也不知道，江華府怎麼敢如此大膽，以往江華府對基地上的人最是客氣，從不敢輕易得罪，這一次卻是氣勢洶洶，似乎胸有成竹，一定能將爹爹治罪似的。」葉忠彬也是皺了眉頭分析道，他雖然惶急，頭腦依然清晰明朗，說話也很有條理。

「相公，咱們趕緊去那什麼江華府衙門瞧瞧去吧！最好使人通知白總督，江華府雖說不歸白總督管，但應該會賣白總督的面子吧？」錦娘擔憂地說道。

「他們連簡親王府的面子也不顧了，還會在意一個江南總督的面子？取我官服來，本官倒要去見識見識這位小小的六品知府大人，看他是不是多長了兩條胳膊出來了。」冷華庭微瞇了眼，沈聲說道。

「葉一可是我的人，我也要去。」錦娘聽了也回屋裡換衣服。她也有六品誥命服呢，穿過去撐撐場也是好的。

江華府衙比起江南總督府衙門可小多了，那知府也是四十多歲年紀，胖胖的身材，人卻顯得精幹靈活得很，聽說織造使大人來了，他遠遠就迎了出來，一見冷華庭下了馬車，他便拜了下去，恭敬而有禮，一點也不像是找麻煩的人。

錦娘看著有些詫異，而知府看到錦娘穿著誥命服到衙門裡來，他也是一震，眼裡露出一絲不屑和鄙夷之色，就算是誥命也不該如此拋頭露面吧，一個婦道人家竟公然跑到衙門裡去，又不是犯得有事，真真太不守禮了。

知府的眼神當然沒有逃過錦娘的眼睛，但她這一會子憂心葉一的事情，無暇與這等古板的衛道人士計較，臉上仍是帶著淡漠的笑容。

「下官拜見織造使大人。」知府對冷華庭恭敬行禮道。

冷華庭冷冷地看了他一眼，漠然地推著輪椅往衙門裡去，將那江華知府晾在衙門外頭。那知府臉色微帶尷尬，起了身，跟著也進了衙門。

走進去才看到，冷華堂與和親王世子、榮親王世子三人正坐在大堂裡，錦娘嘴角便勾起一抹了然的笑。果然是賊心不死，又是這個卑鄙小人在作怪。只是和親王和榮親王世子不是都住在別院裡，與相公的關係已然改善了嗎？怎麼又與冷華堂勾結在一起了？

冷華堂一派悠然地坐著，看到冷華庭進來，還笑著打了聲招呼。「小庭，你來得可還真快啊。」

「有你在，我能不來嗎？」冷華庭難得回了他一句，鳳眼半瞇，眼裡便是厭惡。

倒是和親王世子和榮親王世子見了冷華庭，臉上微微有些不自在，對他拱了拱手後，卻沒有說話。

那江華知府這會子趕了進來，一屁股坐到了正堂之上。冷華庭冷冷地對那知府道：「速速將葉一給放了。」他的話簡單而直接，完全不按官場上的套路來。他素來便不喜歡官場上的那些俗禮和客套，更討厭看那些虛情假意的笑臉。

江華知府被他說得一愣，臉上帶著一絲譏笑道：「大人，恐怕這事下官不能遵從，那葉一可是幾位監察使大人抓來的，下官只是奉命行事而已。」

監察使與織造使不一樣，監察使是代天子監察基地，最重要職責便是督查墨玉掌權者是否廉潔。監察使是欽差，織造使雖不由監察使管，但基地上真出了貪墨之事，也不得不聽從監察使的，接受調查。

所以，對於江華府來說，就算他平日裡不敢也無權干涉織造使，但有監察使下令，他也不得不做的。

怪不得這位江華知府看著精明得很，卻行如此大膽糊塗之事，原來也是隻老狐狸，這是在幹兩不得罪之事呢。

冷華庭聽得眉頭一皺，冷冷地看向冷華堂。「為何抓了葉一？」

「因他貪墨。」冷華堂好整以暇地應道。

「何以為憑？」冷華庭皺了眉又問。他和錦娘不過才來一個多月，一來便一門心思在機器改造之上，對帳務和商隊之事還沒有著手去管。葉一在基地上也算是位高權重了，很多事情錦娘都交給他去一手完成，或許真有貪墨之事被冷華堂抓住也未可知呢。

果然，冷華堂真的命人拿了一本大帳本出來，冷笑著對冷華庭道：「這本帳可是記得清清楚楚，這一個月來，葉一大肆在民間收購手工棉紗，出價高達四十兩銀子一錠之多。本監察使可是算過，一疋成品布成本價也才三十兩，他如此做，朝廷還賺什麼錢？南洋商隊不虧死才怪。」

原來如此，錦娘沒想到他會陰險得拿這個作文章，那分明就是自己讓葉一辦的，不過是在紡紗機沒有修好之前的權宜之計，既是收得急，價格出得高也是有之的，這個卑鄙小人真像條瘋狗，無事也能咬人一口。

「先帶葉一上來。」冷華庭當然也清楚個中內情，但這事錦娘不能隨便就承認了，不然連她也一併牽連進去。

葉一被人帶了進來，只是神情委頓也很憤怒，一見錦娘和冷華庭都在，精神一振，身板也挺直了些，昂著頭怒視著江華知府。

江華知府很識時務地自正位上走下來，對冷華堂一躬身道：「大人，此事下官無權干涉，還是由您主審吧。」

冷華堂對他的殷勤懂事很是滿意，微笑著坐到正位上去，對葉一道：「葉一，你太過大膽，誰指使你高價收購民間紗的？你可知道，你此舉為朝廷損失近五萬兩銀子，你一個小小的工頭，憑什麼如此去做？」

葉一冷笑地看著冷華堂道：「世子爺，這原是簡親王府內部之事，你何必要鬧到這公堂上來？你可知，不管奴才貪墨不貪，此事打的都是簡親王府的臉面？」

冷華堂聽得一窒，臉上帶了絲不自在。他沒想到葉一如此大膽，竟然在公堂上與自己說這個，他如何不知道這丟的是簡親王府的臉？可是，此次南下的功勞全都被那孫錦娘給占了，自己都被灰頭土臉地趕出別院，不整治那孫錦娘，如何能消他心頭之恨？再者，這兩天他也調查清楚了，基地上的兩台機器都已恢復了正常運轉，孫錦娘在基地上的作用已經不大了，現在治她，也不會引得皇上和太子們有太大反感，而且現在也正是爭回墨玉的最佳的、最後的時機，誰讓孫錦娘自己送了把柄給他來抓呢？

「你放肆！本世子是奉皇命來監察基地和商隊運作的，怎能因私情而罔顧國法？你最好是快快招來，是誰指使你高價收購紗錠的，這個價格又是何人所定，你又貪墨了多少錢財？」冷華堂一副大義凜然的樣子，將驚堂木拍得震天價響。

葉一眼一瞇，老眼裡便是不懼與譏誚，冷笑道：「自然是老奴自己作主的。紡紗機壞了，也不知道何時能修好，南下商隊所需貨物又催得緊，沒有原紗，就還有三千疋布無法按時交貨，老奴如此也不過是權宜之計，又如何錯了？」

「哼，就算是權宜之計，你也不該將價格定得如此之高。葉一，本世子可是調查過了，你真正付給百姓的只有三十五兩銀子一錠紗，而你帳面上卻是四十兩銀子一錠，這事你又作何解釋？」冷華堂翻著帳本，冷聲喝道。

「收紗可是需要人力物力的，付給百姓確實只有三十五兩銀子，但人工運輸等費用去了五兩，這筆帳世子爺難道也算不出來？」葉一眼中閃過一絲慌亂，狡黠地回道。

錦娘一聽這話便皺了眉。這個葉一，做事雖然俐落，但貪心定然是有的，五兩銀子一錠紗的力資費可真是太多了一些，看來，今日之事還真不好辦了。

果然就聽冷華堂哈哈大笑起來，對著葉一罵道：「你當本世子是三歲小孩嗎？那紗錠才有多重，一錠需要五兩銀子的力錢？看來，不用重刑，你是不會招出幕後之人了！」

說著，他驚堂木一拍，大聲道：「來人，將這奸徒上夾棍。」

夾棍？就是以前在電視裡見過的那種夾手指的刑具嗎？錦娘一想到那東東就一陣肌肉發痠，以前一看那電視裡被人施刑的慘狀，她心裡就很不忍，葉一都是快六十的人了，能經得住如此酷刑嗎？

而且，冷華堂這廝分明是想將自己一併拖下水去，好治自己的罪呢。自己只是吩咐了葉一去收紗，可從沒管過價格，但這事不過是口頭上吩咐的，又沒個憑證，到時他定然會一口咬定葉一所做全是自己指使，好陰險啊，在自己將基地全然恢復之後才來這一招，典型的卸磨殺驢、過河拆橋呢。

衙役們果然拿了刑具上來，兩人按住葉一，將他一雙近乎乾枯的老手夾在棍棒裡，兩個身形慓悍的衙役兩頭一扯，葉一一聲慘叫，差點暈了過去，但那衙役一看就是有經驗的行刑老手，眼看著犯人要暈了，又同時一鬆，讓他緩過一口氣，再用力拉扯。

葉一經不住痛，雙手不住地抖個不停，頭上痛得大汗淋漓。錦娘越發看不下去，張口就要自己承認算了，卻見冷華庭投來一個不贊同的眼神，他是想讓葉一獨擔了。但葉一真的能扛得住嗎？

用刑依舊在繼續，葉一已然痛得暈過去了。冷華堂陰沈著臉，他也沒想到葉一會如此硬，竟然是死了不肯供出孫錦娘來，便心一橫道：「來人，將他潑醒，上老虎凳。」

錦娘一聽，緊張得差點一口氣沒上來地暈過去，心怦怦直跳著，再也不忍心看下去。

葉一悠悠醒轉，老虎凳也搬出來了，正要上刑，葉一的兒子葉忠彬終於看不下去了，猛地撲到葉一身上，一把護住葉一道：「大人，我說！是少主吩咐爹爹如此做的，是少主說，趕不及南下的貨物，吩咐爹爹臨時去收紗的。」

葉一正剛清醒，一聽兒子這話，一口血便直噴出來，用盡全身力氣，一腳向葉忠彬踹去。

第八十五章

冷華堂終於聽到自己想要聽的話了，卻是不讓那行刑之人走開，對葉忠彬道：「你所說的少主，可是眼前這位夫人？」

錦娘差點沒被他這一句話給噁心到。想給自己栽贓早說，用得著如此惺惺作態嗎？

她也不怪葉忠彬，子女孝順父母乃是天經地義的事情，稍有點良心的人也不會眼睜睜地看自己的親爹一再忍受酷刑。她只是覺得冷華堂可笑，為了害自己，竟然弄了這麼一齣幼稚至極的事情來，她倒要看看，他究竟想將自己如何，又敢將自己如何！

錦娘從容又淡定地看著冷華堂，臉上甚至還帶著淡淡的微笑，這樣的她讓冷華堂更為惱火，眼眸微轉之間，正好看到小庭正憂心地凝視著孫錦娘，心裡便越發不是滋味。今天，怎麼也要讓這個賤女人受點罪才行。

但久等之下卻未見葉忠彬回答，冷華堂不由看了過去，卻見葉忠彬一臉愧疚和傷痛地看著葉一，心裡不免就著急，大喝道：「葉忠彬，你方才所說的指使之人是不是這位夫人?!」

葉忠彬被他驚堂木一震，抬頭正要說，葉一猛然喝道：「不肖子，給我滾！」

葉忠彬不由熱淚盈眶，哽著聲喚道：「爹……」

冷華堂當然知道葉忠彬口裡的少主是錦娘，他不過要做個樣子給小庭看，給在座的其他幾位世子看，卻不知，如此做作讓冷華庭更加厭惡和憤恨。

「葉一，你不要再死硬了，本世子自然知道你們口裡的少主是誰的。想你一個小小的工頭，也沒那麼大的膽子和本事做下如此大案。」冷華堂冷笑著對葉一道，一揮手，讓行刑之人將老虎凳抬了下去。葉忠彬一見，鬆了一口氣，護在葉一面前不敢再多說一句，不過，心裡倒是為自己方才那一句話慶幸得很，少主可是世子爺的弟媳，是簡親王府的嫡媳，世子爺再怎麼也不會對少主動刑的吧？

有王爺和少爺在，少主本身又是深富才學，對基地改造有功，就算擔了這貪墨的罪名，也不會如何，最多自此後就留在府裡相夫教子，不能再拋頭露面罷了。

「孫錦娘，葉一的兒子已然招供，是妳指使他高價收購紗錠的。」冷華堂又拍了一下驚堂木，大聲對錦娘道。

「聲音拍得如此響，是心太虛，想藉驚堂木壯膽嗎？」錦娘嘴角帶著一抹譏誚，不緊不慢地對冷華堂道：「你既是稱本夫人閨名，那就是不將本夫人看作是弟妹了，如此本夫人也沒必要尊你一聲大哥了。」

冷華堂被錦娘刺得心火一冒，但方才那一聲孫錦娘確實是叫快了些，在座的有誰不知道自己與她之間的關係，如此稱呼弟妹的閨名，確實是不雅，更失了禮數。但話已出口，收回已是不可能，只好硬著頭皮道：「公堂之上，不談私事，就算妳是本世子弟妹，本世子也要秉公辦案，絕不徇情枉法，愧對皇上對本世子的期望。」

「喔，你的意思是，你抓個不足道哉的細枝末節來興師問罪，擅自停了基地的生產，攔截南下的貨物，這些……都是皇上授意？」錦娘針鋒相對，一點也不給冷華堂留餘地。既然撕破了臉，那就不用心軟了。

「妳——大膽！簡直一派胡言，本世子何時說過是皇上授意的？」冷華堂聽得一頭是汗，更是一陣錯愕。他並沒有作主停下基地上的生產，更沒有使人攔下南下的貨物，他只是派人抓了葉一而已啊，他不由看向榮親王世子與和親王世子兩位。

但那兩個人竟然一致地偏過頭去，不與他對視。他心中一凜，感覺自己怕是落了套了，眼神立即變得幽黯起來。不過，眼下還不能當著孫錦娘的面與那兩位起內訌，等先解決了眼前之事再說。

他正暗自思忖，又聽錦娘道：「既然不是皇上授意，那你就是自作主張，商隊五日之後即將開拔，還有一批貨物沒有完工，而你們又還攔下大量貨物不許裝船，你們這是想讓堂堂大錦失信於南洋番國嗎？」

冷華堂聽得更加心驚起來，卻又不願意在錦娘面前失了氣勢，拿起驚堂木又是一拍，大喝道：「妳不要扯開話題，本世子現在問的是妳指使屬下貪贓枉法之事，妳說的制止基地生產與攔截貨物一事，本世子一概不知，請不要誣陷本世子——」

他話音未落，一枚銅錢便直直地向他頸間擊來，嚇得他兩手一併，夾住了那突來的暗器，轉頭看到冷華庭正陰戾地看著他，似要將他生吞了似的。

「你再拍那驚堂木，嚇我娘子試試。」冷華庭連聲音也是陰沈冰冷，不帶半點溫度。

冷華堂聽得一窒，心裡越發酸澀難忍。小庭竟然一再地為了孫錦娘而與自己動手，他……難道就真的那樣討厭自己嗎？曾經那樣乖巧可愛的小庭，真的永遠再也找不回來了嗎？

他正暗自傷感，又聽錦娘道：「冷大人，你一再拍著那塊驚堂木，可知道那驚堂木代表的是何意義？還是你根本無知，不知道那是什麼？你不過是個監察使，只有監察權卻無審案權，憑什麼坐到那代表一府父母官的高堂之上？你又憑什麼一再拍打那塊代表大錦莊嚴神聖律法的驚堂木？再有，本夫人也是堂堂六品誥命，身負皇差，本夫人就算犯的有錯，也由不得你來叫囂，你沒有資格對本夫人大呼小叫。堂堂簡親王世子卻是如此無知可笑，如此越俎代庖，當真將皇上和大錦律法不放在眼裡嗎？」

「孫錦娘，妳不要一再放肆，本世子的世子之位可是皇上所封，怎麼沒有資格審妳這小小六品誥命？真以為本世子拿妳沒轍嗎？」說著自案後站起，向堂下走，一步一步向錦娘逼近。

錦娘鄙夷地看著他。那日這廝就曾無恥地向自己動過手，難道今天眾目睽睽之下，他還敢嗎？反正相公就在身後會護著自己，倒要看看他會無恥到何種地步。

她無畏地站在原地，口裡也是寸步不讓地說道：「世子之位是讓你用來欺壓良善、誣衊忠良、損害國家利益的嗎？你不要臉，簡親王府還要臉，別再拿你那世子之位說事了，父王若聽見，會羞得無地自容的。」

冷華堂越聽越氣，眼睛冒著陰戾之氣更盛，原本溫潤俊朗的星眸裡此時冒著如野狼一樣的綠光，大步跨下臺階，繼續向錦娘逼來，聲音陰冷如地獄中出來的陰魂。「妳說什麼，再說一遍試試？」

錦娘的話正觸到了他的痛。

冷華庭見他這樣子太過嚇人，忙推了輪椅向錦娘靠去，以防他真會對錦娘不利。

錦娘聽了，臉上笑意更盛，輕蔑地看著他道：「冷大人，我看你還是擔心擔心你自己吧，下令基地停工和攔截裝船貨物的人可是拿了你們監察使的公文去的，貨物上的封條可是貼著你監察使的名，如此不分輕重緩急，擅作主張，延誤商隊南下的責任，你就慢慢地擔吧。」

此話讓冷華堂更加盛怒。他明白，自己是被人利用了，但這話被錦娘用如此語氣說出來，他滿腔的憤怒便全撒向了錦娘。原是慢慢地一步一步走著的，此時突然一個箭步便向錦娘衝來。錦娘懷有身孕，畢竟還是擔心肚子裡的寶寶，見他像瘋了一樣發狂，便不由自主地向後退了幾步，誰知腳下一絆，整個身子便向後直直摔去。

此時冷華庭離她還有幾步之遙，他立即縱身而起，伸手向錦娘腰前托去，誰知冷華堂根本就不是衝向錦娘，而是在冷華庭縱身的那一瞬也同時躍起，兩手一伸，竟是攔腰將冷華庭抱住，冷華庭長臂堪堪要托到錦娘的身子時，驟然被冷華堂自半空中抱住，手掌自錦娘背後的衣襟滑過，卻只能眼睜睜地看她往地上摔去，立即嚇得魂都快出竅了，心痛欲裂。

但預期的慘叫聲不是發自錦娘，而是發自葉一。葉一受刑後，離錦娘不過幾尺許，錦娘與冷華堂對峙時，他便一瞬不瞬地注意著錦娘，看她身子被絆住突然向後倒，他便拚盡全力向錦娘衝過去，堪堪在錦娘身子著地前一瞬，雙手一托，只聽喀嚓一聲，葉一的雙手骨折斷了，而錦娘被他一阻，身子下墜的趨勢緩了一緩，整個人便倒在葉一年老的身軀上。

葉一用自己的身子給錦娘作了肉墊，錦娘雖覺得背上有些痛，但卻並無大礙，總算有驚無險。

冷華庭還被冷華堂死死地抱著。多少年了，多少年沒有如此與小庭親近過了，雙手一觸到他修長又精緻的身子，冷華堂便感覺一陣心神激盪，一抱緊，便再也不想鬆開，潛伏在身體裡的那股慾魔瞬間吞噬了他的理智，抱著小庭的手便開始上下游移……

冷華庭一顆心全在錦娘身上，手掌滑過她衣襟的那一瞬，只覺天都要塌了一般，那一刻，心如刀絞又念如死灰。好不容易才盼來的孩子，難道……

他閉上眼，不敢看，葉一的慘呼聲將他驚醒，睜開眼才看到錦娘雖是倒在地上，卻正努力坐起，方才丟了的神魂才開始歸位，大驚大喜之下竟是忘了身子還被某隻禽獸抱著。直到錦娘坐起身來，驚訝地看著他時，他才感到身體的不適，一回神，不由大怒，氣得雙目赤紅，手肘向後一頂便擊向冷華堂的胸。

冷華堂正神思昏聵著，猝不及防，胸部遭了一記重擊，被冷華庭給頂了開來。冷華庭再一個旋身迅速滾開，伸腿便向冷華堂踢去，大罵道：「畜生！」

這一切發生得太快，堂中另兩位世子和江華知府幾個看得目瞪口呆，一時都還回不過神來。錦娘拍拍手爬了起來，心疼地過去扶冷華庭，看向冷華堂的眼裡多了一股痛恨。真是個畜生！

不過，這一下她驟然明白，為什麼當初相公只是殘了腿而留下了一條命，怕是某個畜生留了一手，並不願相公死了吧……可憐的相公，當年他受的是什麼樣的罪過……心中愈想愈傷心，眼淚直往地上掉。

冷華庭以為她嚇到了，坐起身來，將她擁入懷裡，憐愛地抹著她臉上的淚珠，柔聲哄道：「可是摔疼了，嚇到了吧？不怕、不怕啊，有我在呢。」

他越哄，錦娘越發心酸，也顧不得幾位世子和一眾的僑役在，摟住他的脖子就放聲大哭起來。

如此小女兒任性之態，比之方才大義凜然的與冷華堂對決之時幾乎判若兩人，一時看得和親王世子與榮親王世子面面相覷。而冷華堂這會子也總算回過神來，一臉鬱悶與懊喪地看著完好無缺的錦娘，不甘心的一掌重重地擊在地上，一轉頭，觸到和親王世子眼裡曖昧的眼神，心中一凜，暗忖自己方才那點小動作不會被他們都看到眼裡去了吧？一時間，心裡越發堵得慌，想到錦娘開始說的話，更是狠狠地瞪了和親王世子一眼，自地上站了起來，拍了拍衣襬，什麼也沒說，便打算揚長而去。

錦娘在冷華庭懷裡哭了個痛快，總算想起方才是葉一救了自己，忙鬆開冷華庭，幫他將輪椅推過來，冷華庭只輕輕一提氣，便穩穩地坐回輪椅上。

錦娘便向葉一走去，衣襟卻被冷華庭一扯，倒退回去，腰身又被他抱住了。「不要再亂走，小心受傷。」

錦娘聽得一怔，回頭看他，卻見他的眼神正犀利地看向葉忠彬，錦娘這才想起，自己先前後退時，明明就離葉忠彬有幾尺遠，而江華府的大堂內鋪著的是光滑的石地板，地上明明什麼都沒有，怎麼會絆倒？難道是……

「少主，老奴才該死，老奴才教子無方啊！」葉一此時顧不得痛，翻身想要跪起來，卻苦於兩手被折，無法起身，只能痛哭流涕地說道。

葉忠彬一聽，嚇得忙去捂葉一的嘴，哀求道：「爹爹，您……您不要亂說啊！」

「畜生！不要再叫我爹爹，我沒有你這個兒子！」葉一手上疼痛難忍，這個痛卻比不得對兒子的失望和痛心還要厲害，若是手能動，他此刻定然會甩這見利忘義的兒子幾個巴掌才是。剛才，他也看到了，是葉忠彬在錦娘後退時，突然伸出腳，正好絆住了錦娘，才讓錦娘摔倒的。

此情此景讓錦娘看著很難過，葉一的硬骨和忠義讓她很是感動和欣慰，但他的兒子顯然沒有繼承父親的忠義，卻成了唯利是圖之輩。冷華堂先來的那幾天定然是收買了幾個人的，葉一眼界太高，沒有真本事，根本收服不了他，但他以自己世子的身分，再加上鼓舌如簧的利誘，卻是將葉忠彬給收買了。她也總算明白，冷華堂今日的做派為何如此幼稚和可笑，原來，先前的打葉一，與自己鬥嘴，全是為了葉忠彬這一腳做鋪墊的，他最終的目的便是想讓自己流產。

讓自己流產可是個一石二鳥的計謀，第一，自己若流產，相公就不能在他之前生下簡親王府的子嗣，對穩固他的世子之位是很有幫助的。

第二，也許那一跤下去，自己大出血了，不只是肚子裡的孩子會沒了，可能自己也嗚呼哀哉了。沒有了自己，相公便會發瘋，那後果不堪設想，但簡親王府能承繼世子之位和墨玉的還真只能是他了，王爺就算再不喜，畢竟是自己的兒子，還是會傳給他的。

所以，他才故意坐到堂上去，故意逼自己與他對峙，在下堂時，又故意慢慢逼近，明明不遠的距離，他要一步一步踏著看似沈重的步子走，而那突然一衝，便是料定自己會後退，一切設計得那樣精妙和天衣無縫，讓自己一步一步落入他的圈套，最後的一擊便在葉忠彬腳上。可惜，他千算萬算沒有算到葉一對自己的忠心會到了視死如歸的地步，會以一雙手為代價來救自己，更沒想到葉一連兒子都肯揪出來。他所有東西都算到了，就是沒有算到人心，沒有算到自己能在短短幾十天內收服葉一的心。

這一齣鬧劇鬧到了一半，主角卻要退場，和親王世子忙攔住冷華堂。「世兄，你怎麼能走，案子還沒審完呢？」

冷華堂聽了陰著眼看向和親王世子。「世兄不是比華堂更清楚嗎？既然連監察使的公文都發出去了，那這案子也交由世兄一併審了吧。」

和親王世子一臉的詫異。「那公文不是世兄你要發的嗎？自來江南後，我與榮世子一向都是以世兄你馬首是瞻的，世兄何來此話？」

冷華堂頓時被他噎得快岔過氣去，怒道：「我不過請你們來觀審而已，何時下過什麼停工攔貨的公文，你們如此做意欲何為？」

「人啊，蠢一點不要緊，不要蠢了還自以為聰明絕頂，如此，被人賣了還替人數錢，死了還找不到死因，悲哀啊。」錦娘也看出那兩位世子看似和善不多事，其實暗地裡也在做著小動作。這一回，怕是直接針對簡親王來的，可憐冷華堂為了對付自己，聯著外人一道來演這麼一齣醜劇，他竟不知人家巴不得你簡親王起內訌，更巴不得真的弄死自己，然後他們便來個漁翁得利。

冷華堂聽著錦娘的冷言冷語，想要發火，卻又知道她說的沒有錯，再在外人面前內訌，只會讓事情變得更糟，於是強忍著，推開和親王世子仍是向外走。

冷華庭這會子見錦娘回過神，不再傷心了，想起冷華堂方才的陰險惡毒和無恥，氣得自腰間抽出軟劍來，想要一劍劈死那畜生。錦娘卻將他手一扯，淡然道：「相公，咱們不與他一樣。狗咬人一口，難道咱們還咬回去不成？看著吧，不用咱們動手，自有他的朋友來收拾他，他這是自作孽不可活，咱們不做那弒父殺兄之事，千萬別讓人看了笑話去。」

冷華庭聽她如此說，生生忍住了一腔的怒火，將劍收了回去。冷華堂卻是聽得臉上一陣紅一陣白，錦娘一句弒父殺兄，正好觸到他最擔心之事上。那一針下去，父王竟然要暈半年，那藥的藥效也沒那麼大啊，二叔如今怕是自顧不暇，無法來幫自己，而剛結的幾位同盟明顯就是在拆臺做暗鬼的，情勢對他確實很不利。

就此走，這個爛攤子還沒收，孫錦娘遭了自己這麼一擊，定然不會善罷干休。他不由眼珠子亂轉，一回身，對那江華知府道：「將葉一押到知府大牢裡去，容後再審，本世子這就寫奏摺上報朝廷。」

這不過是個場面話，一說完，他再轉身要走。這時，自外面悠悠然走進幾個人來，為首之人笑道：「怎麼，華堂世姪，本王一來你就要走？」

第八十六章

錦娘循聲看去，赫然看到竟是裕親王帶著幾名隨從走了進來。

她心下一動，怪不得和親王世子和榮親王世子兩位會突然針對冷華堂使詭計，原來都是裕親王在作怪。看來，這一次他怕是想對簡親王府來個致命的打擊吧，這時機拿捏得可真好啊。

最重要的是自己已經對基地作了改造，令兩台設備不僅運轉起來，還比以前運轉得更快速和安全，他們認為基地已然改造完畢，就算沒有了自己，基地照樣也能再運轉個百十來年吧？其次便是正好在冷華堂那個蠢豬查出自己涉嫌貪墨之事出來，正好以此事為契機，要就此在基地上插一腳呢，這一腳，怕是插得深遠啊，可憐冷華堂，被人當了槍使還不自知。

冷華堂心裡怕是也明白了一些，冷著臉，還是給裕親王行了一禮。另外兩位世子及江華知府幾個都給裕親王行了禮，錦娘原想上前行禮的，卻被冷華庭一扯，他自己也是冷冷地看著裕親王，並不上前，連一句客套話都懶得說。

裕親王也不介意，悠悠然走到堂前來，笑著對江華知府道：「大人不用客氣，你自去坐堂，本王是來觀審的，當本王不存在的好。」

江華知府聽得一頭冷汗。這裡隨便哪一個人伸出根手指，就能捏死他，他哪裡敢高高在上地坐著啊！他立即陪著笑臉，對裕親王道：「王爺在，下官哪裡敢坐，王爺，您請吧，這事下官也不太知情，是簡親王世子一手操持的，下官……也就是個旁聽而已。」

裕親王聽得一笑。這位江華知府倒是賊滑得很，知道這種事情他摻和不了，兩面不得罪，自保其身就好。

裕親王卻是搖了搖頭，對江華知府道：「不成，本王可不能做那越權之事，本王就坐在下面，看看就好。」

江華知府無奈地擦著冷汗，一時又求向冷華堂。「世子爺，這案子可是您一手操持的，下官不過就是借個地給您，您看，現在王爺也來了，您就繼續吧？」

冷華堂一甩袖道，抬腿繼續往外走，邊走邊道：「此案有諸多疑點，本世子現在就去調查，不是說了，先將葉一押下去嗎？」

「華堂賢姪，你走了，這戲還怎麼唱啊，你不是要讓王叔一來便冷場了吧，稍安勿躁啊，來坐下吧，大家就當閒聊，都是自家親戚，不用弄得你死我活的，火藥味太重啊。」裕親王一臉親和的笑，說得也是雲淡風輕，像是真的來閒聊似的。

冷華堂無奈地硬著頭皮又回正堂，不過，這一次他再也沒有去坐那主審之位了，就算江華知府再如何請求，他也只當沒聽見，坐在下座紋絲不動。

錦娘淡淡地看著場內情形。她現在也不想走，很想看看裕親王又在唱哪一齣。

果然裕親王很快便問起案情來，和親王世子這會子倒是殷勤得很，很快便將整個事件說了個遍，裕親王一聽葉一貪墨了大量銀錢，而主使者卻是錦娘時，嘴角那笑意便更深了。

他喝了一口衙役端上來的茶，淡笑著對錦娘道：「姪媳啊，妳怎麼能夠仗著有幾分才情，就行這貪贓枉法之事呢？」

這時，冷華庭正在給葉一接手骨，葉一疼得冷汗涔涔，聽見此話卻是咬牙道：「王爺，此事與少主無關，全是奴才自己貪心動的暗手，少主全不知情。」

裕親王目光微動，淡淡地看著葉一，卻是笑道：「可真是個忠心耿耿的奴才啊，可惜了，這件事，只怕你這把老骨頭擔不起啊。」

錦娘聽得微怔。就算自己有貪墨那又如何？對基地如此龐大的經濟運行來說，這點錢真不算什麼，何況自己確實沒有拿一兩銀子到腰包裡去，就算要栽贓也得有證據才行啊，聽裕親王的口氣，似乎還不止這一件事情呢，難道還有什麼么蛾子沒出現？

葉一咬牙對裕親王道：「奴才不知道王爺此言何意。少主來了也不過月餘，就算有那貪墨之心，短短時日裡也成不了什麼事。何況，此事確實乃奴才一人所為，與少主少爺都無關，少主一門心思全撲在設備改造上，哪有心思管那些雜事？眾所周知，基地上的雜事都是由奴才一手操持的，王爺您說話，可得要拿證據才行，空口白話，任誰也難相信。」

此話以一個奴才身分對王爺來說，可謂大膽又無禮，但裕親王也不氣，淡笑著道：「真是個好奴才啊，本王怎麼就找不到你這樣忠心的呢？不過，葉一，本王說了，這一次，你誰也護不了，不只是你現在的主子，就是你的前主子，你也一併護不了啊。」說著，手一揮，他的隨從便拿出一大包東西來，立在一旁。

錦娘看著就皺了眉，因那包東西自布包外面看去，很像是帳本，難道裕親王在基地裡有暗樁？那帳本那樣多，看樣子都不是這一、兩個月的，她心裡不由擔憂了起來。簡親王主管這基地幾十年，大權在握，在基地弄銀子那是肯定有的，這不是貪不貪的問題，這就是一種習慣，一種想當然、任誰主管這麼大一個經營項目，都不可能不獨善其身，監督又不是很嚴謹，不拿是笨蛋，而且這種事情，皇上定然也是知曉的，不過是睜隻眼閉隻眼而已，臣子只要能將事情辦好，又能給朝廷帶來重大的經濟效益，那就成了，一點點小小的貪墨不會太在意。

但是，此事若是由裕親王抖出來，又拿件大事來辦，這定然會給簡親王府帶來重大打擊，畢竟皇上暗許也只能在個「暗」字上，真拿到明面上來，怎麼都要查上一查，懲處一番的。哪個上位者又會當著眾大臣的面明說，這是自己允許的？那不是在鼓勵臣子大貪嗎？若臣子們因此全都去貪了，他那皇位也就別想坐穩了。

果然，裕親王道：「這裡是基地去年一年來的往來帳本，簡親王府貪的可不只是那幾萬兩銀子，數目之大，可謂驚天。本王原想著這點小案子，無傷大雅，揭過就是，沒想到細查之下，就是本王見慣了大場面的人，也被這數字嚇到了，再不及時制止，只怕大錦會被你簡親王府掏空了去。」

錦娘不用看那帳本，也知道裕親王的話裡定然有幾分是實情。只是，他這帳本從何得來的？按說這麼重要的東西，王爺應該交給信得過之人掌管才是，怎麼可能讓裕親王得了手？

再說了，這事裕親王想插手也不是一年、兩年的事了，為何那麼多年沒有查到，倒是自己一接手，他就查到了？這基地裡，定然仍有暗鬼，而且就是在冷華堂接手的那幾日出現的，就如葉二父子、葉忠彬等。這個冷華堂，真是成事不足，敗事有餘，一門心思只想要害自己，只想從自己手裡將墨玉奪去，卻沒想到有人比他的心思更沈，正巴不得他鬧事，然後乘虛而入，從而將整個簡親王府擊敗。

冷華堂此時臉色也很嚴峻。他再沒想到，以前一直一力幫助他的裕親王竟然是這樣一副狼子野心，真是搬石頭砸了自己腳啊！簡親王若受到懲處，簡親王府敗了，他這個世子之位接著又有什麼意思？或許，若皇上也有心要削弱簡親王府的權勢，乘機打壓，那這頂鐵帽子怕也要摘了去……

「本王已經千里加急，上報了皇上，皇上的旨意很快就會下來。所以，自今日起，簡親王府一干人等一律接受審查，不許再涉足基地上的事情，商隊自有本王派來的人接手主管。」裕親王臉上收了笑，拿出一塊金牌來亮給冷華庭與錦娘看。「此乃聖上所賜金牌，本王在大錦朝任何地方都有行事之權，世姪世媳，你們就回府好生歇息，坐等皇上御旨吧。」

果然有備而來啊，連御賜金牌都拿出來了，見金牌如見皇上，在場所有人全都跪下三呼萬歲，錦娘不得不也跟著跪下，心思卻轉得飛快。她如今最擔心的便是皇上的用意，皇上明知裕親王對基地一直虎視眈眈，竟然還給了裕親王這樣的令牌，難道真的要過河拆橋，就此將簡親王府打壓下去？

不過，無所謂，不過就是兩台破機器嘛，好在自己這一個多月裡已經將那葉姑娘的圖紙熟記於胸，只要留得自己的命在，再建一個又怎麼樣？

大錦皇室若真如此卑鄙無恥，自己又何必要為皇室賣命？自己建基地、辦商隊，賺錢自己用不好嗎？何必去受這鳥氣？

如此一想，她倒是坦然了，一牽冷華庭的手道：「相公，咱們回院裡去吧，站了這麼久，我肚子又餓了，回家用飯去。」

冷華庭正皺著眉思索對策，他怎麼也不願意簡親王府就此敗落，只恨此時已經被人抓住把柄，作聲不得，父王這會子要是在，那很多事情便可以迎刃而解了，畢竟自己和娘子才來一個多月，以前的帳目是一概不知，父王是否真的貪墨還是個未知數，如今只有裕親王一面之詞，自己連反駁都不知道自何說起，真真是鬱悶得緊。

只是沒想到在這種緊張情況下，錦娘卻用著撒嬌的語氣跟他說話，他心裡立時一鬆，自來就知道自己這個小妻子是聰慧過人的，或許她心裡又有了成算。也是，自己在這裡白急也無用處，倒讓裕親王等人看了笑話去，不如坦然一些，回府就回府，那基地不管就不管，這麼多人爭，讓他們爭去好了。他也知道，他的小娘子胸中有丘壑，就算沒了這塊人人盯著的基地，她也會陪著自己，另創一片美好天地的。

「好，妳既是餓了，那咱們就回去吧。」說著推了輪椅往外走。

錦娘卻又道：「相公，使兩個人來，將葉一抬回去吧，他傷得太重了，我不想讓別人再欺負他。」

冷華庭聽得一怔，卻是點了點頭，一揮手，兩名暗衛便自堂外進來，向葉一走去。

裕親王冷笑道：「小庭，這可使不得，葉一是重犯，可由不得你將他帶走。」

錦娘卻是微瞇了眼，道：「王爺，您方才所言，簡親王府一干人等全都靜等皇上御旨，葉一乃簡親王府家奴，他的處治權在本夫人，不在您，皇上旨意沒下之前，你們說的一切，簡親王府都保留辯解權。本夫人手上之墨玉是皇上下旨承掌的，皇上並未奪了本夫人的掌玉之權，所以基地上的人如何處治，由不得別人。」

裕親王聽得震怒，但又知錦娘所言非虛，他眼中閃過一絲厲色，很快又轉了笑臉。「那倒也是，這麼著，就請姪媳回院以後，不要亂走動，不然，別怪本王不客氣了。」

是要軟禁自己和相公吧？哼，無所謂啊，正好養胎，少操些心也好，好生將寶寶生下來才是最重要的事情。

錦娘點了頭，正與冷華庭往外走，這時，葉三急急地自外面跑進來。「少主、少主，奴才找得您好辛苦啊！院裡人說，您到衙門裡來了，嚇得奴才一身老汗啊。」

錦娘聽得一怔，不知道葉三這是何意，邊走邊問他道：「葉三，你不在廠子裡，怎麼到這兒來了？」

「廠子裡停了產，奴才覺得無聊，便在廠子裡頭轉著呢，正讓工人擦洗機器，給機器上油來著，您說怎麼著，出大事了！」葉三口裡說著出大事了，神情卻一點都不緊張，那樣子還有些幸災樂禍。錦娘看著就想笑，面上卻是一臉的緊張，忙問道：「出大事？出什麼大事了？」

「真是大事呢，水下動力機械上的一個大齒輪盤因年久生鏽，鏈子斷裂，掉河水裡去了，好在工人離得遠，沒傷著人，那一聲巨響啊，嚇得奴才連魂都丟一半了。」葉三嘮嘮叨叨的，哪裡像是嚇到的樣子，分明就是很高興嘛。

錦娘微瞇了眼審視著他，只見葉三爬滿皺紋的臉上帶了一絲狡黠，她立即明白葉三的意思，心裡不由升起一股暖意。他定然是知道了朝廷的一些用意，所以，他們故意破壞了設備吧，很好，她要的正是這個效果。

錦娘徐徐回頭，對裕親王行了一禮道：「姪媳這就回府待旨了，沒有皇上的旨意，姪媳絕不敢出院門半步，更不會插手廠子裡的事情，還請王爺放心。」

裕親王雙眉緊鎖。有人給了他錯誤的信息，說機械已經改造完好，他也暗自調查過，廠子裡最近的生產確實比之以前要順暢快捷許多，既是改造好了，又怎麼會再出現事故呢？

商隊五天以後就要起拔，差三百疋，差的數目雖是不多，但設備壞了，就算只差一疋，也只能看著。原想趁這一次南下機會奪回一些實權的……只怕是偷雞不著蝕一把米啊！

越想越氣，卻又知道此時不是生氣的時候，眼見著錦娘走出大堂，不由一改方才的咄咄逼人。「姪媳留步！」

錦娘像沒聽到似的，繼續往前走，邊走邊與冷華庭閒聊著，一點也沒有被軟禁後的擔憂和傷心。

裕親王心知她是故意給自己沒臉，沒辦法，如今只能求她了，不然皇上知道自己將此事辦成如此模樣，定然會震怒的，就算有太后保著，怕也會吃不了要兜著走。

於是快走幾步，笑吟吟地追上。「世姪、姪媳慢走。」

錦娘嫣然一笑道：「王爺不是讓姪媳速速回府，不得隨意在外行走嗎？姪媳夫妻聽命回府待旨，王爺您莫非還不放心？」

裕親王乾笑道：「姪媳，方才葉三所說廠子裡設備故障了，這是怎麼回事？」

「不知道，王爺不是不許姪媳再過問基地上的事情了嗎？姪媳謹遵王爺之命，這就回府呢，請王爺不要耽誤了姪媳回府的時辰，讓有心人知道了，又會說姪媳夫妻違抗皇命就不好了。」

裕親王被錦娘的話噎得一滯，眼睜睜地看著那兩口子離開。

錦娘與冷華庭上了馬車，冷華庭憐愛地擁著她，怕她會著涼，用自己的錦披將她裹緊，輕輕撫摸著她的秀髮，腦子裡仍是驚魂未定。今天若不是葉一，只怕……

他不敢再往下想，只是將她抱得更緊，道：「娘子，妳以後……不要隨便出府了，任他外面鬧得天翻地覆，也不關妳的事，只好生養著就行了。」

錦娘雖是迷迷糊糊的，卻也知道他心裡的惶恐和害怕。那一跤若真摔下去，後果還真是不堪設想，三、四個月的胎兒，根本就還不穩，若不是葉一用他的身子給自己當了墊子，只怕尾骨都會摔斷了。如此一想，又對冷華堂恨得牙齒直癢癢。「相公，你怎麼就會有這麼個比豬還笨的哥哥呢？不對，說他是豬，只怕豬還會生氣，會說我貶低了牠呢。」

冷華庭正在傷懷之時，聽她俏皮一說，不由哈哈大笑起來，柔聲道：「那妳去問過豬了沒，若是豬不同意，妳就把他比作傻驢吧，驢子比豬還傻呢。」

兩人回到別院，卻發現別院外被江南大營的兵士團團圍住，錦娘正詫異，就見白大總督從院裡出來，一臉焦急地問道：「出了何事？裕親王命我將這府上團團圍住，說是不許任何人隨便出入。」

「不會連採買物資都不許吧？白大人。」錦娘不答反問道。

「咳、咳！世媳，幾日不見，妳就對世叔外道起來了，這採買嘛，你們想自個兒去呢就自個兒去，不想呢，世叔就派人將所需物資一併送進府裡。圍著好啊，圍著可以擋去不少孤魂野鬼呢。」白總督粗獷的臉上露出一絲頑皮之色。

也是，圍著雖是軟禁了簡親王府別院，也同樣隔絕了外人對別院的干擾，既是限制又是保護，倒是給錦娘營造了個不錯的養胎環境，反正吃穿不愁，那就好生待著吧。

回到院裡一進門，就見忠林叔臉色凝重地走進來，一副欲言又止的樣子，冷華庭便推了輪椅往書房去，忠林叔果然跟進了書房。

一會子，忠林叔走後，冷華庭皺眉說道：「冷榮在酷刑下全都招了，二叔他的確與西涼人勾結，那幾次的刺殺全是二叔設計的。」

「那不更好，終於找出通敵賣國的賊子出來，皇上應該高興才對，你擔憂什麼？」

「二叔故意在書房裡留下密信，說父王也與西涼國有染。皇上看過後，龍顏大怒，若非父王仍在昏迷，定然將父王打入宗人府地牢了。」

這事情可真是麻煩了，二老爺像隻瘋狗一樣，臨走還要再咬一口人。

「那娘親呢？娘親有沒有怎麼樣？」錦娘急切地問道。

「簡親王府如今也被圍起來了，娘倒是在頭一天就帶了秀姑幾個下江南來了。」

「娘來了？」不只是王妃，秀姑也來了？錦娘倒很高興。肚子裡的孩子一天天長大，她也越發慌張起來，沒有生過，一點經驗都沒有，這裡醫療又差，若真遇到個難產啥的，可真要掉小命啊，有王妃和秀姑在，她心裡也踏實一些。

「娘是聽說娘子妳有身孕，一高興便帶了秀姑幾個來了。」說到這個，冷華庭心裡也有些欣慰。

「那父王呢？不是沒有醒嗎？誰照顧父王，會不會有人對父王不利？」錦娘真的對那府裡不放心，使壞的人太多了。

「妳以為娘親在府裡能照顧父王嗎？她能護著自己就不錯了。娘親她太過溫厚，又沒防人之心，只要一路平安到別院來，就是大好事，也給父王省事了。」冷華庭無奈地說道。

又說起冷華軒。「二叔出事那天，小軒正參加春闈殿試，果然拔得頭籌，一舉奪魁。太子殿下倒是愛惜他的才學，求了皇上，沒有削去他的功名，只是……想要出仕，怕是很難，畢竟二叔這事犯得太大了，就是太子殿下也難以幫他回還。」

果然沒有幾個令人高興的消息，除了王妃和秀姑要來，其他都是沈悶得讓心裡難受的事，錦娘搖搖頭，不願再想。

第二天，兩人正要用早飯，就聽說裕親王與和親王世子幾個來了。冷華庭聽了臉色不豫，看了錦娘一眼道：「娘子就在院裡待著，我去會會他們。」

「不要，我要跟你一起去。不是說好了，不管什麼事情，都要一起面對的嗎？」錦娘起身推著他的扶手便往外走。

冷華庭不贊同地看著她。前兩次的遇險，讓他心有餘悸，誰知道那些人又想要什麼陰謀。

「你就讓我去嘛，懷了孕就得多運動運動，不然，將來生孩子時會難產的。」錦娘撒嬌。

冷華庭嚇了一跳，捂住她的嘴喝道：「胡說什麼呢！以後這話再不可亂說。」

錦娘見他眸裡盡是驚恐，心中一酸，老實地點了頭，保證以後再也不敢口無遮攔了。

冷華庭到底沒有拗過錦娘，還是和她一起去了前院。

「本王就說嘛，小庭是個最寬宏之人，昨日不過是場誤會，本王總算查清，那貪墨之事不能怪姪媳，全是那葉一父子弄出來的么蛾子。本來今兒來，就是要還姪媳一個公道的。」

裕親王一臉笑，人未走近，話就說開了。

「我相公可沒王爺說得那麼大度，他自來便是人敬一尺、他敬人一丈，若是有那沒開眼的想要得罪他，他一般是拿東西將那人的腦袋砸開花。」錦娘似笑非笑地說道。

裕親王聽得眼中戾氣一閃，但很快又恢復了一臉親和的笑。「姪媳啊，本王是特地請妳去廠子裡的，南下貨物只餘四天便要下海，可是還差著好多布疋呢！」

錦娘聽了一臉的笑。果然是有求自己的這一天嗎？

看她笑容滿面，裕親王以為她應下了，便一臉真誠地說道：「案子上的事情，本王已經丟了手，絕不再拿些小事來打擾姪媳，姪媳原就是受皇命來改造基地的，可不能丟了不管啊。」

丟了手？並不是不查，而是讓別人來查？或者說，是等自己修好了設備再來查？當自己是冷華堂那二百五呢！錦娘臉上的笑意更深了。「王爺昨兒個不就下了令，不許本夫人再理會廠裡的事了嗎？怎麼才過一夜，王爺就全然忘了？這別院裡的人可全都謹遵王爺之令，無一人敢隨意外出喔。」

裕親王心知錦娘不會輕易答應，抬手作揖道：「昨兒是王叔魯莽了，姪媳快別這樣說，妳乃皇命欽差，特旨來江南接掌墨玉、改造基地的，怎麼能夠不讓妳理會廠裡的事呢，姪媳妳就大人大量，放下個人恩怨，以國事為重，先過了南下商隊這一關再說，到時，妳想要如何懲罰王叔，王叔都讓妳出氣就是。」

錦娘身子一偏，不受他那一禮，懶懶說道：「王爺說本夫人是皇差嗎？可惜這皇差當得太過窩囊，今天被這個抓到衙門裡頭，明天被那位責令禁足，原是一心只想為皇上分憂解難來著，如今是被弄得心力交瘁，沒了心思了，這個皇差……不做也罷，唉，有負聖恩，有負聖恩啊！」

錦娘發半天牢騷也沒答應，裕親王強忍心中怒火，臉上的笑有點僵。「既然姪媳都說是有負聖恩了，那就萬事看聖上的面子，快些回廠裡吧。」

「那怎麼成？王爺您可是拿了御賜金牌來的，見金牌如見聖上，您的指令已下，本夫人出這院子就違抗了聖令，皇上旨意未達之前，本夫人是絕不出別院一步的。」錦娘也是一臉笑容，客氣地說道。

裕親王終於火了，將金牌高高舉起。「御賜牌在此，孫錦娘，本王命妳速速回基地解決設備問題，不得有誤。」

錦娘見他故技重施，也不跪，嘴角含了一絲笑意道：「王爺，這金牌可是御賜的，代表的是皇上的旨意，您以為是讓您拿著玩？人說君無戲言，您朝令夕改，讓人無所適從，而且兩道旨令意思全然相反，本夫人怕是聽了您任何一道，都是有違上令，都是一項罪過，只能尊前令，坐等皇上親自下旨吧。」

裕親王被她說得火冒三丈。這孫錦娘真是油鹽不進，軟硬不吃，好言相勸，強權逼誘，全都無用……

「來人，將冷夫人請到廠裡去，不修好機器，不許回府。」

話音一落，走出兩名婆子，上前就要來架錦娘的胳膊。冷華庭冷聲道：「暗衛何在，保護夫人。」

兩名暗衛突然出現，抽刀直指兩名婆子。裕親王臉都綠了，人喝道：「冷華庭，你想反了不成？」

他的護衛便圍了上來，一時激戰一觸即發，冷遜不知自何處閃了出來，對裕親王行了一禮。「六品帶刀侍衛奉太子殿下之命隨行護衛織造使大人及其夫人，誰敢上來，便以行刺欽差罪論處！」

裕親王知道冷遜是太子身邊之人，不過太子又如何，自己有金牌在手，就算是太子親臨，也要讓自己三分。「冷大人沒有看見本王手中金牌嗎？還不速帶退開，本王不過是請冷夫人去廠子裡辦差而已，又不是加害於她，你護個什麼勁兒？」

冷遜跪下行了一禮，卻仍是橫劍站錦娘前面道：「對不起，王爺，太子殿下吩咐，除非聖上親臨，不然任誰也不得對冷夫人不利。」

裕親王聽得頭痛，也沒有了耐性，一揮手，讓手下動手。

他帶來的護衛上前抽刀，血拚就要發生，錦娘看著就皺了眉，慢悠悠地自袖袋裡取出墨玉，正對著裕親王道：「王爺可識得此物？」

裕親王被她問得莫名。「自然識得。」

「那王爺知不知道，這墨玉乃聖祖爺所賜，是當今皇上親自下旨讓我相公接掌的？知不知道，在這基地之上、在這間別院裡，此墨玉享有特殊的權力？就算是聖上親臨，也要對此玉恭敬行禮？」錦娘眼含譏笑地對裕親王又道。既然接掌了墨玉，墨玉所賦有的權力和意義，還有它身上的一些故事，她自然是要打聽請楚的。這墨玉放在京城也許只是塊石頭而已，但在基地裡，它代表的就是無上的權力，除非聖上親臨，不然無人能指使掌玉者。

先前裕親王說什麼要將自己禁足，不許自己進基地，那些話原就是扯淡，以他一個王爺的身分根本無權干涉基地的生產，之所以沒有點明這一點，不過是看出皇室可能存有過河拆橋、卸磨殺驢的心思，藉機順勢而為，想看清皇上和太子的真實用意而已。可如今裕親王太過咄咄逼人，竟然用如此下三濫的手段來威逼自己，她可不想看到這院裡血流成河，她還想要好生地養胎、生寶寶呢。

裕親王聽得一怔。他只知道墨玉是基地的印信，但墨玉竟然賦有如此大的權力，他還真不知道。

「妳不要在此危言聳聽，這墨玉不過是個印信而已，除了主持基地生產和商隊商務，還能有何作用？」

錦娘聽了，冷笑著高舉墨玉，大喝一聲道：「江南總督何在？」

白總督早在裕親王進府時，就一直暗暗尾隨在後，聽到了孫錦娘一聲大喝，他猛地從暗處閃出來，莊嚴地對錦娘手中墨玉行了一個大禮。「下官在此，請夫人吩咐！」

裕親王被眼前這情形弄懵了。堂堂江南總督竟然對一個六品誥命行此大禮，聽她吩咐？

「白大人，你魔症了吧？」裕親王譏諷地看著白總督道。

白總督轉頭微微一笑，對他只是拱了拱手，好言勸道：「王爺，下官職責所在，還請王爺快快退出此院吧。」

裕親王眉頭一揚，冷笑道：「你一區區總督，有資格對本王如此說話？本王勸你還是不要摻和的好。」

白總督聽了笑容不減。「王爺所言甚是，下官確實無權過問王爺之事，不過，下官聽從墨玉主人吩咐就是。」

「江南總督，本夫人以墨玉主人身分命令你，將大膽冒犯本夫人，對本夫人意欲行凶之人一併趕出府去！」錦娘大聲對白總督命令道。

第八十七章

江南大營，原就是為了保衛基地而設，最高的職責便是保護基地安全，地方上的保安不過是順便。不過，這一點原就是只有皇上、太子及掌玉之人知道，而掌玉之人也只有在基地出現危機，掌玉之人自身安危受到危險時，才會命令江南大營的官兵，和平時期是不得擅自調兵。

「下官謹尊夫人之命。」白總督竟是單膝點地，行了個大禮，一轉身，大喝一聲道：「江南大營的兒郎們何在？」

一時間，自院外響起整齊劃一的腳步聲，一隊全副盔甲的軍士手持長槍進了院子，自院牆兩邊包抄過來，將裕親王及所有人馬團團圍住，銀晃晃的鋼槍直直地指向裕親王一干人等。

裕親王從沒被人如此對待過，他是天之驕子，母妃在宮裡也是個得寵的，長到幾歲時，又被放到太后宮裡養了幾年，又得了太后的眼，錦衣玉食、位高權重，整個大錦朝，除了皇上和太子，就是他的地位最為尊崇了，這一輩子幾乎是要風得風、要雨得雨，除了那最高的位置……加上婉清，他還沒有如此失敗過。

裕親王冷冷地、眼含譏誚地看著錦娘，雙手悠閒地背到身後，悠悠道：「本王就不走，看哪個吃了熊心豹子膽的，敢來拿本王。」

錦娘還真沒見過如此憊賴之人，堂堂王爺竟然如地痞流氓一樣仗著身分耍賴，真真可恥！

「白大人，本夫人限你在一刻鐘之內，將院裡所有的閒雜人等全都清理乾淨，不然，後果自負。」說著，再也懶得待下去，低了頭對冷華庭道：「相公，咱們回院裡吧，這裡怪悶得慌。」

冷華庭含笑看著她，牽了她的手道：「好，就依娘子的，咱們回院子裡去，乏了吧，一會兒再去睡個回籠覺好了。」

白總督聽了錦娘的話，心中一凜，無奈地對裕親王道：「王爺，還請尊駕速速離府，不要讓下官為難才好。」

裕親王冷笑地看著白總督，面對眼前明晃晃的尖刀，不退反進，慢悠悠地向前走了一步道：「本王就不走，你能奈我何？」

白總督一聽，軍人的血性也被激了出來，抽劍一橫道：「王爺，下官也是奉命行事，您如此違抗聖意，那便休怪下官不客氣了。」

「聖意？哈哈哈，白大人聽誰的聖意？本王可是奉當今聖上之命前來督察江南基地之事務的，御賜金牌在手，你敢動我一根汗毛，本王將你以謀反罪論處。」裕親王高舉手中金牌，大笑著說道。

錦娘和冷華庭沒有管後面紛紛擾擾的廝殺，在冷遜和暗衛的護衛下，繼續往自己院裡走，全然不當後面的裕親王是一回事。

「世兄，發生什麼事了？」冷青煜這些日子在別院裡過得渾渾噩噩的，晚上睡不著，早上又不起，今兒一大早是被院裡的廝殺聲吵起來的，心裡一急，生怕錦娘又出了什麼事，一個翻身便從床上躍起，沒來得及梳洗便衝到了前院來。

錦娘警惕地看著冷青煜，而冷華庭的眼裡更是多了幾分戒備和憤怒。冷青煜不明就裡，錦娘不信任的眼神讓他的心一陣抽痛。難道，她認為自己會傷害她嗎？

而一向與他交好的冷遜也是一臉防備的看著他，冷青煜更覺惱火。「阿遜，出了什麼事？」

「裕親王爺要擄走少夫人。」

「我父王？他怎麼來了？他為何要擄走錦——擄走世嫂？一定是有什麼誤會！」差一點就叫出了那女子的閨名，還好及時煞住了，不然怕是又會惹惱她呢。

「哼，世子爺還是自己個兒去看看吧，您父王如今可是將咱們院裡的人全都軟禁了呢。」冷遜那語氣仍是不善。

冷青煜聽得事態嚴重，顧不得再看錦娘的臉色，一個縱身便向二門處急奔而去，果然看清兩個鬥得正酣的正是自己的父王與白總督，忙大聲喚道：「父王——」

裕親王正節節進逼，眼看著就要將白總督逼進二門裡，聽得冷青煜在喊，心中一喜，說道：「煜兒，快幫父王截住這廝。」

冷青煜飛身躍向兩人，一個下墜，直落在兩人中間。白總督正是被裕親王逼得手忙腳亂，見冷青煜突然進來，心中一喜，乘機一個倒縱，反竄出戰圈，又縱身躍出幾丈開外，手一揮，大喝道：「場中將士聽令，臥倒！弓箭手準備！」兩道命令同時發出，場中正在與裕親隨扈激戰的軍士一聽，立即隨地臥倒。

院牆之上，黑壓壓地趴滿了弓箭手，冰冷的鐵箭齊齊地對準了裕親王父子及他們的隨從。

驟然的變化讓冷青煜有點懵。「白大人這是何意？你想誅殺我們父子？」

白總督臉色有點尷尬。方才冷青煜分明是來勸架的，自己卻利用他脫離了裕親王的牽制，此舉有點不地道，但是沒法子，誰讓他有那麼一個不通情理的爹呢？

「世子爺，對不住了，下官也是迫於無奈，王爺要挾持冷夫人，下官不得不出此下策，只要你和王爺退出別院，下官絕不會傷王爺父子一根毫毛，請世子見諒。」

又一個人說裕親王要挾持錦娘，冷青煜不由有些惱火，困惑地看著裕親王道：「父王，冷夫人可是皇上親派的皇差，也算得上是半個欽差，您怎麼……」

「本王哪裡是要挾持她？好言相勸，她油鹽不進，基地上設備壞了，南下船隊只有四天就要啟航，還差著幾疋貨呢，她不肯去修理設備……」裕親王更鬱悶，原本要制住白總督的，偏生青煜插了進來，形勢一下由有利又變為了被動。死小子，不幫忙也就罷了，竟然還來扯後腿。

「父王，基地上的事情不是原本就由冷夫人和華庭兒在主持的嗎？她怎麼會不顧基地的生產呢？」冷青煜越聽越糊塗了。

「咳、咳！」裕親王臉上便露出一絲尷尬來，不知道要如何跟兒子解釋。「你別管這些！」

「世嫂好不容易將廠裡的機械改造好，使得基地步入正軌，監察個什麼勁兒，讓她過兩天安生日子不好嗎？再說了，忙改造都忙不過來，哪有心思去貪墨？我看這個監察就不是來做事，而是來搗亂的。父王，您不會對世嫂做了什麼沒法收場的事吧？」冷青煜早就心疼錦娘了，沒想到剛能輕鬆一下，就有人來弄么蛾子了，更沒想到的是，父王也如此糊塗，竟然也摻和進來，還……弄得兵戎相見。

裕親王被他戳到了痛處，不由惱羞成怒。「現在不是討論此事的時候，得趕緊請那冷夫人去基地解決實際問題才是正經！」

這話無疑證實了冷青煜心裡的擔心，他不可置信地看著裕親王。「父王，您真是英明一世、糊塗一時，這基地看著是個香餑餑，實際上，除了簡親王府一家，誰也別想真正插手。兒子來了這麼久，對那兩堆破鐵一竅不通，就算將那墨玉送到兒子手上，兒子拿著也沒用，別把祖宗基業都敗了就好！」

兒子的話裕親王聽進去了一些，如今看來，自己的計劃還真是有問題，搶奪那廠子是很不明智的，沒有技術，沒有人才，不懂奇技淫巧，就算拿了墨玉也難以維持……過河拆橋……這河，根本就過不了，最多也就走到河中間，一拆，連自己都會掉進河裡去。他算是明白了，自己怕是中了某些人的奸計了。

「青煜，你與小庭關係好不好？你去幫父王求一求他們吧，現在可是迫在眉睫了，再不將設備修好，南下的貨物就難以備齊，那可是會影響大錦聲譽的大事啊。」裕親王不由放低了聲音。

冷青煜聽著眉頭一皺，正要回答，那邊白總督聽著就急，這兩父子也太沒當自己是一回事了吧，鐵箭都正對著他們呢，離冷夫人所說的一刻鐘已經差不多了，再拖下去，自己就得挨批。「王爺、世子，還是請你們都退出此院吧，不要讓下官為難了。」

裕親王聽得惱火。自己不是正想法子解決問題嗎？這姓白的老小子一點眼力也沒有，也不知道給個臺階讓自己下，不由煩躁地說道：「你有本事對本王放箭就是，本王就是不出去！」

「白大人，我勸父王出去就是。」冷青煜說著，拖了裕親王就往外走。「父王，咱們出去吧，這會子世嫂還在氣頭上呢，您現在去強求也沒用。就算真擄了她，她來個誓死不屈，您又怎麼辦？難道還真殺了她不成？她可是咱們大錦的奇才，她若出了什麼事，只怕皇上第一個就要治您的罪呢。」

裕親王也正是要找臺階下，被冷青煜一拖，也就半推半就地出去了。白總督看著總算是鬆了一口氣，剛要進院去向錦娘彙報情況，就聽裕親王的聲音冷冷地自遠處傳來。

「白大人，今日之帳，本王先記下了，來日咱們再算。」

白總督聽得一身冷汗，腳步跨得更大了。

別院裡總算是恢復了平靜。冷青煜後來又回了院子，去向冷華庭求情，冷華庭難得和顏悅色地接見他，卻總是顧左右而言他，一談到修設備的事情，便轉到其他話題上去，或者就推說錦娘受了驚嚇，要養胎，不能理事，讓冷青煜很無奈。

後來，他沒辦法，只能乾著急，不過，這小子和他父王一樣無賴，一點也沒有身為仇人兒子的自覺，正事沒法辦到後，便又賴回了別院，非要住回他的湖畔小築。冷華庭自然是不願意的，只是錦娘總感覺青煜不像是壞心眼的人，又是真心救過自己兩回的，便隨他去了。

錦娘這兩日安心地在屋裡養胎，冷青煜來了幾回，她連面都沒露，每天吃了睡、睡了吃，外面圍著的軍士仍在，卻不再是軟禁而是保護。

張嬤嬤這幾日一直在忙著訓練新來的丫鬟，但對錦娘的膳食卻是格外上心，每日都要燉好些補品給錦娘吃。錦娘一點懷孕反應也沒有，胃口好得很，很少吐過，這讓張嬤嬤很是高興，常常笑著道：「咱們小少爺可真是乖啊，又孝順，一點都不折騰娘。」

聽得錦娘就一頭黑線。都還只是塊肉呢，就知道孝順娘了，張嬤嬤也太誇張了吧？不過，她也和天下做母親的人心思一樣，最是喜歡聽別人誇自己的孩子，就算是沒見過面的也是一樣，天天在肚子裡長著，一天一個變化，一開始，她能感覺到肚子裡有如氣流在動一樣，後來她知道，那是孩子在動，心裡就會生出濃濃母愛，常抱著肚子說話。

冷華庭有時也如孩子一般伏在錦娘肚子上聽胎音，只是孩子太小，他只能聽到腸胃蠕動的聲音，但那情景溫馨得讓人如浸蜜中，任外面裕親王幾個急得如何地跳腳，他們夫妻卻是過著甜甜蜜蜜的小日子，半點也不受干擾。

葉一被冷華庭接進了別院裡，他兒子葉忠彬卻被裕親王帶走了，沒有再回來。葉一雙手那日便被冷華庭接好，只是手指被夾傷，仍在治療中，但他一想到葉忠彬做下的事情，便心情愧疚得很，不管錦娘如何勸總是放不下心懷，錦娘也明白他是既愧又痛，畢竟是自己的兒子，做下那等背主求榮之事，恨是恨，卻還是捨不得的，難道真要將親生兒子處死嗎？好在葉三、葉四兩個時不時地進來開解開解他，又將廠裡的消息也遞了進來，錦娘得知裕親王命令工人們去修設備，工人們齊聲都說只有少主能修時，眼睛都濕了。

京城的簡親王府還被軟禁著，皇上若真對簡親王府做那卸磨殺驢之事，那這間廠子就此沈寂下去吧，自己可不是當年的葉姑娘。

雖然一直不知道葉姑娘究竟是失蹤穿回去了，還是被人暗殺，總之，錦娘不想再被動，要將主動權掌握在自己手裡才行。為他人做嫁衣裳的事情，一次就夠了。

過了幾日，忽聽太子來了，冷華庭忙去二門迎接，就看到一身明黃三爪金龍袍的太子風塵僕僕、臉色憂急地進來了。

冷華庭要給太子見了禮，太子一揚手道：「俗禮就免了，進去再說。」

在外院花廳裡落坐，太子也顧不得喝茶，開口便問冷華庭：「小庭，你家娘子呢？」

冷華庭神情淡漠地看著太子，嘴角帶了絲譏笑道：「回殿下，她嚇病了，無法過來給殿下見禮，還請殿下海涵。再說了，婦道人家，總是拋頭露面也不好。」

太子聽得大怒。「又怎麼了？孤在路上便聽聞你們一路上危險重重，沒想到，到了基地上還會有如此多的謀害，江南總督是吃乾飯的嗎？」

「江南總督也沒法子啊，人家手持御賜金牌來拿人，白大人再大的膽子也不敢有違聖令吧？」冷華庭仍是冷笑著，語氣裡盡含譏誚。

太子聽得一滯，眼中閃過一絲無奈，柔聲道：「小庭，你不要誤會，那塊金牌是幾年前王叔就因一次大功而得了的，不過是份尊榮而已，並非此次父王賜給王叔，讓他來為難你們的。」

此話冷華庭自然是不信的，但他也不會戳穿太子，只是笑笑道：「原來只是份尊榮啊，不過，臣不過區區四品，沒有資格驗證，王叔舉了金牌來軟禁微臣，又要拿臣的妻子，臣都無法反抗的，若非墨玉有指令江南大營之權，臣和臣妻恐怕要死於裕親王爺威逼之下了。」

太子沈吟了片刻才道：「王叔此舉也太過荒唐大膽了，孤回京必定要參他一本。小庭，當務之急是速速修好機器，將所差之貨物補齊，南下商隊最多能以路途天氣惡劣為由，延遲三天就必須啟程，再不修好，時間上真的趕不及了啊。」

冷華庭淡淡一笑道：「殿下所言極是。」

太子聽得心中一喜，大聲道：「那就快快請尊夫人去基地上吧，大錦除了她，無人能懂那機器啊。」

「機器壞了與臣妻何干？懂機器便是罪過嗎？她病了，又懷有身孕，不能再操勞了。」冷華庭的話將太子噎個半死，太子無奈地哄道：「小庭，太子哥哥知道你心裡有氣，放心，我一定會給你一個交代，讓你出氣。只是，現在情勢緊急，你可是織造使，是接掌墨玉之人，改造和經營基地是你的職責所在。」

「臣被人軟禁於院子，不許過問基地之事，臣無法擔當織造使之職，臣請辭，就此送上官印與墨玉，請太子另尋高明。」冷華庭毫不猶豫地拿出官印和墨玉雙手呈上。

太子被他嗆得眼都紅了，指著他的鼻子罵道：「你……你……簡直胡鬧！此乃國家大事，你竟如此兒戲，輕賤皇命，你……你真真氣死我也！」

冷華庭聽得眉頭一挑。「皇命？微臣連自由都沒有，拿什麼去執行皇命？」說著，自己推了輪椅，將手中的官印與墨玉一併放在桌上。「墨玉交了，這別院看來臣也無資格再住下了，一會兒臣便回去收拾細軟，帶著病妻離開此地。」

「小庭留步。」太子穩穩心神，強壓心中的鬱氣，對冷華庭道。

冷華庭停住，恭敬地垂首。「草民謹遵太子吩咐。」

剛交印呢，就自稱草民，還是如小時候一般彆扭。太子苦笑著走近冷華庭，轉了口氣道：「你怎麼能對太子哥哥如此無情呢？小時候你可是最乖巧、最護著太子哥哥的，你看，太子哥哥可是遇到難處了，你不想法子幫幫太子哥哥嗎？」

冷華庭一陣惡寒，臉一紅，憋著一口鬱氣，拱手道：「草民無能，辜負殿下錯愛了。」說著，將輪椅推得更快，想快些逃開太子這個怪物就好。

太子哪裡能讓他跑了，將手中的印信和墨玉一併放到他懷裡，壞笑道：「好吧，太子哥哥知道你這口氣不出，是不會乖乖辦事的。」說著一揚聲，對自己的隨從道：「速請裕親王來。」

沒多久，裕親王陰沈著臉來了，對太子行了個臣禮，太子也不請裕親王落坐，冷冷地看著裕親王道：「王叔，你此次南下可是成績斐然啊，終於查出簡親王貪墨的罪證了，不知王叔這次打算請父皇如何懲處簡親王及其家人呢？」

裕親王聽得一滯，太子的譏諷讓他又羞又急，一硬頭皮說道：「簡親王貪墨屬實，證據確鑿，不容有假，該如何處置簡親王，自然是皇上聖心獨斷，臣無權置喙。」

「王叔查案辛苦，不過，王叔將織造使大人及其夫人一併軟禁，使得南下貨物無法致力齊全，孤想王叔一定是想到可行之法了吧？」

裕親王聽得一噤，乾笑道：「這個，就不由臣操心了，臣只是來查貪墨的，既是查到證據，便要即日啟程回京覆命去了，此地有殿下主持，還有何事是解決不了的？」

太子沒想到裕親王臉皮會厚到如此地步，明明自己闖下大禍，卻如此推託，解決不了，就腳底抹油想賴帳。「王叔所言非虛，不過，孤可記得，王叔可只有監察權，可無權捉拿和侵犯朝廷命官。」

裕親王嘴角微微抽了抽，眼中閃過一絲陰戾。「那日臣不過也是擔心會誤了國事，是特地來好言相請冷夫人回基地的，但她執意不肯，便起了爭執，所以，才會動了些粗，算不得什麼。」

太子聽了臉上笑意更盛，眉頭微挑著對裕親王道：「如此說來，王叔也只是犯了一些小過錯而已，就算是孤的侍衛出面，您也沒將他放在眼裡，那……也不算什麼大事，王叔向來便沒將孤放在眼裡過，孤也習慣了……」突然一揚聲道：「宣白總督。」

白總督大步走了進來。

太子道：「白卿，對於今日冷夫人被挾持一事，你作何解釋？」

白總督一躬身，將裕親王那日如何派人進來強逼錦娘，後來又如何賴在府裡不走，與自己刀戎相向之事說了一遍。

裕親王大聲喝道：「你這卑鄙小人，本王不過是想將孫錦娘擄去修機器而已！那不過也是心急朝廷之事，算不得什麼。」

太子聽了大聲喝道：「來人，將裕親王送回京城，聽候皇上發落。」

裕親王被押走了，白總督也退出去後，太子轉了笑顏，一臉討好的對冷華庭道：「小庭，這下你該消氣了吧？」

「殿下，臣妻病了。」冷華庭道。

「那我陪你去探探弟妹的病總可以吧？」太子很無奈，逼又逼不得，畢竟是朝廷對他們夫妻做得太過，到如今，也只能求著他心軟了。

「男女授受不親，殿下，請留步。」冷華庭再不理太子，推著輪椅跑得更快，太子被他說得一滯，也知道自己如此進孫錦娘的屋裡確實有違禮數，只好止了步，大聲道：「那弟妹何時會好啊？小庭，你不能太不負責任了，管理好基地可是你職責。」

冷華庭懶得理他，徑直回了院子。太子在花廳裡急得團團轉，招了白晟羽過來問話。「白卿，你可有法子勸解小庭夫妻？」

白晟羽一拱手道：「臣沒辦法，臣也被人軟禁著，說是參與貪墨呢。」

太子一聽又是這話，眉頭高皺了起來，對身邊之人道：「傳孤令，解除別院禁令，免除織造使大人及其夫人貪墨嫌疑。」

一轉頭，問白晟羽道：「這樣總可以了吧？」

「不可以！」錦娘躺在床上，對前來傳話的白晟羽道：「你去轉告太子殿下，整個簡親王府還擔著貪墨和通敵的罪名呢，我作為簡親王的嫡媳，不敢輕舉妄動，若是一不小心將機器弄壞了些，不也會擔個故意破壞國家設施的罪名嗎？」

她仍沒看清皇室的用意，但她如今守住一點，不拿到自己想要的福利，絕不再理那基地上的事情。錦娘懶得管他們又有什麼政治目的，她只是想將某些事情一次解決，來個一勞永逸才好，免得自己今後在基地上行事時，又冒出個什麼監察、什麼王爺之類的來找茬。

錦娘稱病不出，太子實在急得不行了，也顧不得什麼禮儀不禮儀，親自到了錦娘屋裡。隔著紗帳，太子柔聲對冷華庭道：「小庭，咱們也是多年的好朋友了，此乃國之大事，做哥哥的來求你了還不成嗎？你們有何要求，就開誠布公地說明了，就算再難辦，太子哥哥也想盡辦法給你們辦了，只要能解了這燃眉之急就成。」

冷華庭聽了，淡然一笑。「殿下此話可是當真？」

「君無戲言。」太子嚴肅地說道。

「那好，臣就說了。想必殿下也知道，此基地原就是先曾祖母所建，過去便是簡親王府的私產，只是我簡親王府原就是皇族，為國效力分屬應當，所以當年先祖才會將整個基地奉給朝廷，寧願世世代代為朝廷效力，為朝廷賺下大筆金錢，成為大錦的經濟支柱，而聖祖爺也正是看著簡親王府一片赤膽忠心，才會賜簡親王一頂鐵帽子，親王世代永襲。可上百年來，簡親王府的付出無人看到，朝中大臣卻一個一個地盯著簡親王府，只道簡親王府貪墨多少，財富累積太多，眼紅的、使陰絆子的層出不窮，就如此次，臣與臣妻費盡心力才修好設備，讓基地步入正軌，不過月餘，就有人來誣指臣妻貪墨，如此行事，臣等覺得窩囊。」

冷華庭說起基地以前的歸屬問題，太子聽著心中不豫。雖說基地過去確實屬簡親王所有，但朝廷若不能將如此重要的經濟來源抓在手裡，不是反受簡親王府的掣肘？簡親王跺個腳，只怕是整個皇宮都要震動。

如今西涼人虎視眈眈，國內又連年遭天災，國庫空虛得很，冷家老二潛逃後至今未抓到，而他曾經在戶部待了數年，對大錦的經濟瞭如指掌，朝廷的開支、軍隊的俸祿，全靠這基地的產出了，若基地再出個什麼事，一旦西涼知道了，乘機攻打進來，那大錦就會陷入一場前所未有的危機當中。

「小庭說得沒錯，你有何要求，儘管提來，孤聽著就是。」

「那便請殿下聽好了。第一，朝廷可以繼續派監察使，但只能定期對基地上的帳目查核，無權干涉基地上的生產和商隊運行，更無權動簡親王府一絲一毫，不然，簡親王府沒有安全感，我等也難以安心辦差。」冷華庭淡笑著對太子說道。

這一條倒是合情合理。

「好，我現在就可以答應你。」太子很爽快地說道。

「那臣多謝殿下了。」冷華庭一拱手，行了個謝禮，接著又道：「這第二條嘛，可是我娘子提的要求。如今，我也不會再說什麼基地是簡親王府家財一事了，但這機械設備只有簡親王府一家能經營得了，這一點，想必不論是殿下還是皇上，還是朝中大臣，無一能否認的吧？」

太子殿下很無奈地點了點頭，心想，若還有另外的內行人，我堂堂太子還來這裡低三下四地求你？早將你這一對無君父的夫妻打入宗人府大牢裡去了。

冷華庭見太子一臉的無奈與吃癟，心裡不由爽快。

太子看他笑得得意，臉都黑了。「別笑了，再笑就傻了，小心你娘子不要你這傻子。」

冷華庭聽了，嘴一撇。「哼，你是嫉妒我有個能幹的娘子吧，你可記住喔，基地上的事辦好了，可是要幫我娘子寫頌詞，做賢女傳的。」

太子忍不住就想敲他的頭。這個節骨眼上，虧他還能想到這些個細枝末節的小事來，也不怕將來成了老婆奴……若自己也能有個如孫錦娘一般聰慧又特別的娘子，那還要求這簡親王府做甚啊？

「臣聽說，太子妃可是生個王子，臣還未恭喜殿下呢，不過，臣妻也有喜了，只是不知道是兒子還是女兒呢。」冷華庭敏銳地感覺太子眼光不對勁，哂然一笑道。

太子聽得回神，臉色微窘。「啊，若是生了個女兒，那便給孤做兒媳吧，孤可是最先訂下的喔，你可不能再訂他家。」

錦娘在紗帳裡聽他們兩個明明說著國家大事，突然便談到兒女上去了，自己肚子才幾個月啊，還不知道是男是女呢，就談這個，若真是個女兒，難道真讓她進皇宮嗎？才不要呢，心裡一急，便在紗帳裡咬牙切齒道：「我一定會生兒子的！」

太子聽得一怔，隨即哈哈大笑道：「弟妹是看不起孤，不肯與孤結為親家嗎？這親孤還真要結了，就算妳這胎生的是兒子，總會生女兒的吧，反正妳的長女便是將來的太子妃，孤就訂下了，誰也不得更改。」

冷華庭聽得一頭黑線。哪有這樣的人啊，非得搶人家的女兒做兒媳的？

「殿下，咱們先說這事，臣的要求還沒說完呢。」冷華庭忙將話題繞了回來。

「嗯，你說，孤聽著。」太子笑道，回去就將這事稟報給父皇，得早些下了聘才好，最好是孫錦娘這一胎便是女兒，那以後簡親王府就好控制得多了。一想到這兒，太子心情便大好了起來，語氣帶著一點隨意，不似先前那樣鄭重了。

「這第二嘛，就是基地也實行股份制，簡親王府要在基地裡以技術參股，基地每年產出的百分之一利潤歸簡親王府所有，這樣，簡親王府的銀錢來得正路，堂堂正正地得錢，由不得旁人去說三道四，而且也能避免下面的人貪墨。他們貪了朝廷一百兩銀子，就要拿走簡親王府一兩，這我可不幹，會將他們看得更緊的。」冷華庭的語氣也很隨意。

太子卻是聽得一怔。若是按小庭的法子，簡親王府以技術入股，只拿分內所得，又有先前一條的監控，這樣倒也還合理，只是這百分之一，嗯，雖是第一次聽，不過小庭方才也明說了，是一百兩得一兩的意思，是不是太多了些？

「小庭，你也太獅子大開口了吧，你一府能有多少人啊，要那麼多銀錢做什麼？減個半吧。」太子討價還價著。

「不成，百分之一是最低限度，不然就算了，反正簡親王府也有資金，保不齊我哪天再開個小工廠啥的，弄個小織布機、紡紗機，小打小鬧，也能掙不少銀子呢，那基地就還是交給殿下自己管了算了，那時候我們可沒時間，顧不過來啊。」錦娘在紗帳裡笑著說道。她的聲音嬌嬌柔柔的，還有點小俏皮，聽得太子心中微動，無奈地看著紗帳裡的人影。她還真會威脅人呢，竟然說要自己再開一個小工廠……她還能再開一個……再開一個，也就是說，這個老化了的機械完全是可以棄掉的，只要她在，就能再開新的工廠，只要她肯留下技術，那保的可不是大錦的百年，怕是再百年也能保。

太子眼睛都亮了。賺就賺吧，只要錢在大錦境內，那就是大錦的財產，普天之下，莫非王土，有皇權軍權在手，料簡親王府也翻不出皇室的手心。

「那好，這一條，孤也應下了。」太子裝作萬般無奈地說道。

「我還有第三條。」錦娘在紗帳裡笑著說道：「這一回南下，臣婦受盡賊人的陰害，不是刺殺，便是擄掠，成日過得提心弔膽，太沒安全感了。想必殿下也知道，好幾回都是西涼人對臣婦下的手，若真有哪一天，臣婦被西涼人所擄了，被逼在西涼建一個基地，那對大錦可是不可估量的損失，所以臣婦想，我家相公手裡必須要有一支人馬，一支能真正保護基地，又能保護全家安全的人馬。」

太子聽完這一番話，臉色立即陰沈了。這個孫錦娘也太過大膽了些，竟然想掌兵權，有了錢又有兵，那簡親王府不是想做什麼就什麼了？那皇上和自己的地位不受到威脅才怪，正要開口拒絕，又聽錦娘在紗帳裡慢悠悠地說道：「臣婦心知殿下的擔憂和顧及，放心，這支人馬朝廷可以限定人數，只能兩千人，不能超過，由簡親王府自己養兵，平日裡也只能護著簡親王府，不得擅作任何其他事情。」

太子聽了仍在沈吟。這個先河是絕對不能開的，大錦朝臣中也有不少功高震主的，真要都學了她這樣子，皇室還有何威嚴，那會讓整個皇室陷於危難之中。

「不行，這一點，孤不能答應。」太子斬釘截鐵的說道。

「那好吧，不應就不應了，臣婦也累了，太子殿下慢坐，臣婦先歇了，這雙身子的人總是容易累的。」錦娘無所謂地在紗帳裡說道。

「小庭，你勸勸弟妹吧，不能太任性了，朝廷是不允許哪個臣子養私兵的，這個先河絕對不能開，不然，皇家的安危都會受到威脅。」太子陰沈著臉，嚴肅地對冷華庭說道。

「殿下，您是不相信我簡親王府對朝廷對皇上的忠心，還是不相信皇上有統御天下臣子的能力？區區兩千私兵，就能對大錦皇室起威脅？」錦娘幽幽道。

「妳……大膽！」太子果然被錦娘的話激怒，大聲喝道。

「殿下，你嚇到臣的娘子了。」冷華庭皺著濃長的秀眉，毫不顧忌地推著輪椅到床邊，柔聲道：「娘子，殿下只是一時生氣，妳不要怕啊，別怕，沒事的。」

太子差點沒被冷華庭這語氣氣死。孫錦娘連養私兵的話都敢提，會被自己這一聲大喝嚇住？

「殿下，其實這事也不難的，最多簡親王府的這支私兵隸屬您名下就是，其他大臣若還要彈劾，您大可以說，這是您自己派來保護簡親王府的不就好了？」錦娘透過紗帳對太子嬌聲道。她故意用著家常般的語氣說話，為的就是減輕太子的戒心。

錦娘這也算是大大的讓步了，太子聽了長吁一口氣，沈吟了片刻道：「好，這一條，孤也應了你們。弟妹啊，孤可是為你們破了很多例了，可從來沒有臣子膽敢在孤面前提如此過分的條件的，如此妳也應該心情爽利多了吧，孤這就走，希望妳的病情會儘快好轉過來。」

太子算是咬牙切齒地說完這一番話，實在是從來沒有如此吃癟過，也從沒見過如此難纏又大膽的女子，這一番條件談下來，太子感覺背後都冒汗了。交代完這幾句話，太子才一轉身，大步向外走。

「多謝太子哥哥成全。」腳步剛要跨出門時，聽到身後冷華庭真誠地說了一句。

太子身子微僵，心裡升起一股暖意，方才受的鬱氣隨著這一句「太子哥哥」頓時消散了不少。

「好好找個名醫治治你的腿吧，太子哥哥……總還是想看到站起來的小庭的。」

太子沒有回頭，聲音微微有些感傷。

第八十八章

冷華庭怔怔地看著門口消失的背影，眼睛微微有些酸澀，一隻柔軟溫暖的小手卻伸進他的大掌裡，牽住了他的手。

「相公啊，你什麼時候才肯站起來？難道你想坐在輪椅裡抱咱們的寶寶嗎？」錦娘的聲音嬌嬌柔柔的，像貼進了他的心裡，一回頭，看到她自床裡鑽出來的小腦袋正膩著自己，不由好笑地戳了下她的頭道：「怎麼，嫌棄我了嗎？」

錦娘聽得眉頭一挑。又來這一句，每次說這事就來這一句。嘟了嘴道：「嫌棄了又如何，嫌棄了你還是一直賴著不肯起來。相公啊，我要和你肩並著肩一起走到人前去，我要讓所有的人都羡慕嫉妒我有一個天下最美最俊的相公。」

冷華庭第一次從錦娘口裡聽到這麼一番話，他沒想到過淡定溫厚如錦娘也會有虛榮的一面，不過，誰不願意自己能成為心愛人心裡的驕傲呢？他嘴角勾起一抹邪笑，一下自輪椅裡站起來，手一抄，將錦娘自床上抱下來，大步便向門外走去。

錦娘不過是說著玩，故意拿話逗他，她自然是知道他不肯當著外人站起來的理由，想與他肩並肩地站在世人面前的感覺，不過是她心裡的一個夢，一個美好的願望而已，也更知道，現在不是他站起來的時候，方才不過是撒撒嬌、逗逗他而已，這廝就當真了……

「相公，不要啊！不要這樣出去，讓人看見了可不好。」錦娘慌張地叫道。

「喔，是怕羞嗎？那我放娘子下來，牽了娘子的手一起出門吧。」冷華庭果真放錦娘下來，牽了她的手往外走。

錦娘忙將他往屋裡拖，大聲道：「不行，你還不能站起來的，要讓他們知道你的腿好了，指不定會更瘋狂。大哥定然會怕你搶世子之位，而二叔還不定會弄什麼么蛾子呢！就是太子和皇上……怕也不會是真心希望你能站起來的，你殘著弱著，他們才覺得更好控制咱們呢。」

冷華庭聽得莞爾一笑，斜了眼睨她，故意挑了挑眉道：「怎麼，不是娘子嫌棄我是殘的嗎？娘子方才不是說，我不夠完美嗎？妳不想要牽了我的手出門，讓天下的女子都羨慕嫉妒妳嗎？」

「不了，不了，不是說過了嗎？只要你喜歡，你愛坐多久輪椅都行，我會一直在你身後推著你的，你不用站起來，天下的女子已經羨慕嫉妒我了，不完美有不完美的好，再說，關上門，你只站起來給我一個人看，天下只有我一個人能看到大錦第一美男子站起來的風姿，誰能有我這麼幸運啊？」錦娘連忙說了一大串的好話，哄著他往屋裡走，直將他往輪椅推。

冷華庭原也只是嚇嚇她的，但她那一句「會一直在他身後推著他」讓他心一暖。第一次見面時，她便知道自己是個殘廢，可在她眼裡從來就沒看到過同情和憐憫，更沒有鄙夷和輕視，他的小娘子一直就是真心實意地、一門心思地護著他，從嫁進門下轎，她倔著性子不肯讓冷華堂牽手下轎，不肯與別人拜堂時起，他便深深地被她感動，那一刻，他的心就為她顫動，那樣獨特又善良，那樣美好又堅強，若真的治不好，她真的會推著自己過一輩子的吧……

「娘子，真的不要我現在就站起來了嗎？我其實好想為娘子站起來，為娘子站到世人面前去，告訴整個大錦人，是我的娘子治好了我的殘腿，是娘子妳改變了我的一生。」冷華庭激動地將錦娘摟進懷裡。這話其實早就想說，但卻一直說不出口，愛，一直都在心裡，在兩人之間流動著，不用說，彼此時時都能感覺得到，但是今天，他很想要告訴她自己心裡的感激和愛意。

「不要，只要你好就行。相公，不是我治好了你，是你自己夠堅強，是我們一起努力的結果。」錦娘趴在他胸口，軟軟地說。

「娘子，如果妳喜歡，我願意為妳做任何事，妳明白嗎？」他將她的頭捧在手心裡，專注地看著她的眼睛。

「嗯，我知道的，可你不能慣壞了我喔，我會越發過分的。」錦娘調皮地眨眨眼睛，聲音也轉了調，聞著他身上清新、帶著一絲青草氣息的香味，手有點漫不經心地勾著他胸前的一根吊飾，有點心猿意馬了。自診出懷孕以來，他們就沒有行過房了，如今孩子都有四個月了，好像過了危險期，好像能那個什麼了嘛……

冷華庭看著她逐漸迷離的眼眸，每日裡睡在她身邊，挨著她軟軟柔柔的身子，卻只敢摸兩下止渴，最氣人的是，她嗜睡得很，每每等他上床，她已經睡得暖呼呼的，就是想要親親摸摸，也還怕吵醒了她，忍得好辛苦啊……她現在這樣子更是勾人了，可是……不行啊，張嬤嬤可是明著暗著提醒過好幾回了，懷孕了不能行房，原還要給他們分房而居的，是他一再保證，張嬤嬤才作罷。

錦娘自他眼裡看到那簇正在燃燒的火苗，便抱著他，手在他背後慢慢游移，身子也在他懷裡扭動，踮了腳，伸出小舌在他脖子上輕舔，癢癢麻麻的。背後的酥麻感更盛，冷華庭身子一僵，感覺到了自己身體的變化，啞著嗓子警告眼前正在點火的小東西。

「娘子，妳……妳乖乖的，別調皮，不然，我會……我會忍不住的。」

真是笨相公啊！錦娘眼帶幽怨地看著他，手裡的動作更大了，身子更是故意在他起變化的部位蹭著。

冷華庭只覺得身體裡的火都被這個調皮的小東西點燃了，扶在她肩上的手僵硬著，殘存的一絲理智告誡自己不能衝動，要離她遠一點，可是內心的渴望又讓他捨不得，難得她主動呢……她的臉紅潤潤的，因懷孕後好吃好睡，原本沒有長開的小臉現在變得圓潤亮澤，清亮靈動的大眼此時正愛戀地看著自己，胸前豐滿的雙峰更是在他身上廝磨著，真是、真是要命啊……

他好想逃，可腳卻像釘了釘子，挪不開半步，正痛苦地掙扎著。

錦娘已勾引他半天了，還不見他有動作。明明眼裡的灼火燒得很旺的嘛……她乾脆攀上他的脖頸，手一勾，將他的頭勾下，嘟起嘴就貼了上去。

就如壓死駱駝的最後一根稻草，那柔軟濕潤的小嘴貼上來的一瞬，冷華庭的理智徹底崩潰，將她往懷裡一帶，很快便掌握主動權，一個激烈又綿長的深吻吻得錦娘差一點沒岔過氣。

只是，一陣天雷勾地火之後，他還是放開了她，輕輕撫弄她的秀髮，強忍著身體裡越發灼熱的激情。「娘子……那個……我們去和三姊夫商量商量方才……」

傻子相公，難道非要自己明說嗎？錦娘有點惱火，慾求不滿地瞪著冷華庭，一隻小手突然大膽的、準確無誤地向他某個突兀的地方握去，一把抓在手心裡，還輕輕重重地捏了兩把……

「呃……娘子……妳……」冷華庭身體一顫，那激湧而出的酥麻和快感直衝大腦，他忍著最後的一絲理智，聲音裡帶著嚴重的警告和威脅。「妳……張嬤嬤說，不可以的，妳若再……我真的忍不住了。」他看著她，眼裡幾乎帶著絲乞求，又因著灼火只想要和她一起燃燒。

「那就不忍了，笨蛋相公，你……小心些，沒事的，相信我。」錦娘手中的動作沒停，眼睛勾魂一樣地誘惑著他。

話音未落，身子就騰空了。某個忍得快要爆炸的男人一聽她這話，猶如得了特赦和救贖一般，抱起她便向床上走去……

事後，錦娘像隻饜足的貓一樣蜷縮在冷華庭的懷裡，懶懶地一動也不動，心裡卻是哀嘆著自己方才的不理智，明知某人禁了那麼久，就像匹餓久了的狼，還不知死活地去挑逗，弄得現在渾身嬌軟無力，只能縮在床上了，失策啊失策。

而冷華庭卻是一副志得意滿、神采奕奕的樣子，大手還不滿足地在她豐胸上游移著。「相公，時辰不早了啊，保不齊太子殿下又會派人來催了。」看著他湛如星辰的鳳眸又開始轉為黯沈，她心中警鈴大起，忙沒話找話地挑了一句，好轉移他的注意力。

「嗯，不急的，讓他們等等又何妨，娘子……」他的手又在順著胸腹往下摸，錦娘大驚，忙道：「不成，我懷孕呢，一次不能太過了。」

「唔……娘子，我……還餓著，沒吃飽。」他的身子已經又跨了上來，哪裡由得了她反抗，聲音如飄到了半空裡。「我……會很小心，不會傷著寶寶的。」話音未落，已經進入她的身體裡了。

那一天，太子派人來催過三回，錦娘卻在床上足足地躺了一整天。張嬤嬤皺著眉，等冷華庭一出裡屋的門便闖進去，擔心地看著床上的錦娘，見她安好熟睡的樣子，才放下一顆高懸著的心。

只是出門後，在正堂裡看書的冷華庭心虛，老實地半句也不敢多說，逕自推了輪椅往後堂找忠林叔去了。

四兒看張嬤嬤臉色很不好，更是難得地看她竟然給少爺擺臉色，不由詫異得很，泡了一杯茶給張嬤嬤道：「嬤嬤今兒是怎麼了？像吃了衝藥似的，少爺做錯什麼事了嗎？」

張嬤嬤聽著就瞪她。「小姑娘家家的，問那麼多幹什麼？將來等妳和冷侍衛成了親就知道了。」

四兒被說得臉一紅，一時又聽見少奶奶屋裡有了動靜，忙掀了簾子進去服侍。

錦娘總算是睡足了，肚子餓得咕嚕直叫，睜眼看天色都暗了，便起了床，想著明日再也不能賴床上了，不然太子會急死去的。

四兒幫著收拾妥當後，錦娘懶懶地走出了裡屋，一看冷華庭不在，便問張嬤嬤：「相公又去忠林叔那兒了嗎？」

張嬤嬤一見錦娘，臉也沈了下來。「少奶奶，不是奴婢多嘴，您可是好不容易才懷上的，看看都要出懷了……也太大膽了些，若是出個什麼事，讓奴婢怎麼向王妃交代啊？奴婢可真會成千古罪人去。」

錦娘被張嬤嬤說得臉一紅，又不好明說，再者張嬤嬤也是一片好意，她的觀念就是如此，只好訕訕地顧左右而言他道：「葉一也不知道好些了沒，一會子用過飯後，陪我去看看吧。」

「葉一那邊奴婢天天打發了人照顧著，像是好多了。」

錦娘聽得心一痛。「先……去看看葉一吧，我有事要找他。」

張嬤嬤點了點頭。葉一就住在偏院裡，離著也不遠，張嬤嬤多叫幾個丫鬟跟著，提著燈，小心地扶著錦娘到了葉一屋裡。

葉一正在屋裡發呆，一雙手仍是裹著的，看到錦娘來，微怔了怔，忙起身要行禮，錦娘忙擺了擺手，示意他坐下。

「葉一，明兒可以回廠裡去嗎？」錦娘開門見山地說道。

葉一眼睛一亮。太子殿下來了兩日了，他自然是知道的，更知道少主定然是與太子談判，這會子這麼說，是談勝了吧？「奴才隨時都可以回廠子的。」

錦娘沈吟了一會兒又道：「那裡面的人得清理清理了。那帳本究竟是怎麼到了裕親王手上的，這事得查一查，你給我選些靠得住的人，在緊要位置待著，該換的人就換了，不要心軟。你選出來的這些人，是要將來帶得出去的才是。」

該說的說完了，錦娘起身離開。葉一送到門口處後，才轉了回來，剛關好門，一轉身，赫然看到葉忠彬正站在屋裡，一臉的血污和疲憊。

葉一大驚，怒罵道：「不肖子！你……好大的膽子，竟然敢潛回別院裡?!」

葉忠彬一聽，上來就捂住葉一的嘴，哀求道：「爹，您別嚷嚷，讓人聽見兒子會沒命的。」

葉一怒其無用，又是一腳向他踹去。葉忠彬被他一腳踢得身子搖了搖，仍是穩穩地跪著，抬了頭央求道：「爹爹，我有個將功贖罪的法子，回來就是跟您說一聲，世子爺不是好人，兒子那天不小心聽到他們說什麼西涼南院大王之類的話呢，可真是嚇死兒子了，兒子想投他也是看在他簡親王世子的分上的，若他與西涼人勾結，那……豈不是反賊嗎？兒子就是再糊塗，也不會跟著這種找死的人幹下去。」葉忠彬小聲地對葉一說道。

葉一聽得一怔，立即沈思起來，再看葉忠彬也不像是在說謊的樣子，便沒再作聲。葉忠彬卻是緊張地看了看天色。「爹，我是混在下人裡頭進來的，這會子怕是出不去了，明兒一早我會再回世子那兒。您跟少主說，我要將功贖罪，爹爹，我一定會給您挽回面子的。」說著，抓起葉一的一件常服穿在身上，一閃身，便自後門出去了。

葉一正在疑惑他是如何躲過院中侍衛的，這時，冷華庭和忠林叔自暗處走了出來，葉一嚇了一跳，立即跪下來。

「起吧，我知道你是忠心的，你兒子也是我吩咐讓侍衛們放他進來見你一面的。方才聽他說要立功？」冷華庭淡淡地說道。

「奴才該死，奴才也不知道他說的是真是假，少爺，您不能輕信於他。」

「嗯，看看再說吧，希望他是真的能夠改過就好。」冷華庭淡淡地說完，讓忠林叔推著離開了。

第二天一早，錦娘帶著葉一還是去了廠裡。太子殿下親自陪同，錦娘有模有樣地又畫了兩張圖紙，不過是改了幾個動力機械上的小配件，又讓人將掉了的大齒輪修好了，當著太子殿下的面，總算將機器開了起來。太子放下心來，正要離開時，錦娘冷不防地又說了句。

「這設備太老舊了，如此修修補補離不得人，怕是過幾日又會壞了呢。」

太子聽得眉頭一皺，回頭凝視錦娘一眼道：「放心，孤已經將妳那日所談之條件全都擬好了摺子，呈給皇上了。」

錦娘嘴角就勾起一抹狡黠的笑，福身一禮道：「殿下乃是一國儲君，自然是不會騙臣婦的。」

出了基地，太子坐了馬車又跟著回了別院，錦娘皺著眉就搖頭。堂堂太子殿下，不住到行宮或皇家別苑裡去，卻偏要往自己那小別院裡擠，還真是賴皮得很。

自基地上回來，錦娘吃過午飯，冷華庭與太子還有白晟羽一起去了書房下棋，豐兒正在繡著一頂虎頭帽，四兒手裡做著一件小衣服，張嬤嬤一臉笑意地給錦娘端了杯茶來，說道：「奴婢聽說王妃可是上了船。少奶奶，王妃可真是盼孫子盼得急了喔。」

「也不知道一路上安全不？」錦娘擔憂地說道。

「放心吧，王爺身邊的暗衛倒是有一大半是跟著王妃的，不會有什麼事情的。」張嬤嬤安慰道。

「那王府裡由誰照應著呢？大嫂一個人能支撐得住嗎？」錦娘真有點替上官枚擔心了。

「世子妃倒是個溫厚的。奴婢聽說，王妃走後，便是世子妃在掌著家，只是……」張嬤嬤說著頓了頓，目光微閃著看了錦娘一眼，沒有繼續往下說。

「只是什麼？」錦娘心裡倒是明白一點，只是不相信孫玉娘真有本事能欺到上官枚頭上去，畢竟身分地位怎麼也比不過上官枚的。

「只是二夫人聽說真是個角色，竟然是搶了一半的掌家之權，如今中饋主事的倒不是世子妃，而是那位二夫人。」

錦娘聽得一怔，手裡的茶都差點灑了出來，不解地問道：「怎麼可能？二姊再有手段，也沒本事能搶了大嫂的權吧？她可不是那有頭腦的人。」

張嬤嬤聽著便冷哼一聲道：「少奶奶怕是不知道呢，二夫人有喜了，母憑子貴，氣焰自然是不同了。劉姨娘藉著養病，原就待在屋裡沒去浣衣房，如今二夫人有了喜，更是藉著要照顧王府長孫的名義，不肯去服罰了。她可是個有手段的，王妃沒管那邊的事，她便一手抓了權，將二夫人捧上了天。」

對於張嬤嬤的信息靈通一事，錦娘一直沒有細問，隱約能感覺得到，張嬤嬤並非簡單的管事娘子，指不定就是王妃特地留給自己的人，只是張嬤嬤不明說，自己也裝作不知道，只要她的心是向著自己、忠於自己就成了，誰還沒點子秘密？

冷華庭與太子殺了幾局後，惦記著錦娘，就回來了，一進門，就拉住錦娘的手。「娘子，寶寶今兒有沒有踢妳啊？他是不是很乖呢？」

「有呢，寶寶有動的，不過不是踢啊，他還太小，聽張嬤嬤說，得到六個多月時，才會明顯感到吧。他不是調皮喔，他是活潑好動，比相公要乖喔。」

「怎麼會比我乖？娘子，妳真不公平啦，我可是每日都聽娘子的話的啊，妳看，妳讓我吃青菜，我每頓都有吃三筷子啊。」冷華庭兩眼望著錦娘的肚子，摸了摸，說道：「小子，你可要乖乖的，不許折騰你娘親，不然，你一出來，老子就打你小屁屁喔。」

錦娘聽得哂然一笑，瞋了他一眼道：「他都還沒成形，你就開始欺負他，哪有你這樣做爹的嘛。」說著，身子一扭，不讓他摸。

冷華庭的小嘴立即嘟得老高，又露出一副無辜純真的表情。「娘子，妳……不會有了兒子就不理妳相公我了吧？妳可不能太偏心喔。」說著，眼裡就浮起了一層水霧。

錦娘又氣又無奈，最怕他這個樣子，偏生這廝又最喜歡裝這樣來將她吃得死死的，真沒見過連兒子的醋也吃的，還是未出世的。「你是你，他是他，對你的感情和對他是不一樣的，傻相公。」

冷華庭聽了燦然一笑，錦娘不由自主就被他情緒感染，嘴角也掛了絲淡淡的笑，手也握緊了一些。

既然太子同意了自己的三個條件，錦娘和冷華庭便決定早些開始實施，省得太子又變卦。錦娘對皇室的人可是不太信任。

如此一想，她便風風火火地找來白晟羽。「三姊夫，你得幫我們操心，在這江南之地幫我們招三千兵丁回來。」

這事白晟羽也聽說了，只是皇上還沒下旨呢，這麼急著招兵，讓有心人知道了，會給冷華庭冠個謀反罪名。再說了，不是兩千人馬嗎？怎麼一會子又變成三千了？

「得實行淘汰制，咱簡親王府的兵可得優中選優，說是三千，真正能留下的，只能是五百。」錦娘解釋著，又拿了張紙出來遞給白晟羽，道：「這裡有我提的條件，每一位想要進簡親王府做家兵的人都必須符合這紙上的幾點要求，不然我不要。」

白晟羽拿在手裡細看，竟然是一張表格，裡面有徵召之人姓名、年齡、身體狀況、住址，還有家庭成員、個人志向……這都什麼亂七八糟的啊，以往朝廷招兵，只要看著身體壯實的就收了，哪裡還有查人家八代祖宗的？

「三姊夫，你只管照著我說的去做就是，這些表格可都是要存著的，這樣招進來的人，一是咱們放心，二嘛，當然也是讓皇上和太子放心，檔案也會留給太子一份，知道咱招兵只是自我保護，沒那造反的心思。」錦娘解釋道。

於是，太子殿下人還沒走，織造使大人的招兵工作就如火如荼地開展起來了。每天看到很多人去招兵點報名，還都是壯小夥子，排著長隊等著進織造使大人的私兵隊伍裡，太子心裡就忒不是滋味。以往朝廷招兵時，那些人逃還嫌跑不快呢。

再看那招兵條件，見上頭第一條就是：「月俸三兩，每月假期四天」，太子的臉就黑了，這是招兵還是請先生啊？而且上面還寫明了，入伍後主要任務便是保護簡親王府安全，並不參與任何戰爭，也就是說，招回去是養著的，如此優渥的條件，人家當然會趨之若鶩了，如此下去，以後朝廷招兵，還有誰願意應徵啊！

太子當時就和冷青煜一起衝到了錦娘院裡。

錦娘兩口子正研究著如何招納賢才在自家私兵裡做將領呢，太子來時，她正兩眼晶亮地閃著異樣的光輝。

「相公，辦個比武大會吧？」

太子聽得一滯。連比武招將這事都想出來了，還有什麼是她不敢的？她以為她是誰？在江南選武舉呢？

「放肆！」太子心火直冒。

「唉呀，殿下心火太旺，臣婦讓人給您弄點消火的涼茶喝吧，您這會子又是生什麼氣了？」錦娘笑咪咪對著太子。他們幾個混熟了，平日裡老鬥嘴，沒外人時，一應俗禮全免。

「弟妹啊，妳要人，我直接到江南大營裡給妳撥兩千過來就是，何苦在這江華城裡鬧得沸沸揚揚，人家還真以為妳簡親王府在招兵造反呢？」

「危言聳聽了不是？我家招兵的說明是明明白白地寫著不參與戰爭，只管簡親王府的安全，說白了，咱就是招護院，跟那造反掛不上鈎去，咱們也沒那野心。」冷華庭故意拍拍自己的殘腿說道。

太子實在覺得很不妥，回去怕是會被皇上給罵死去，主要是這樣招兵會影響將來朝廷招兵，以簡親王府這標準，以後誰還願意服兵役？真有戰爭發生時，連人都招不到，江山社稷都完了。

「殿下是怕以後朝廷不好招兵嗎？要說這軍隊吧，也要實行人性化管理，兵士入得軍營以後，可不就是一個戰爭機器，他們也是有血有肉的人，朝廷多給些福利，他們保家衛國才有動力啊。戰場講的不就是士氣和人心嗎？幾天假期、輪換制，又不會影響什麼，但卻能讓兵丁們感受到尊重，一張一弛，才是用兵之道呢，你讓他們每天緊繃著，那樣就能提高戰鬥力嗎？」錦娘又勸道。

「那月俸呢？人心可都是會比的，你們家出如此之高，妳讓朝廷如何拿得出這麼多銀子來？這可不是小數目，每年要耗去大量銀錢的，朝廷可不是只養兵，還有很多開支的。」太子惱火地說道。簡親王府有錢，養兩千兵丁無所謂，可朝廷每年養著上百萬雄兵呢？

「哎，戰時用兵，閒時就養兵嘛，以兵養兵您懂不？如今可是和平年代，那些駐守在邊關的且不說了，在內地的如江南大營的，這裡上萬兵丁，每年不管朝廷能給他們多少月俸，終歸是養著吃白飯的，不如給他們安排活計賺錢就是。」錦娘無所謂地說道。

太子聽得眼都睜圓了，定定地看著錦娘，半晌都沒說話，好半天才喃喃道：「妳……真是孫家的那個四姑娘嗎？神仙附體了吧。」

「咳、咳！殿下您看清楚，臣婦可是實實在在的人啊，我這建議您聽就聽，不聽可別壞我名聲，一會兒可別來個道士什麼的把我當妖給收了。」錦娘乾咳兩聲，一臉怕怕的樣子。

「那妳說說，要如何以軍養軍？」太子俊朗的星眸神采奕奕地看著錦娘，就如發現一座寶藏似的。

「這個說來可就話長了，就如同這個基地，可以建一個，當然也可以建第二個。南洋那邊的市場飽和了，大可以銷到鄰近的西涼嘛，何必捨近求遠？殿下，您聽說過經濟侵略沒？就是將本國的物美價廉的產品低價賣給敵國，賺他們的錢的同時，還打垮敵國的經濟，使他們不得不依賴大錦的物資生活。」

太子聽得興奮異常。哪一個當權者不想開疆擴土、一統江山，建不世霸業？兵法說，以不戰而屈人之兵乃為上策，而錦娘所提之經濟侵略便是良法，以前怎麼就沒想到呢？大錦富饒，而西涼貧瘠，尤其是基地上生產出來的布疋因著勞動力廉價，更是價廉物美，賣去西涼定然會大受歡迎，到時，換回西涼的良馬和鐵礦石，又可以加強軍隊裝備……

「弟妹，快說說，有何治國良策，給孤一一道來，孤今日全做妳一天學生，洗耳恭聽。」太子喜不自勝，手拿摺扇不停敲打自己的手掌心，看錦娘的眼神裡全是激賞之色。

錦娘的臉微微有些紅，她對治國並無興趣，此生最大的願望便是與她相公好生平安地過幸福小日子。可惜，她的願望很小，卻有人硬是不肯讓她實現，總千方百計地要陷害她，讓她無一日能得安生，被逼無奈之下，才想要建兵掌權，才開始動著那要生鏽的腦子，努力回想著前世的所見所聞……

她想了想笑道：「據臣婦所知，大錦荒山可不少，和平時期，軍隊閒著也是閒著，大可以開荒種地，供養自己，而且可以改進織布機，比如說，上次改造過的軍用馬車，咱們大可以用在民用上，也可以賣給鄰國，千萬別將好東西都護在自己懷裡，好東西就是要讓人家搶，才有價值嘛。」

她說得隨意，如談家常一般娓娓道來，神情清雅悠然，可聽在在場的幾個男人耳朵裡卻是字字珠璣、如獲至寶，三雙俊逸的雙目如明亮的星星一般熠熠生輝，她卻在如此注目下含羞一笑，推了推自家相公，對太子道：「這事可不是三言兩語就能說清的，殿下若真能聽得進去，倒是可以與我家相公多多商議就是。臣婦畢竟是一介婦孺，最多只能提個建議，如何治國還是你們男子的事情，臣婦得好生養胎，在家相夫教子。」

太子聽得眼睛更亮，看著錦娘要走，心下不捨。她還只是開了個頭，卻不再往下說，弄得他心癢難耐，只想再與她好生談談才好。與她待得越久，越能看到她身上的閃亮之處，就越想與她多待一會子，偏生她不肯再往下說，饒是他穩重自持仍顯出急迫，竟然不自覺就去扯錦娘的衣袖。

「妳再說說，那經濟侵略要如何實施才好？兩國可是互不通商呢，難道要大錦主動與西涼求和嗎？」

冷華庭冷冷地看著太子握在錦娘衣袖上的那隻手，翻了個白眼道：「殿下，你不餓，臣和臣妻可是餓了，臣要吃飯去。」說著，手一拂，扯起錦娘就往飯廳走。

太子吶吶收回手，自知方才行為無狀，但小庭這態度也太惡劣了些吧，算了，看在他娘子的分上，不與他計較。

「孤也餓了，就在此處一併用了？青煜，你不是也說弟妹家的排骨燒得好吃嗎？一起吧。」太子的笑容很惡劣。他也看出青煜那小子對錦娘有些小心思，小庭更不待見的是青煜，自己倒是其次了，與小庭一同搶排骨吃，其實也好玩嘛。

冷華庭一聽太子不但自己賴著不走，還將那小子也留下，還……要和他搶紅燒排骨吃？一時臉都綠了，錦娘無奈地搖頭，低頭小聲道：「一會子讓張嬤嬤多做些，總不會少了相公要的那份就是。」

輕言軟語，如同在哄一個任性的孩子，偏生那眉眼裡全是寵溺和關切，看得太子和冷青煜兩個都怔了眼，心裡直泛酸水。冷青煜實是忍不住嘟囔了一句。「至於嗎？不就是吃幾根排骨，真小氣。」

冷華庭正愁找不到茬，這小子自己撞上槍口來，紅了眼冷笑道：「我家娘子心疼我，特地給我備的菜色，本少爺不喜歡與他人分享，不成啊？覺得我小氣，去皇家別苑吃去，那兒管飽呢。」

太子聽他又要繞到讓自己搬走的話題上，忙道：「聽說王妃在路上了，也不知到了何處了，小庭，你可派了人去接應？」

「早些日子就使了阿謙去接了，這會子應該碰上了吧？也帶了不少人手，希望不會有事才好啊。」冷華庭有些擔憂地說道。

按說阿謙也該傳個消息回來了，可是走了多日，那小子音信全無，這讓他好不擔心。

第八十九章

一頓飯吃完，太子心中若有所思，喝過茶後，卻仍是不願意離去。錦娘打著呵欠想要去歇晌，偏太子興趣正濃，想著與她再聊聊上午說的那幾件事情，錦娘興趣缺缺。

「殿下啊，一口吃不成一個大胖子的，這些事情，都得等基地的事情了了之後，才能開始的。」

她一躬身，行了一禮後徑直回裡屋睡覺去了，將太子晾在正屋裡。

太子無奈，語氣帶著酸味。「小庭，你的命太好了，太子哥哥不來打攪下你們，實在心有不甘。」

冷華庭聽得翻了個白眼，又想起了另一件事。「明兒起，臣打算在江華府裡擺個擂臺，招些武功絕佳的好手。」

太子劍眉微皺了皺，道：「你招了兩千兵丁，將士可以在兵丁裡培養嘛，何必鬧大動靜引人忌諱，小心招人彈劾。」

「這些人可不是我要用。」冷華庭笑著說道。

「那你給誰招的？」太子詫異地問道。

「才不是說要對西涼實行經濟侵略嗎？臣就想再建一個陸地商隊，專跑大錦的鄰國，在做生意的同時又可以獲得他國情報，一舉兩得，光用簡親王府以前的那些人手，可真是不夠呢，」冷華庭笑著說道。

太子臉色一緩，扯了冷華庭的手道：「你這想法正合我意。小庭，這也是你那獨特的娘子教你的嗎？」

冷華庭聽得臉一黑，沈了聲道：「娘子今天不過是心血來潮說的話，她腦子裡的東西多了去了，哪能全教臣？殿下，臣在你眼裡就如此不堪嗎？」

太子心知這話傷了小庭的自尊心，展了顏道：「太子哥哥不是那意思，我當然知道小庭也是才華洋溢機智過人，只是……」

「娘子畢竟是女人，她不過提個建議，真要完善實行，還得是咱們男人去計劃和操心，莫非殿下也想讓娘子掛個一官半職？參與朝政？」冷華庭不由笑了起來。

「你的意思是建立一個陸地商隊，專門在西涼大楚那幾個鄰國推銷咱們大錦的商品，就靠這個能破壞他國的經濟嗎？」這正是太子懸在心裡，想問清錦娘的事。

「殿下你想，假如咱們出產的上好葛棉在西涼只賣七兩銀子一疋，而西涼自己百姓織的要十兩銀子一疋，咱們的價廉又物美，西涼百姓肯定只買咱們的，如此一來，西涼自產布疋就會賣不出去。布賣不出去，當然棉種著也沒人要，種棉的棉花無人收，也會賤賣，如此一來，咱們就可以將他們的好棉以低價收回做原材料。西涼百姓織布賺不到錢，種棉的收入也減少，長此以往，自然會造成動蕩啊，百姓生活不安寧，統治者的地位就會坐不穩。」冷華庭很有條理地說道。

太子連點頭，眼睛裡燒起一串興奮的火苗。「小庭說得很是合理，那若咱們再在其他領域裡也能創造出價廉物美的東西，那麼西涼的其他行業不是也會受到衝擊？那西涼豈不是會大亂？」

「那是自然，到時，咱們興兵出戰，滅了西涼都有可能。只是，這可是個漫長的過程，不是一蹴而就的。」冷華庭說這話時，表情嚴肅而認真，鳳目裡閃著睿智的光芒。

太子笑得雲開霧散，拍了拍小庭的手，眼裡帶了絲促狹的意味。「你就如此肯定，孤會將那陸地商隊也給了你們簡親王府管轄？」

「除了簡親王府，又有誰敢接手？我娘子可是說了，她還要給我生好幾個兒子女兒，咱對那高官厚祿沒興趣，就想要多賺點錢來養兒女，難道殿下連這點也不同意嗎？」冷華庭又是一臉的無辜了。

太子眉頭微挑的看著冷華庭。商隊行走於各國民間，是最好的情報蒐集傳遞的工具，也最方便與他國貴族之間建立良好的合作關係，將來會是一股能左右朝政的強大力量，一個掌控經濟與情報信息的王爺，會是怎麼樣地權勢通天，怕是皇上和自己也要看他三分臉色吧？

不應吧，如今只有一個基地，而且還是個隨時都會壽終正寢的，沒有他們兩口子，大錦就無法再建幾個有新鮮活力、能產生巨大經濟效益的基地出來，那什麼與西涼等國通商的設想便只能成為空話。正如他方才所說，簡親王府不接，又有誰能接？他們兩口子根本就是扼住了朝廷的喉嚨，他們想要的，不想給，卻又不能不給啊。

好在他對權勢並無興趣，錦娘雖是才智過人，但明明就是一副小女兒心態，只想過懶散而安逸的生活。

「你家錢還會少嗎？光一個基地上的分紅，就夠你養一窩小崽子了。」太子沒好氣地對冷華庭說道。

「有錢誰怕多啊，到時，殿下你也參一股就是，朝中皇親貴族裡也是可以參股的。咱是厚道人，有錢大家賺，不會吃獨食的。」冷華庭笑得一臉燦爛，全是一副沒有心機的樣子。

太子聽了心裡就舒坦了。「還算你有良心，知道惦記著太子哥哥呢。嗯，江華一個小縣太小，能有多少人才，你真要招人，還得在別的縣裡布些告示，可以讓周邊的有才之士全都來應徵。陸地商隊的護衛可不比其他，稍有差池就會全隊覆沒的。」

冷華庭回到屋裡，錦娘卻是瞪大了眼睛看著他，哪裡見一絲的睡意？他微微一怔，心知她心有不安，便走過去將她偎在懷裡，拍著她的背道：「怎地不睡？」

「相公，你說，能不能咱也掙個鐵帽子王當當？」錦娘兩眼亮晶晶的，眸中流光溢彩。

冷華庭聽得一滯，搓了搓她的頭髮，嗡聲嗡氣道：「妳在乎我不是世子嗎？」

錦娘自他懷裡探出頭，呿了一聲道：「這是什麼話，那破世子要了有什麼用？不過是看不得某些人沒事就拿那身分得瑟。」

冷華庭聽得哂然一笑，將她放到床上道：「好生歇著吧，不是睏了嗎？」

錦娘的眼睛如黑夜中湛亮的星，閃亮地看著冷華庭道：「相公，我知你胸有大志、才華橫溢，只是被人壓制。讀那麼多兵書為的是什麼，不是建功立業嗎？只要你喜歡，我就會支持，咱們可不能只在商業上占有一席之地，還要讓你在軍隊中綻放異彩。咱們不蒙祖蔭，自己掙前途，氣死那些看不起咱們的人，好不好？」

這話勾起了冷華庭內心的那點火苗。曾經他也是雄心萬丈的，好男兒誰願意只圍於方寸之地，日日做小兒姿態？當然是想要縱馬邊疆，保家衛國，建不世功勛。

「娘子，妳是不是又有什麼新想法？」冷華庭笑著點了點錦娘的鼻尖，將被子給她拉上來一些。

「是啊，你還記得我給你改造過輪椅嗎？那上面用到升降原理，可以改進你們現在用的投石機，到時候，咱們不投石，真要在戰場上用時，就投炸藥包去，那可比一塊大石頭傷害力大得多呢。」

冷華庭靜靜地看著她，任她激動的小臉紅撲撲的，眼睛裡閃著光，流著異彩，自己心裡卻是如小溪緩緩流淌著，被她的話沖刷著多年來鬱結於胸，不得志的鬱氣。

那一天，錦娘說了很多話，而冷華庭也靜靜地聽她說了很多，很耐心，沒有插一句嘴。

又過了近十天，私下招募總算有了五百兵丁，江華境內合乎條件的也就那麼多了。在太子的默許下，白晟羽又去了鄰近的江臨縣，不過，臨走時，他特地過來找錦娘和冷華庭。

很不習慣。

「四妹夫，經費不夠了，你們來時，也沒帶多少錢吧，如今能用的錢都花得差不多了，四妹妹又非要給每一個剛進的兵士發放銀錢，好安他們的心，如今你們給的那幾千兩銀子早沒了，這還是姊夫我省著用的結果呢。」白晟羽原是不好意思說，他是讀書人，談到錢就覺得有點彆扭，平日大手大腳用慣了，如今弄個大攤子讓他當家，他得左盤算、右計較，過得很不習慣。

錦娘聽得噗哧一笑，走到內室，拿了簡親王爺給她的那塊印信在白晟羽眼前一晃道：「簡親王府會沒銀子？姊夫，你別心疼，得快些給咱們招回精兵強將才是正理。」說著叫來葉一，取了一大把銀票放到白晟羽手上。

葉一管著簡親王在江南的私帳，葉忠彬當初也就偷了一年的帳本給了裕親王，但如今少主真大把大把地拿王爺存的私銀出去，不怕朝廷真以貪墨之名治簡親王府的罪？

「放心吧，這點子銀錢，我跟太子爺說了，原就是該咱們父王得的。以後我管著基地，要拿的更多，那是名正言順地拿，最多，以後給父王補上這缺口就是。」錦娘笑吟吟的。下江南來之前，王妃可是把王爺的印章給了錦娘的，那意思便是由得錦娘處置王爺在江南的錢財。

白晟羽和葉一走了不久，冷華庭突然道：「娘子，妳在院裡好生待著，這幾日哪裡也不要去。」

錦娘被他的神情震住。「你……要去接娘親嗎？也是，都這麼些日子了，娘親應該早到了才是啊，怎麼還沒來呢？」

正說著，四兒瘋了一樣闖進來，哭道：「少爺、少奶奶，阿謙他……阿謙他一身是血的回來了！」

錦娘心猛然往下一沈，剛要推冷華庭出去，卻見冷謙跌撞著衝進來，直直跪在地上。「屬下無能，王妃她……王妃她被賊人困在大煙山上了！」

冷華庭聽得目眥盡裂，一掌劈在輪椅扶手上。「你們不是帶了很多暗衛嗎？怎麼還是著了人家的道?!」

「少爺，敵方人太多，計劃周密，似乎非要擄了王妃才甘心。屬下幾個沒能護得王妃周全，王妃如今只是困在山洞裡，被敵人圍住，無法下山，不過，若再慢幾日，恐怕……斷水斷糧……而且，賊人正在搜山……」冷謙身上幾處傷口在冒血，四兒又急又傷心，不管不顧地進了屋，端了熱水來要給他清洗傷口。

「阿謙，你好生待著養傷，救人的事，就不要再去了。」錦娘冷靜下來，看著冷謙那一身的傷也是心酸得很。「去請太子爺吧，他手上有兵，相公只帶些衛隊去可不成。」

錦娘更擔心的是冷華庭的雙腿。要救王妃，可不能坐著輪椅去，可如今還真不是站起來的時候啊，殘弱的相公會讓皇家少了很多戒心，很多事情就要好辦得多。

冷謙倔強地昂首道：「不過是些外傷，不礙事。屬下無能，沒能接回王妃，已是該死，那地形屬下熟，由屬下帶著少爺去更好一些。」

太子聽了信，匆匆來了，後面跟著冷青煜。

他聽阿謙將當時情形描述一遍後，臉色很是凝重，沈吟半晌才道：「怕是西涼人賊心不死，想要以王妃要挾小庭和弟妹。他們窺覦你們是人才，最終目的便是將你們擄走，大煙山離此地可不近，快馬加鞭也得兩天的路程，事不宜遲，孤現在就召集江南大營的人馬。青煜，你帶孤的衛隊先走一步。」

冷青煜聽了卻是欲言又止，像是有什麼話要說，又不好說出口。錦娘見了便道：「世子，若是為難，那就算了吧。」

冷青煜聽得心火一冒，衝口便吼：「妳就這麼不信我嗎？」

錦娘聽得莫名，怔怔地看著他，不明白他為何突然吼自己。

「太子哥哥，我父王好像正在大煙山境內，要不要通知他一聲？」冷青煜吼完錦娘，看她一臉的無辜，心下更為酸澀。

冷華庭聽得眉頭一挑，直直地看著太子，冷冷道：「殿下不是在十多天前已經派人遣送裕親王回京了嗎？為何還在大煙山境內？」

太子臉色微赧。冷華庭見太子不作聲，又轉而冷哼一聲，對冷青煜道：「怎地如此湊巧，裕親王也會在大煙山境內？」冷青煜聽著一怔，隨即明白冷華庭的意思，不由勾唇苦笑，俊秀的雙眸瞟了眼錦娘，語氣有些蒼涼。「你認為，我的父王會劫持簡親王妃？」說著頓了一頓，定定地看向冷華庭，很艱難、很認真地說道：「你相信青煜會做那傷害世嫂的事情嗎？」

他眼裡的憂傷太過濃郁，還帶了一抹自嘲，不等冷華庭回答，悠悠地又道：「父王或許不喜歡簡親王府，喜歡與簡親王作對，但終其一生，永遠也不會傷害簡親王妃，就如……青煜永遠也不會傷害世嫂一樣。」說完，轉身便離去了。

冷華庭聽得一陣錯愕，不由又看向錦娘，但他的小娘子一派山明水淨的樣子，哪裡見到半分情緒波動，心下一哂，暗忖自己確實小心眼，一時又擔心王妃安全，見四兒正扯著冷謙在清洗傷口，那丫頭也不知道從哪裡弄來好些金創藥，正不要錢似地往阿謙傷口上撒著，趁著幾個主子說話的當口，能包得一處是一處，扯了大把的白紗布一頓亂纏。

「阿謙，你死不了吧？」冷華庭推了輪椅往外走。阿謙臉一紅，立即站了起來，甩開四兒的手，大聲道：「回少爺，屬下還死不了，屬下這就帶路去。」說著，便起了身。四兒紗布只纏了一半，還有一半扯在自己手裡，阿謙瞥了她一眼，胡亂地將那剩下的一截紗布自己纏上，抬腳就往外走。

冷華庭到了穿堂處，回頭看向錦娘，眼中殷殷之情難掩。「娘子，一定要好好的，等我回來。」轉眸又對太子道：「太子哥哥，我家娘子的安危就交到你手上了。」雖然極是不甘願，但此時此地也只有太子能保護錦娘了。

太子聽得一怔。小庭很少喚自己太子哥哥了，心下苦笑。這小子，一聲太子哥哥，責任可真重大啊，還……含了警告呢。

江南大營撥了兩千人馬，由冷華庭親自帶領，冷青煜和冷遜二人帶著太子暗衛跟隨，一眾人日夜兼程，不過一日一夜便到了大煙山境內。大煙山也是一座綿延的山脈，冷華庭趕到時，已是黃昏，阿謙也顧不得休整，直撲王妃所在的那一座山頭而去。

冷華庭將他一扯，阻了他一阻，對冷青煜交代一聲後，便讓兵士將這座山頭團團圍住，卻不見半個賊人的蹤影。

冷華庭讓冷遜與冷青煜帶兵搜山。冷謙心下忐忑，見少爺似有話講，便與他同時縱馬到了樹林深處。冷華庭一躍下馬，自包袱裡拿出一套暗衛服裝給自己套上，戴上青色面具。阿謙看得眼睛一陣澀。多少年了，總算看到少爺站立起來了，是那名女子的功勞吧……

他靜靜的看著冷華庭換裝，半晌才說了聲：「阿謙又看到了六年前的少爺。」

冷華庭拍了拍他的肩，心頭也有些感慨，只是此時此地可不是感慨的時候，他擁抱了下阿謙。「帶路吧阿謙，就當我是你的一名屬下。」

阿謙將暗衛叫齊，直撲王妃藏身之地。

爬了約莫半個時辰，便到了王妃所在的半山腰，果然隱隱約約地就聽到有打鬥聲，還有火光自樹木處透出。

冷華庭救母心切，縱躍上樹枝，幾個起落便向打鬥聲源處趕去，卻見裕親王帶著隨從正與一眾黑衣人在山洞前鬥得正酣，想起冷青煜先前所說的話，心情一時複雜起來。

抬眼看前方不遠處的山洞，裡面隱有火光顯現，只見一身材偉岸高大的中年人，穿著簡親王暗衛衣服，眉目清朗，看著似曾相識，卻是陌生面孔，正手持火把，眼睛緊張地盯著洞前打鬥的眾人。而他身前離得半公尺處，赫然是一個炸藥包，引線朝內，看來，隨時都有炸掉山洞的可能。

冷華庭正要縱身加入戰圈，卻聽那蒙面賊首道：「裕親王，你我有共同目的，何苦要阻在下？」

裕親王眼睛微眯，冷哼一聲，手下動作絲毫不慢。「你這番國蠻夷，休壞本王清譽，你當我是冷家老二那數典忘祖、通敵賣國、豬狗不如的東西嗎？」

那賊首聽得一滯，大怒。「你當你又是什麼好東西？窺覷簡親王妃數十年之久，一片癡情又得到了什麼？美人回眸，眼中可曾有你？哈哈哈！」

裕親王清潤的雙眸如鷹一般看向那人，大喝道：「你究竟何人？莫非你是……冷老二？」

那人哈哈大笑道：「在下是何人並不重要，在下只是勸王爺，速速放手。你們大錦的規矩可不許王妃二嫁，又何必做這吃力不討好之事？不若與我西涼合作，毀了簡親王府不好嗎？你可以洩了奪妻之仇，而我也可以完成任務回府，一舉兩得，將來王爺若有事，大可以找在下相幫一二的。」

裕親王也大笑起來，雙眼陰戾地瞪著那賊首，嘴邊帶了一絲譏諷。「果然是你，冷二。

本王一直想不通，西涼究竟給了你什麼好處，讓你連祖宗都不要了，寧可背下這通敵叛國的罪名，難道大錦朝廷對你還不夠好嗎？你高官厚祿，不過是沒有承襲王位而已，難道西涼就能許你王爵？」

那賊首被叫破身分，乾笑兩聲，抹了一把額頭之汗，道：「這就不勞王爺操心了，在下其實也與王爺一樣，心有不甘而已，再如何本事，也越不過他去，老天既然對我不公，我又何苦一條道走到黑，滿懷抱負無人欣賞，不如另投明主，此乃識時務也。」

洞口的中年暗衛持火把的手微顫著，原本強撐的身子也向後搖晃了下，半晌才穩住身形。

冷華庭躲在樹上看著，心中一緊，很想飛身過去救他，又生生忍住，總覺得今天此行，可以探知許多自己不曾知道的秘密。

裕親王聽得嘴角譏笑更盛，卻不似先前那樣急迫，如同與冷二老朋友重逢，親熱閒聊一般。「你平日不是最關心世子華堂嗎？如今用盡手段要毀掉整個簡親王府，那華堂不是也要被牽連其中，一世前程盡毀？再者，你還有一子在簡親王府內，就算不顧華堂安危，也要顧華軒吧？你讓他身負叛國家醜，不是要置他於死地嗎？」

冷二聽得一噤，眼神似乎也黯淡下來，低了頭道：「華軒是個好孩子，太子殿下應知他是乾淨的。至於華堂，我那笨蛋王兄會一直護著他的，就算再不濟，嫡子已殘的王兄也會保住那一條血脈，我又何必憂心呢？哈哈哈！」

裕親王聽得直搖頭道：「人說虎毒不食子，冷二，你連畜牲都不如，這兩個兒子都不顧了嗎？」

此言一出，冷華庭大驚。冷華堂會是二叔的兒子？可是，如此機密之事，裕親王又是如何知曉的？正暗自驚疑，就見那洞口之人突然身子一顫，一口鮮血噴湧而出，原本清朗的星眸已是赤紅，臉上出現異樣的紅色，身子也搖搖欲墜起來。冷華庭見了大急，正要動身，但聽冷二大聲喝道：「王爺，你……你……你知道什麼?!」

原來實情真是如此！冷華庭怒不可遏，裕親王卻嘴角笑意更濃，看了一眼山洞之人，又悠悠地說道：「只有笨蛋才看不出來吧？戴了多年的綠帽子，將人家的兒子放在掌心呵護著養大，連嫡子都被害成殘廢而不自知，可憐啊可憐，婉清，妳可看清他的真面目，妳可曾後悔，所嫁非人？婉清，妳出來，本王帶妳回京，就是豁去這王爺身分不要，也要給妳一個安寧的生活，婉清，妳可聽見？」

山洞裡，慢慢走出一身清麗潔淨的女子，縱然是逃難，被人追殺至絕境，她渾身上下也是一塵不染，容顏雖然憔悴虛弱，眼神卻仍是明淨高雅。她扶住那正強撐著的，面如金紙的中年暗衛，聲音輕柔沈靜，不見一絲慌亂恐懼。

「別人如何都不要管，錯不在你，你只要問心無愧便好，多想想你真心相待和真心待你的人便是，為那些齷齪之人氣傷了身子，不值當。」

冷華庭看著眼睛就濕了起來。第一次見到自己母親如此堅強豁達的一面，持火把的人應該是爹爹吧？二叔真是個畜生，今日父王所受羞辱，來日必將雙倍奉還！

冷二一見王妃現了身，那中年暗衛又失了警惕，突然縱身飛起，伸手便向王妃擒去。裕親王幾乎與他同時飛身而起，凌空便向冷二踢去，兩人頓時又廝打起來。

裕親王邊打邊道：「婉清，妳快快進洞去，等我收拾完這個叛國賊再接妳回京！」

王妃淡淡地看了一眼裕親王，一福身道：「多謝王爺費心，婉清不怕小人來犯，至多，捨了這條命就是，總之不會給朝廷、給吾夫吾兒造成困擾就是。」說著，優雅地自頭上取出一枝金釵，對準自己喉嚨。

裕親王和冷二兩人同時看得急了，大呼：「不可，快快放下！」兩人幾乎同時住了手，冷二急切地走近兩步。「我是想擄妳，但卻從未想過要傷害妳，這麼些年，妳就從來沒有看出過我的心事嗎？」

「老二啊，弟妹屍骨未寒，她是如何死的，又為誰而死，你真的沒有一點愧疚感嗎？十幾年的夫妻，她為你嘔心瀝血，你可曾真心待過她一日呢？如今竟是連兒子都不要，你良心何在？」看著在無謂爭吵著的兩個人，王妃幽幽地嘆了一口氣。如今聽來，連華堂也是老二的兒子，那麼，老二與劉氏也有染，怪不得先前那次毒殺，二太太要連華堂一併毒死，而老二卻只是想陷害錦娘而已。

這府裡可真是污濁不堪啊，一轉眸，看到一直護著自己的那個人捧著心口像要倒下，忙用手扶住他，柔聲勸道：「莫要氣，他們是故意氣你的，你要氣病了，就是中了他們的計謀。多少年了，咱們都走過來了，如曾……都要做爺爺了，你還有什麼想不開的，為些無謂的人傷身……你是要氣我嗎？」

那暗衛聽了這話，臉色才緩了一些，拍了拍她的手道：「無事，妳放心，我撐得住的。」

裕親王見了眼中譏誚更濃。有些事情還是不要戳穿了好，能氣死某人，也是一樁功德。

二老爺似乎也看出點什麼來了，冷笑道：「沒想到，我那笨蛋王兄也會用詐死這一招呢。怎麼？親自出馬也沒有護得好嫂嫂嗎？方才聽得堂兒是我的兒子，你是不是很生氣啊？不過啊，王兄，那話你千萬莫信啊，當年你可是查過他身上的青龍的，你可能不知道，我是沒有青龍的，又怎麼可能生出有青龍的孩子來呢？」

那暗衛聽了卻是無動於衷，表情不再如先前那樣激動，只是緊握的雙拳和那泛白的指節洩漏心裡的憤怒。

裕親王聽冷二如此說，微微怔了一怔，轉而又笑道：「你不過是欲蓋彌彰而已，你身上有沒有青龍，簡親王會不清楚？你們可是親兄弟，你做了那下作事，承認就是了，如今連叛國都成事實了，還在乎這一點？不就是怕簡親王爺對華堂不利嗎？」

冷二聽得大怒，喝道：「裕親王，你不要讓我說出好聽的來，到時，你再想在王嫂面前保持形象，可就難做到了。你安的什麼居心，你自己心裡清楚，我今天來，就是奉了西涼皇帝的命來捉拿簡親王妃的，你再不走開，休怪我不客氣了！」

二老爺自腰間拿出一個細弩，同時搭上了三枝箭，對準了山洞裡那個中年暗衛，冷笑道：「我不管你是誰，不想死的話就讓開。今日我是非將婉清帶走不可，我知道你不想婉清死，所以那火把你還是丟了的好，不要再嚇人嚇己了。雖然你想救她，但再耗下去，只會讓婉清送命。」

這時，冷華庭驟然丟出幾枚錢鏢，直向二老爺攻去。二老爺一直只防著裕親王，沒想到林子裡還藏有別的人物，猝不及防間，右手手腕被擊中，手中細弩落地。

冷華庭飛身而起，直撲二老爺，此時，冷謙帶著暗衛也隨後趕到，一時，二老爺一方便很快處於下風。

冷華庭恨極了二老爺，從方才二老爺與裕親王的對話中，他已經知道，所有的壞事都是二老爺主使的，於是下手便不留情，幾乎招招致命，但二老爺一身功夫爐火純青，雖不知道冷華庭是誰，但對手之間便認出他曾是挑斷了二太太四肢手腳筋的那個人，急急拆招，越對招越迷惑，心下對冷華庭的身分猜測起來，猛然心中一動，不確定地說了聲：「你是小庭？」

第九十章

冷華庭不應，繼續與他對招，而裕親王此時也脫出身來，與冷華庭一起進攻二老爺。裕親王功夫原就與二老爺旗鼓相當，這下二老爺就真的只有招架之工，全無還手之力了。

此時，山下又傳了一陣密集的腳步聲，二老爺感覺情況不妙，大喝一聲道：「撤！」又是一顆煙幕彈往地上一摔，地上立即升起一股白煙，二老爺如隱了形似地驟然消失了。

冷華庭大怒，循聲就追，卻是被裕親王扯住道：「救王妃要緊。」

冷華庭聽了，急切地向山洞走去，但剛走到洞口處，那中年暗衛便喝道：「站住，再前進一步我便點了這引信，與王妃同歸於盡。」

冷華庭這才想起自己是戴了面具的，暗衛認不出自己來，忙叫阿謙過來。阿謙單膝跪地。「屬下來遲，請王妃責罰。」

那暗衛一見冷謙，立即便鬆了警惕，整個人虛脫了一般往下滑去，冷華庭大驚，幾步跑上前去，一把扶起那暗衛，抱住他便失聲哭了起來。

王妃看得莫名，忙對冷華庭道：「這孩子是誰啊？不要哭，他……他沒事的。」

冷華庭抬眼殷殷地看著王妃，見王妃一切安好，心中稍安。此時，裕親王爺也衝了進來，一把抓住王妃的手道：「婉清，跟我回京城去，這裡太不安全了。」

王妃突然被他捉住了手，很是惱怒，再溫柔的人也有脾氣，喝道：「王爺，請放手，我可是有夫之婦！」

裕親王捉住了就不肯放，清潤的雙眸浮起了一層氤氳。「婉清，妳聽我說，江南也不安全的。今天定然會是調虎離山之計，將江南的兵馬調了一大部分來救妳，那孫錦娘定然會遭襲擊。他們抓妳不過是個幌子，能抓了妳要挾小庭兩口子最好，不能成功，那邊也會對孫錦娘下手，總是逃不過一個去的。婉清，妳弱質女流，去了也幫不上忙，只會徒增煩惱啊！」

「王爺，請自重！」王妃的手被裕親王捉得緊緊的，心下大怒，一張美麗絕倫的容顏染上粉色，美目圓睜，怒視著裕親王，好不容易掙出手來，毫不猶豫，抬掌便向他打去。

清脆的巴掌聲落在空寂的黑夜裡，顯得刺耳而響亮。裕親王被打得一怔，眼裡浮起一片傷痛。「婉清，二十幾年了，妳就……真的如此狠心？」

王妃被他眼裡深深的傷痛給刺痛了眼，轉過頭去不再看他，卻是軟了音勸道：「你我都是上了年紀的人了，王爺，何必再執著少年時期的事情呢？該放下了。」

裕親王聽了，冷笑著後退兩步。「放下嗎？妳要我如何放下，當初明明妳對我也有情的，難道就因為我不是鐵帽子王？你們劉家也太過勢利了些吧，婉清，他能給妳的，我就不能給妳嗎？」

冷華庭快被裕親王的無恥給氣死，剛要上前拉開王妃，身邊的中年暗衛卻是扯了扯他，阻止他不要衝動。冷華庭很是不解，卻聽那人在耳邊小聲說道：「解鈴還須繫鈴人。有些人鑽了牛角，一鑽就是幾十年，總要讓他死了心才好。」

冷華庭聽了覺得也對，便依言在一旁靜靜地看著。

王妃幽幽地嘆了口氣，無奈地說道：「咱們各自都有了孩子，如今我是要做奶奶的人了，在小輩面前說這些事，著實沒臉。王爺，青煜也來了，你要傷了他的心嗎？」

裕親王聽得一怔，回過頭去，果然看到冷青煜正帶了人搜上山來，回頭找了一圈也沒看到冷華庭，很是詫異，一轉眸，看到自家父親正在與王妃四目相對著，只是父親眼中有情，王妃眼裡有怒，不由長嘆了口氣。

而冷華庭這會子又想起方才裕親王所說的話來。調虎離山——太子啊太子，這一次你若連我娘子都保護不了，你這江山也別再坐下去了，亡了算了。

話雖如此，心裡卻是憂急如焚，只想快些趕回家去才好。

偏生這廂裕親王爺還不肯罷休，王妃正無奈地勸道：「王爺，我現在過得很好，你無須牽掛的。都……說了，咱們倆都老了，今生無緣，若是有來生，或許，婉清會選了王爺你的。」

這也算是裕親王所能聽到的最動聽的情話了，殊不知，王妃這是被逼無奈，開了個空頭支票而已。

裕親王臉色稍緩了些，卻仍是勸道：「婉清，我……知道妳為難，我不再逼妳，但妳聽我說，真的不要去江南，那裡太過危險了。跟我回京吧，我保證不再碰妳一下，只是將妳護送回簡親王府就好。」

冷華庭聽著就不耐了，對裕親王道：「王爺，在下記得您可是待罪之身，早就該回京城才是，怎麼還在大煙山境內？」

裕親王被他問得一滯，轉頭疑惑地看著他，斥道：「你是何人，有何資格管本王之事？本王早就料得有今日之事，只是不知道會發生在何處。」雖說是斥責，其實也是在向王妃解釋，自己為何會出現在此處，不管王妃待他如何，至少多年的癡情與相思已是當面傾吐，也不枉自己單戀這一場。

王妃美麗清澈的眸子溫柔地看著裕親王。在她眼裡，裕親王仍是個執拗的孩子。不管過了多少年，容顏如何老去，她的眼神仍然未變，裕親王既感動又無奈。或許在婉清眼裡，自己表現得總是不成熟的吧……轉眸看向那中年暗衛，赫然看到他的眼裡也有一絲同情和了然，心下一震，一股怒火便往上竄，衝口說道：「你不要得意，我不會放棄的！」

中年暗衛嘴角勾起一抹微笑來，卻並沒說話，只是對王妃道：「累了這麼些天，收拾下山吧，孩子們正擔心著呢。」

「嗯，我省得。」王妃溫柔地回了一句，便又轉頭深深地看了裕親王一眼，說道：「青煜那孩子，得給他找個合意的人了，你……也會有孫子的，好好享受眼前的幸福才對。」

裕親王聽著王妃與那暗衛之間再平淡不過的對話，話語裡卻流露出最真摯的情意，他就覺得刺耳，轉頭看自己兒子，竟然也是一眼憐憫，沒有困惑和憤怒，不由詫異，這與青煜的個性不相符，心下一驚，大步走向青煜。「跟父王回京。」

「不，我還有事情沒做完，父王先回去吧。」青煜淡淡地回道。

「兒子，不要像爹爹這樣，會痛苦一輩子的。」裕親王柔聲勸道，拍了拍自家兒子的肩膀。「回去吧，爹爹給你找個秀外慧中的媳婦兒，你也給老子生個孫子吧。」

裕親王黯然地下了山，臨走時還對中年暗衛道：「你……要好生保護婉清，不然，我也學了老二那樣，將她劫走算了。」

中年暗衛沒有說話，只是含笑看著他，眼裡是自信與堅定，還有一絲居高臨下的傲氣和憐憫。

冷華庭揹著王妃下了山，在別人都不太注意的當口又偷偷溜走，換回自己的衣服，取下面具，鑽到王妃的馬車裡。

那名中年暗衛也在，正熟睡著。王妃看到冷華庭，眼裡就有了淚，很是激動。「庭兒，方才……方才那個揹我下山的孩子就是你對吧？你的腳……你的腿痊癒了對吧？」

冷華庭看了一眼那中年暗衛，含笑抱住王妃，鳳眸中碎星閃爍，是他自己也沒在意的淚珠。「娘，小庭……好想妳。」

他雖沒有正面回答，王妃卻是明白了，反抱住自己心愛的兒子，淚如泉湧，哽咽道：「我就知道，錦娘那孩子是福星，她是來救贖我們簡親王府的，你爹爹當年真是作了個最正確的決定，讓你……娶了一個庶女，卻真是拾回一個寶回來了……」

說到錦娘，冷華庭又憂心忡忡。裕親王的話不無可能，他真的很想趕緊將人馬全都拉回去，但理智告訴他，那些人為了救王妃已經趕得太疲憊了，得讓他們休整休整，他上馬車，也就是想要安慰王妃幾句，自己是在馬車裡待不住的。

「娘，她有五個月的身子了，小庭……把冷謙和冷遜兩個留下來保護你們，我得……」冷華庭斟酌著言詞，對王妃說道。

「去吧，孩子，錦娘要是出了什麼事，娘也不好受的，娘明白你是孝順的好孩子，娘……不介意的。」王妃慈愛地摸著冷華庭的頭，含淚說道。

冷華庭便自馬車上縱身上馬，回頭看了王妃一眼，縱馬往江華趕。

卻說錦娘，自冷華庭走後，心下就覺得很不寧，總感覺有什麼事情會發生似的。

這一日用過早飯後，她帶著四兒找太子。

太子正坐在屋裡，見錦娘來了很是詫異，眼裡就帶了笑意。「弟妹可是擔心王妃和小庭？」

錦娘微微點頭，又蹙著眉搖頭。她自己也說不出來，為何一向淡定從容的心會變得惶恐不安，手裡絞著帕子，想著要如何表達自己的這種心情。

太子見了倒是起了疑，心下微動，問道：「妳……可是有何為難之事？」

「殿下，我總感覺心慌得很，怕是有什麼事情會發生。這院子裡可有暗道啥的，咱們躲進去吧！」錦娘糾結了半天，才擠出這麼一句莫名其妙的話。她只顧著心急，卻不知這話可能產生很大的歧義。

太子半挑眉，臉上的表情有些怪，一副哭笑不得、不可思議的樣子，張了張嘴，好半晌才道：「那個……弟妹啊，妳是說，要我與妳一起躲到地道裡去？」

錦娘覺得詫異，回道：「是呀，我總覺得會出什麼事，不安全。」

太子聽了臉上黯沈下來，肅了容顏，沈聲道：「堂堂大錦國江華重鎮，若賊人真敢當著孤的面來行凶，孤這太子也沒法做下去了。」

錦娘這才反應過來，自己的建議是傷了太子的自尊心了，「喔」了一聲，黯然地低了頭，心知那勸太子一起躲起來的話似乎不能再說了，可是心底莫名的惶恐並沒有因為太子的鎮定而散去。

錦娘給太子行了一禮，告辭出門，太子又安慰了她幾句，錦娘走到穿堂處，又忍不住回了頭對太子道：「殿下，其實，那個……面子不面子的，都沒生命重要，要真有啥危險，您能躲就躲吧，不是說留得青山在，不怕沒柴燒嗎？咱們不爭一時之長短的。」

太子被她那俏皮的樣子弄得好笑，明明是很嚴肅的話題，從她嘴裡說出來就不倫不類了，不過，她……在關心著自己呢，心中一暖，面上緩了幾分，一揮手道：「回去歇著吧，保不齊一覺醒來，妳就看到小庭在妳面前了。」

錦娘笑了笑，沒再說什麼，帶著四兒一起走了，在二門處，見雙兒正提了裙，急急忙忙地往這邊跑。

雙兒跑得正急，一抬眸，看到錦娘和四兒正冷冷地看著她，她步子微頓，回頭看了一眼來時路，猶豫了一下，頭上細汗直冒，怔在原地進退不能，不知如何是好。

錦娘看她一雙靈動的大眼裡滿是焦急，不由詫異。上一次整治別院，有幾個人並沒有趕出去，其中就有雙兒，雙兒這丫頭看著單純可愛又很靈慧，錦娘倒也喜歡她。「雙兒，妳可是有事？」

「回少奶奶，奴婢……奴婢看到大總管進了府，還帶了幾個怪怪的人進來了。奴婢躲在暗處，聽他說，好像埋了炸藥什麼的在院子裡頭，要炸死院裡的人呢。奴婢……」雙兒氣息有些不穩，但錦娘卻是聽得明白，心裡震驚得無以復加。

「妳可是聽清楚了？」錦娘鄭重地問。

「聽清楚了，那些人好像不是咱這裡的口音，他們是看大總管對院裡地形熟，特地找了大總管來，說是要炸死少奶奶您呢！」雙兒急得臉都白了，拉著錦娘又往院裡拽。

「那妳怎麼不通知太子殿下的護衛呢？」錦娘皺了眉道。

「奴婢一個小丫頭，貿然說出去，誰信呀？而且，奴婢打小就怕大總管，若是讓他知道是奴婢報的信，還不得找人殺了奴婢去？奴婢感激少奶奶您的信任……求少奶奶您快走吧！」雙兒飛快地說道。

「他們要炸死我，回院子不是更不安全嗎？」錦娘又道，實在覺得跟雙兒一起去院子裡不妥當，那些人若真想自己死，第一個要炸掉的就是自己住的小院。

「您跟奴婢來就是，奴婢在這聽雨院裡可是待了好些天了，那天無意中發現了一個秘道，少奶奶，您先躲進那秘道裡去，那裡深著呢，炸不著的。」雙兒邊走邊解釋著。

錦娘不由苦笑起來。一大早自己就問太子這院裡有秘道沒，自己要躲，沒想到雙兒還真拉著她躲秘道呢。

「四兒，妳快些通知張嬤嬤、忠林叔、豐兒幾個，還有，千萬別忘了葉一，咱們一起去躲秘道吧。」錦娘聽著雖覺得懸疑，並不太相信雙兒的話，但這種事情，還是寧可信其有、不可信其無的好，一個不小心，丟了小命就太不划算了。

自己卻是跟著雙兒一起到院子的書房裡，雙兒扭開書櫃中一個按鈕，那高大的、擺著整齊書本的櫃子果然慢慢移開，成了一扇門，裡面真有一個開口，黑幽幽的深不見底。雙兒正要拉了錦娘進去，錦娘卻將她的手鬆開道：「妳是何時看到大總管的？」

「就是剛才呀，少奶奶，快躲進去吧，就算外面被夷為了平地，裡面也不會受到震動的，快些啊！」雙兒急切地就想拉錦娘往裡走。

錦娘大聲道：「太子殿下還在前邊呢，得讓人去救他。」

「來不及了，那個院子奴婢知道，離此處太遠，您走過去的話，早被炸成灰了。少奶奶，奴婢好不容易救一回人，您就跟著奴婢進暗道裡吧。」雙兒急得要哭了。她是單純的孩子，誰對她好，她就對誰好。

一時間，四兒領著忠林叔還有張嬤嬤、豐兒、葉一幾個過來了，見錦娘還站在暗道外，忠林叔便道：「少奶奶，奴才先進去開路，您別怕。」說著，點了火燭往裡走。

張嬤嬤也幫著雙兒將錦娘往暗道裡拖，說道：「殿下身邊自有人護著，少奶奶，咱們不是不救殿下，是沒法子救啊——」話音未落，忽然一聲巨響，就在耳邊震開，四兒二話不說，與豐兒兩個架起錦娘就往地道裡去。

下了地道後，雙兒很機警將書房裡的暗道門又關上。暗道果然很大，又深，通風不錯，看來簡親王爺在建造此處時，確實是費了一番功夫的。

錦娘心裡終歸還是惦記著太子，這一場劫難若是自己和身邊的人都安然無恙，而太子卻歿了，那皇上就算再怎麼重視自己的才能也會生了恨，怪簡親王府別有居心。簡親王府自家人都逃得過，為何偏生太子逃不過？怎麼說，那道理都說不過去的。

「少奶奶，奴才想，應該有條路會通到太子殿下的屋裡的，咱們分頭找吧。」忠林叔冷靜地說道。

大家立即分工合作，雙兒帶著張嬤嬤、忠林叔、葉一，一人一道，豐兒跟著四兒和錦娘，幾人都拿了蠟燭正要出發，忠林叔卻叫住眾人，自懷裡拿出一把小瓶來，遞到各人手上。「這瓶子裡有毒，能放煙霧的，遇到有人時，便將瓶子打開，投那人身上就是。記住了，自己要捂了嘴巴趕緊逃。」

錦娘接過忠林叔的小瓶子，想要打開看一看，忠林叔嚇了一跳，忙用手捂住，叮囑道：

「少奶奶，若非要投到賊人身上去，千萬不要打開瓶子看啊，會傷眼睛的。」

大家準備得差不多了，豐兒舉著燭火在前面走，四兒扶著錦娘在後面跟著，隱約能聽到地面上有爆炸聲傳來，接二連三的，只怕整個別院如今都夷為平地了。

四兒一手拿著一個大包袱，裡面裝著水、吃食。誰知道會在這地道裡過多久，準備些總是好的。

幾人又走了幾刻鐘的樣子，四兒摸著摸著，就自地道壁摸到了一扇門，叫了起來。「少奶奶，這裡好像與方才我們下來之處相同？」

錦娘心中一喜，忙過去摸了摸，果然找到一個按鈕，輕輕扭開，但看到一條梯道直升上去。看來，這裡應該是某個院落的地道入口了，但願太子殿下就在這上面……

錦娘忙跟著豐兒往上爬，到了入口處，又找到了一個開門的按鈕，將那按鈕輕輕扭開了一點，地面上立即透出一絲強光進來，貼近那條縫看去，卻是模模糊糊的，定睛一看，就看到了一片明黃色的衣角，再順著那片衣角往前看，太子正躺在離地道口不遠的地方，左腿上一大片血跡。錦娘顧不得那許多，自地道裡探出頭來，看到地上還躺了幾名隨扈，而有兩名隨從正在互毆，都不知道誰是忠誰是奸，只是那兩人看著旗鼓相當、不相上下，一時難分勝負。錦娘再環顧四周，並沒看到有其他歹徒在，心下稍寬，大著膽子爬出地道，手伸到太子鼻間，觸到溫熱的氣息，心下一喜，忙對地道揮了揮手。

四兒和豐兒兩個便也跟著爬出洞來，錦娘吃力地彎腰搬起太子的頭，對另外兩個人小聲道：「拖進去。」

四兒和豐兒兩個便默不作聲，一人拉起太子一條胳膊，三個女子使了吃奶的力氣將太子往暗道口裡拖。

而那兩個打鬥的侍衛中，長臉的中年男人一心只想要過來阻止錦娘幾個，他幾次拿劍直指太子，幸好另一個年輕些的侍衛拚死阻擋，才擋下那人的殺招。錦娘這下明白忠奸是誰。

這時，外面又走過一名太子侍衛來，錦娘心中一喜，心想太子有救了，誰知那人一進來便攻向那年輕的侍衛。錦娘心下了然，生怕那年輕人抵擋不住，便放了太子，乾脆站起身來。果然其中一名見是錦娘，頓時喜出望外，笑道：「孫錦娘，找遍整個別院都不見妳，沒想到妳竟然自己鑽出來了。」

錦娘微笑著看著他，眼裡帶著一絲鄙夷。「你們是西涼人嗎？是不是想要抓了我去幫你們西涼建一個如大錦一樣的基地呢？」

那兩名賊人對視一眼，道：「難得冷夫人如此明事理，夫人，只要妳答應幫我西涼，在下幾個絕對不會傷妳一根汗毛。」

錦娘點了點頭，真的往屋中間走去。四兒見了忙扯住她，錦娘笑道：「無事，這大錦還真的是無趣得很，日日有人暗殺本夫人，不如去了西涼算了，保住小命才是真理啊。」

錦娘面帶微笑走近後面進來的那名侍衛，又手支著腰，挺著肚子，走得緩慢，語氣傲慢得很。「你們西涼真的會厚待本夫人嗎？本夫人可是天下少有之奇才，你見了本夫人怎麼連禮都不行呢？」那侍衛見了忙躬身行了一禮。

在他彎腰的一瞬間，錦娘拿出手裡預備好的那瓶藥，剝了塞子盡數向那人脖頸處扔去，自己則急急後退，身後的四兒見了忙過來扶她，往後退。

而那名行禮的侍衛一聲慘叫，藥物果然發出刺鼻的白煙，緊接著便是一股皮肉燒焦的味道。那侍衛痛得用手去摸傷口，手上立即又起了白煙，皮膚迅速燒焦，脖子也已經出現森森白骨，他第二聲慘叫都沒呼出，人便直挺挺地倒在了地上。錦娘第一次親手殺人，嚇得手都抖了，回身便往地道處走。那中年賊人一見同伴死得恐怖，心下也慌了，手裡的動作便也慢了下來，那青年侍衛乘機一劍刺進了他的胸膛，抽劍之時，只見血光飛濺，那人也是一命嗚呼了。

「夫人，謝謝您。」青年侍衛過來將太子扶起，這時，外面又傳來一陣爆炸聲，也不知道那幫賊人帶了多少炸藥進院裡來了。

那青年人也不遲疑，揹了太子便往地道裡去。錦娘也跟著往裡走，隱約中，聽到外面一陣陣的廝殺聲，江南大營的軍士正往院裡衝著。

進了暗道，錦娘關好暗道的門，幾人急急地到了暗道裡面，才鬆了一口氣。幾個人將太子放了下來，錦娘因著方才親手殺了人，心中仍有餘悸，便也癱坐在地上，卻聽到太子虛弱的聲音。

「弟妹，妳真是神仙啊，竟然說……說要躲地道裡……咳咳！」

錦娘這才看到太子醒過來了，心中一喜，說道：「誰讓太子殿下不聽錦娘的話呢，錦娘是個最怕死的，一感覺有危險就想要躲啊。」

「傻丫頭，要躲還敢一個人跑到那賊子面前去，不怕他抓了妳嗎？」太子眉頭微蹙，似是傷口很疼痛，語氣卻很是輕鬆，寵溺地看著錦娘，笑罵道。

這笑罵太過親暱，不過聽著卻像是兄長在罵自己調皮的弟妹。錦娘心中微暖，笑眯了眼道：「他們當我是寶貝呢，定然不會傷害我的。」

太子微抬了抬手，想要撫摸錦娘的頭，卻還是生生頓住了。錦娘原就是個灑脫的，便如沒看到一般，只是皺了眉問道：「不是說江南大營的人在外面圍著的嗎？那些賊子是怎麼進來的？」

太子嘆口氣道：「說來話長，西涼這一次是花血本了，他們南院大王將西涼最精銳的蒼狼全投到這一次的劫殺行動中了。」

「蒼狼？是暗殺組織嗎？」錦娘想起前世看的警匪片。

「嗯，算是吧，是集情報與暗殺為一體的，他們人不多，卻是武藝高強，神出鬼沒，化妝易容術很強，這一次，孤算栽在他們手上了，是孤太過自信了，當初若是肯聽妳的……」

太子說著便喘息了一下，眉頭緊皺，似是很痛苦。

錦娘忙道：「殿下，您別說話，快歇著吧。」低頭卻看見太子左腿上鮮血直流，心中一急，也顧不得那許多，便去撕太子腿上的衣服。

太子一見，臉都紅了。「弟妹不可。」那條傷腿也下意識地縮著。

錦娘微微一笑道：「您當我是大夫就好。」雖然她並沒有救治傷口的經驗，不過，清理傷口止血總是行的。

四兒卻將她往邊上一扯道：「奴婢來，奴婢帶了金創藥呢。」

錦娘聽得一怔，隨即莞爾一笑，見四兒果然很熟練地幫太子清理傷口，拿了金創藥出來給太子上藥，又用紗布將太子的傷口包紮好，便戲笑道：「殿下可是託阿謙的福了，我們四兒是昨兒看到阿謙身上有傷，才特意備了金創藥的，正好給殿下您用上。」

太子聽了微笑著對四兒道了聲謝，深看了四兒一眼。「弟妹倒是有幾個忠心不二的丫頭，福氣不錯。」

錦娘接口道：「可憐只是個丫頭，身分差了，被人嫌棄啊。」

太子卻道：「西涼將炸藥改良了，能用手投擲出來，威力很大，江南大營這一次損傷不少，你們的兵倒可以多招些了。」

錦娘聽得一陣錯愕，怪不得明明外面圍滿了江南大營之人，卻仍有賊人殺將進來，怕是用炸彈開了路吧。

幾人正說著話，突然頭頂上又是一聲巨大的震響，土屑土塊紛紛墜落，錦娘心中一驚。「快移動，方才的出口可能被炸壞了，會坍塌的。」

那青年侍衛二話不說，揹起太子就往地道深處跑，誰知沒走多遠，前面不遠處也有一處坍塌下來。這下可好了，進退都無路，大家都被堵在了一截小小的通道裡了。既然無路可走，那就只能坐在原地等人來救，聽天由命吧。青年侍衛放下太子，大家全都靠石壁坐著，豐兒手裡的火燭早沒了，這會子一抹黑，誰也看不到誰。

錦娘肚子餓得咕嚕直叫，邊上的四兒碰了碰她，將一塊點心塞到她嘴裡，一邊又有人送來了水。錦娘吃了點心，喝了水，才感覺好過了些，出聲喚道：「殿下、殿下，您也吃一點吧。」

卻沒聽到太子的聲音，倒是那名侍衛出聲道：「殿下在發燒，又昏迷了。」

錦娘聽得一急，對四兒道：「拿帕子沾水，貼在殿下頭上，可不能讓他繼續燒下去。」

四兒猶豫了一下，還是照做了。她雖是備了水，卻備得不多，誰知道什麼時候才會有人來救他們，得留著點才是。

錦娘摸索著，拿過四兒手裡的水壺，扶起太子的頭。果然太子燒得滾燙，四兒知道她的意思，便幫著灌了點水到太子嘴裡。昏迷中的太子卻是一把捉住了四兒的手，喃喃道：「錦娘……」

四兒聽得一震，差一點就要去捂太子的嘴，錦娘也是被嚇住，下意識就要丟掉太子，卻又聽太子道：「好難受啊，母后……」這才鬆了一口氣，將太子輕輕地放下，挪開了身子。

而後，錦娘在地道裡睡了一覺，也不知待了多久，醒來時，外面有光亮射進地道裡，頭頂上隱約也有人聲，卻沒聽到有挖土的聲音，那青年侍衛便拿了劍到有亮光的地方挖了起來。

冷華庭日夜兼程，終於趕回江南別院時，看到的卻是遍地屍首滿目瘡痍，差一點就自馬上摔了下去，正好遇到一身傷痕的白總督，他啞著嗓子問道：「白大人，這一次，你又作何解釋？」

白總督臉一白，眼裡悲愴滿溢。「大人，太子殿下也失蹤了，我也正要找呢。」正說著，那邊忠林叔和葉一飛奔過來，冷華庭一見，喜出望外，想著他們兩個安然，那錦娘也會沒事的。

「少爺，少奶奶也不見了，怕是被埋在土裡了。」忠林叔皺了眉說道。

冷華庭聽了，一頭自馬上摔了下來，連日的奔波加上急鬱攻心，一口鮮血便噴了出來，嚇得忠林叔忙餵了一粒藥到他嘴裡，又給他順了氣，才使得他悠悠醒轉。

他一醒來便揪住忠林叔的領子，嘶啞著嗓子問道：「為什麼？你們沒好好保護她？」

忠林叔黯然低頭，跪下請罪。「老奴該死！」

葉一在一邊卻是急了，對冷華庭道：「少主不會死的，快組織人來挖土，她定是被堵在哪一截地道裡了！」

於是，忠林叔將當時情形說了一遍，也趕緊給冷華庭推來了輪椅。冷華庭猶豫了一下，還是坐了上去，推著輪椅便直撲太子所居住的院子。

果然這裡坍塌出了幾個大坑，有的地方隱隱現出地下暗道的口子，冷華庭心中大震，指揮江南大營的兵丁便開始挖土，自己心中太急，竟是自輪椅上滑下，半跪於地，親自動手刨起土來。

「錦娘……」那一聲喊撕心裂肺，心中又恨又痛，恨的是自己的無能，一次一次讓錦娘陷入危險，卻沒法保護她，痛她在生死關頭還在為自己著想。太子在簡親王府別院出事，對簡親王府是怎樣的打擊，他也想得通透，錦娘更是想得通透，所以才會大著肚子在地道裡努力想法子救人。

傻女人，她不知道，這天底下，唯有她在，自己才能繼續活下去，管他什麼權勢富貴親情責任，他要的，從來只是她啊！

指頭上已是血跡斑斑，指甲都被磨破，他還在一下一下地挖著土，似乎只有這樣，才能減輕心裡的惶恐和害怕。他不想絕望，但越想越絕望。他不知道，再挖下去，看到的是人，還是屍，兩邊的土塌陷得太深，分明就是埋住了，又是過了一天一夜，不憋死，怕是也餓死、渴死了……他不知道，自己已是淚流滿面，樣子猙獰得如陰魂一般，卻仍是一邊挖土，一邊嘶聲大喊。「錦娘，妳出來，妳給我出來！妳答應過我的，要好好活著的，妳個醜丫頭，妳不講信用——」

「少爺，您這個樣子，少奶奶出來了，也會心疼的啊，您不要再挖了！」葉一實在是看不過去，拽住冷華庭的手往邊上拖，冷華庭回手一掌將他甩到一邊，繼續用手刨著土塊。

「錦娘，妳聽見我叫妳了嗎？錦娘，妳再不出來，我也跳進去，跟妳埋到一起去。」冷華庭的體力嚴重透支，連日來的奔波勞累，再加上憂急在心，已是處於昏沈的邊緣，全靠對錦娘強烈的思念支撐著。

這會子，他全然忘記自己也是能走的，像隻可憐的小狗一樣匍匐在地，用自己的雙手挖著地上的塵土，周身的泥塊已經讓他挖出了一條道，他的身子鑽進自己挖出的洞裡，身邊的泥土沾上了斑斑的血跡，他無知無覺，突然就想，自己這算是在挖墳吧，挖一個離錦娘最近的墳，就算死了，也能和她埋在一起的。生要同衾，死要同穴，那樣，若有來生，他還是能牽到她的手，和她再續今生未竟之緣的……

冷華庭在偌大的土堆裡不知疲倦地挖著。天色漸黑，仍是沒有發現半點錦娘的痕跡，時間越久，他便越是恐慌。從沒有感覺到如此無助無能過，哪怕當年他被最親的人下毒，哪怕他由高高在上的親王世子變成一個人人憐憫的殘廢，也沒有感覺到如此痛苦憂急，不知道要怎麼辦，他找不到方向，找不到她，無論他多麼努力，這裡都沒什麼變化。

除了將自己鑽進更深的洞裡，他眼前一片黑暗，見不到半點光明。他像個瘋子，像個傻子，神昏志瞶，嘴裡喃喃地罵著，都不知道罵什麼，他只是不敢停，怕一停下來，那僅存的一絲希望也會破滅，自己就會崩潰。所以，他不顧一切地繼續手裡的動作，他不知道這是在懲罰自己，還是在懲罰錦娘，只想要她出來後，為自己心疼，他恨，恨她不肯聽自己的話，恨她一再將自己陷入危險……

第九十一章

這樣的挖土進行了近三個時辰，終於，他憑著血肉之軀，挖出了一個大洞，然後，聽見一聲微弱的歌聲——

「如果，全世界我也可以忘記，只是不能夠失去你的消息……而你在這裡，就是生命的奇蹟……」

天底下，仙樂天籟都無法比擬這一刻他所聽到的歌聲，心中的狂喜將他神智淹沒，他大叫一聲：「錦娘……」一口鮮血便噴湧而出，眼前一黑，終於暈了過去。

卻說錦娘，在地道裡不停幫太子降溫。四兒所帶的水並不多，大家輪流喝了一口後，便全留下了，那青年侍衛連那一口都不肯喝，明明嘴唇乾裂，他卻生生吐了出來，吐在錦娘給太子敷頭的帕子上，就是漏掉的那一滴，也被他抹在太子額頭。錦娘早已適應了地下的黑暗，青年侍衛的一雙大眼便像個探照燈似地在黑暗裡睜得溜圓。錦娘看著卻有絲心疼，多質樸的一個男孩子，怕只有十七、八歲的樣子吧，太子有這樣忠心的人相衛，也寬慰一些了吧。

太子也有清醒的時候，感覺到自己嘴裡含著蔘片，他醒來就笑。「弟妹啊，妳不覺得浪費嗎？還是自己留著吧，我害怕啊，小庭臨走時，可是說過要我好生保護妳的，如今卻是落得要妳救我的地步。」

「誰救誰還不是一樣，咱們也算是共患難了不是？」錦娘笑著塞了一塊點心到太子嘴裡。「吃一點吧，還不知道什麼時候才能出去呢，殿下最好是好好養著，可不能辜負了我冒死相救的一片心意。」

太子聽著錦娘輕快的話語，心情出奇平靜，一點也沒有身處險境的惶恐和不安。與這個女子在一起時，他總是更能沈得下心來，哪怕是處在他這一生最差的境遇裡，也沒感到有多害怕和難受，只覺得，這一刻其實也很珍貴的。她說得沒錯，患難與共，試問天下又有幾人能有這等殊榮與他堂堂太子共患難？

「那咱們算不算得上是戰友啊？」太子俊朗的雙目循著聲源，專注地看著錦娘。雖然看不清，但他能感覺得到，她臉上定然是帶著淡淡的、從容的微笑，還有她身上那若隱若現、如蘭似梅的氣息。

「是，我們是戰友，是同志。太子同志，請你再吃一塊點心。」錦娘笑著又塞了一塊點心到太子嘴裡，也不管自己的手指其實沾滿了塵土。這個時候只能祈禱，此時此地，太子那嬌貴的胃千萬別鬧意見就好。

「同志？嗯，這個詞好，我喜歡。」太子艱難地吞嚥著錦娘塞進口裡的點心，強吞了下去。

「那我們幾個都是同志喔，我、四兒、豐兒，還有……呃，那個小青年，你叫啥名來著？」都待在一起一天了，一直沒問那個青年侍衛的名字。

「回夫人的話，在下姓陳名然，不敢與夫人和殿下一道並稱。」那小青年一開口還文謅謅的。

太子被錦娘的一聲小青年弄得呵呵直笑，卻是牽動了腿上的傷口，痛得直咧嘴。豐兒聽出那青年說話已是虛弱得很，想來他也是一天粒米未進了，將自己正要放到嘴裡的點心塞進陳然的嘴裡，大眼湛亮地看著陳然道：「吃點吧，你娘還盼著你回家呢，餓死了可不值當。」

「弟妹，我又睏了，妳也歇一歇吧。」太子身體又開始發熱起來，他的眼皮越來越重，拚盡力氣也難以撐得住，便知自己又會昏迷，他不想錦娘擔心，便安慰地說道。

錦娘伸手覆在他的前額，知道這個時候他再昏迷就很危險，一時福至心靈，手指一搓，揪起太子的眉心，一下一下地擰著。太子吃痛，迷迷糊糊地就想要打掉她的手，錦娘仍堅決地擰著他的眉心。奇怪的是，這樣倒讓太子覺得沈重似鐵的頭像是輕了些，那緊箍似的痛感也鬆活多了，心知她又是在想法子救他。平生第一次，他用近乎撒嬌的語氣說道：「唱支歌給我聽吧，聽青煜小子說，妳的歌唱得很好聽，解解乏也好啊。」

錦娘聽著就微眯了眼，頂上似乎傳來一聲聲撕心裂肺的呼喊。相公，你來了嗎？你來救我了嗎？就知道，你一定會趕來救我的，相公，我在這裡呀，別擔心，別害怕，錦娘不會離開你的……

那聲聲的呼喚猶如敲在錦娘的心弦之上，痛，卻又溫暖。一直淡笑如風，一直從容不迫，可是一聽到他的聲音，淚水就再也忍不住，就像受盡委屈的孩子，在親人到來之前，一直是倔強地堅持著，不肯將自己軟弱的一面展露給旁人看，但最親的那個人一出現，滿腹的委屈和傷心便全湧到了眼眶，化成淚水，洶湧而出。

冰涼的淚水滴在了太子臉上，他心中一陣酸澀。小庭在上面呼喚的聲音，他當然也聽到了，出困在即，被救在即，他心裡卻無半點喜悅，甚至很想時光就在此刻靜止，再也不會流動。與這個女子如此近距離的接觸，終此一生，也許，就這麼一回了吧？以後，他還是要做回他的太子，她要做回小庭的娘子，橋歸橋、路歸路，她的溫柔軟弱從來就只肯展現給小庭看，小庭，才是她一生的良人。

「不是說，要唱歌給我聽的嗎？快唱一首歌吧，指不定，小庭就聽見妳的歌聲，找過來了。」太子微笑著說道，抬了手，第一次毫無顧忌地、輕柔地抹去錦娘臉上的淚水。

錦娘沒有躲閃。這一刻，太子在她心裡有如兄長一般可親，她哽著聲應道：「好啊，我唱歌給你聽，你一定不要睡著了，要仔細聽著喔。

「我怕來不及，我要抱著你，直到感覺你的髮線，有了白雪的痕跡，直到視線變得模糊，直到不能呼吸……如果，全世界我也可以放棄，至少還有你，值得我去珍惜，而你在這裡，就是生命的奇蹟，也許，全世界我也可以放棄，只是不願意失去你的消息……」

歌聲未歇，便聽到一聲痛徹心腑的呼喚，錦娘心中一慟，抬頭看去，刺眼的強光照得她睜不開眼，但她仍是看到自己心心念念的那個人，正一口鮮血點點碎碎、揚灑下來，灑進錦娘的心，頓時，她彷彿聽到了心碎的聲音，痛入骨髓。

冷華庭自他自己挖開的洞口處一栽而下，幸得陳然反應迅速，用自己的肩膀托抵住他的身體，讓他下墜的身體緩了一緩，才摔落在地道裡。

「相公，你醒醒！醒醒啊！」錦娘撲到冷華庭身邊，任頭頂上塵土簌簌落下，砸在她身上，她將冷華庭的頭抱入懷中，撫去他嘴角的血跡，卻見至親之人雙眼緊閉，面如金紙，立即淚如雨下。

那邊，陳然看到終於見了天日，大聲喊道：「太子殿下在此，速來救駕！」

四兒、豐兒兩個自是喜不自勝，忙去幫著錦娘扶冷華庭，但看到冷華庭那雙血跡斑斑的十指時，嚇得倒抽一口冷氣。豐兒終是沈不住，哭出聲來。「少奶奶，少爺的手……」

錦娘抓起冷華庭的手，頓時紅了眼，破口大罵。「你怎麼這麼傻啊！你瘋了嗎？你以為你是鐵做的，你是變形金剛?!你這個笨蛋……笨蛋……大笨蛋，全世界只有你最笨，我不感激你，不感激……」喃喃地罵，握著那雙血手的手卻是不停地顫抖。她閉了眼，不敢再看，心痛得生恨，更多的是濃得化不開的情，有他的，更有自己的。

白總督看到太子和孫錦娘都在地下，總算是恢復了一點人色，招呼人趕緊下去將太子救上來，這邊葉一也叫齊了人手，將冷華庭揹上來，張嬤嬤帶著院裡還倖存的丫鬟婆子們一道救起錦娘和四兒、豐兒幾個。屋子是毀了，不能再住了，偌大的江南別院成了一片廢墟。

太子上來後，便只說了一句話。「請冷大人夫妻住進皇家別苑。」便徹底暈了過去。

冷青煜和冷謙、冷遜幾個護著王妃到了江南別院時，一看那滿目瘡痍的情景，王妃差一點暈了過去，而冷青煜更是一顆心懸到了天上，當時就揪了正在別院外指揮清理屍體和雜物的白總督，怒道：「這就是大人所護著的地方？你是嫌命太長了嗎?!」

冷謙瘋了一樣，直奔錦娘先前住著的院子，看房屋倒塌，處處斷壁殘垣。葉一正帶了人在清理屋子，包括一些帳目銀票之類的東西，冷謙啞著嗓子問：「少爺和少奶奶呢？」

葉一見過冷謙，自然知道他的身分，忙道：「在太子殿下所住的皇家別苑裡。大人可護著王妃回了？」

冷謙聽了稍鬆一口氣，抬眸卻看到有兵丁抬了女屍出來，心一緊，整個人都僵了起來，一時竟不敢細看那木板上躺著的人，腦子裡浮現出自己出門時，四兒捉了他的手給他上藥的情形。眼瞅著那屍體快要抬出去，冷謙深吸一口氣，大步跨過去，一把揭開那蓋在女屍臉上的白布，一看之下，頓時心一鬆，感覺背後冷汗涔涔。葉一看著就詫異，問道：「冷大人，你認識這丫頭？」

冷謙臉一僵，搖了搖頭，眼睛卻四處張望著。葉一不解地嘟囔：「大人一會子去皇家別苑嗎？老奴方才將少奶奶平素吃的燕窩找到了一包，還完好無損的，你幫老奴帶去交給四兒姑娘吧，她臨走時，可是惦記著這事呢。」

冷謙冷硬的俊眸頓時直直地看著葉一，卻半句話也沒說。葉一不知道他何意，只覺得今天的冷大人甚是詭異，匆匆地跑進裡屋，拿了一包東西交到冷謙手上，冷謙二話不說，縱身便向外院而去。

葉一看著便無奈地搖了搖頭，叨唸道：「如今的年輕人，都不知道在想些什麼了……」冷遜算是唯一一個正常的，掉轉馬車頭，帶著人趕去了皇家別苑裡。

別苑裡有不少宮人嬤嬤，這裡的嬤嬤中，倒是有一、兩個是認得簡親王妃的，王妃被秀姑和碧玉兩個扶下馬車後，便有一位年若四旬的劉嬤嬤在門外候著，見王妃下來，忙躬身迎了上去，行了個標準的宮禮。「奴才劉氏見過王妃。」

王妃直覺得詫異，努力回憶著，半晌才道：「嬤嬤請起。」

劉嬤嬤將王妃迎進了內院。那中年暗衛緊跟在王妃身後，寸步不離。劉嬤嬤在前面帶路，到了二門時，劉嬤嬤站住了，看著那中年暗衛默不作聲，王妃微赧，心知男人是不能跟著進內院的，這裡比王府更加規矩大。她想了想，看了那暗衛一眼，眼睛溫柔如水，回過頭，卻是堅定地對劉嬤嬤道：「本妃前些日子進宮去探望劉妃娘娘，她如今一切安好，只是有些想念一些老人，還說，有些人多年不見，也不知道容顏可還相識？」

劉嬤嬤聽得一震，原本漠然的眸子裡綻出精光來，身子一福，對王妃道：「奴婢在這別苑裡待了十幾年了，不知可有人會想起奴婢？」

「劉妃娘娘是個長情的人，她不會忘了曾經對她好的人的，就算一時忘記，本妃回去也會提醒一二。」王妃臉上仍是淡淡微笑，高貴而優雅。劉嬤嬤抬頭，臉上笑意盈盈，繼續往前走，卻道：「太子殿下傷而未醒，織造使大人和夫人住在南院，王妃請往這邊來。」

一路上又有宮娥來迎，但劉嬤嬤一直將王妃送到南院門前，吩咐宮娥們小心侍候，自己才告辭離開。臨走時，她深看王妃一眼。「奴婢多謝王妃的長情，原以為十幾年過去，王妃會將奴婢忘了，但願宮裡的那位也如王妃一般長情就好。」

「這是自然，姊姊向來比婉清記性要好得多，嬤嬤大可以放心，六皇子殿下也不曾將嬤嬤您忘記。」王妃笑答。

劉嬤嬤眼中便升起一層水霧，轉身退走了。

彼時錦娘和冷華庭都未醒，張嬤嬤等在穿堂裡，王妃一進門便著急著要去看錦娘，張嬤嬤忙勸住，神色黯淡，卻又不知如何說是好，想了半天才道：「少奶奶得知王妃您遇險的消息茶飯不思、夜不能寐，終於見到少爺回來報了平安，才睡著了。王妃，您也是一路勞累，不如先歇著，等少奶奶醒了，奴婢再請您……」

王妃雖說溫厚單純，但絕不是傻子，張嬤嬤如此說卻讓她心情更為憂急。方才她也看到，好好的江南別院變得面目全非，錦娘……定然是受了傷害的。張嬤嬤不是個不懂事的人，竟然會阻了自己，那便是錦娘真的在休養吧。她強忍著心裡的急切，回頭看了那中年暗衛一眼，便依張嬤嬤所言，往自己的房裡去。

那中年暗衛理所當然地跟在王妃身後。忠林叔大步走來，對著他剛要行禮，那暗衛手一抬，阻了忠林叔的動作，忠林叔便道：「大人辛苦，跟奴才去一邊歇息去吧。」

那暗衛看了王妃一眼，便抬腳跟著忠林叔走了。

碧玉服侍王妃進了屋，秀姑卻是一臉焦急地站在正堂裡，眼睛直往錦娘屋裡瞄，等張嬤嬤一忙完，便捉住了張嬤嬤的手說道：「大妹子，妳跟我說個實話，少奶奶她……」

秀姑眼裡的濕意讓張嬤嬤心生感動，安慰地拍了拍秀姑的手道：「無事的，只是累了，受了驚嚇，這會子正睡著呢。寶寶也好著呢，五個月了，再過幾個月就能生了。」

張嬤嬤語氣輕鬆，秀姑聽著，提著的心總算放了下來，抓了張嬤嬤的手道：「大妹子，辛苦妳了，謝謝。」

張嬤嬤臉上帶笑，眼裡閃過一絲暖意，問起秀姑的傷勢來。「大姊身子可好些了？那傷……」

秀姑聞言眉頭微皺了皺，卻仍是笑道：「那些個好藥往我身上堆，不好也好了，若是身子撐不住，王妃也不會讓我來不是？」話音未落，身子卻有些搖晃，張嬤嬤忙扶住，拖了她往偏房去。「身子好了是最好的，少奶奶也會放心一些，只是一路勞頓，先去歇著吧，一會兒少奶奶醒來，我使人來請妳就是。」

錦娘睡了個天昏地暗、人事不知，還是肚子餓得咕嚕直叫了才醒，一抬眼，便看到冷華庭俊逸的臉龐近在咫尺，仍是蒼白，濃長的秀眉緊蹙著，如蝴蝶展翼的雙睫於睡夢中微微顫動，看得出他睡得並不安寧。

錦娘心疼地輕撫他線條柔美的臉龐，挨蹭過去，將自己的臉貼在他的臉上，一手勾在他的頸脖，輕喟一聲，心裡既甜又痛。還好，兩人還在一起，而且，可以貼得這麼近……

「娘子。」一聲乾啞的聲音在耳邊響起，隨即身子便被人緊擁在懷裡，錦娘一震，抬眼看那墨如深潭般的眼像要將她的神魂吸進去一般。

錦娘在他眼裡看到惶恐憂急，還有滿滿的依戀。她的傻相公，這一次是真的嚇壞了吧……錦娘心裡湧起濃濃的愧疚和心疼，挨在他頸窩處拱了拱，哽著嗓子應道：「相公乖，再睡會兒。」

冷華庭一睜眼便看到了她，恍如夢境。他醒前，腦子還停在自己挖土的那個當下，耳邊縈繞的是錦娘略帶沙啞，卻又甜軟的歌聲，一醒之下，什麼也不想做，只將錦娘緊緊抱在懷裡，生怕一放手，自己又會陷入無邊的黑暗和恐慌中。好半晌，切切實實地感受到她的存在，她柔聲輕哄，腦子裡殘存的憤怒和憂急使他一下坐了起來，一把將她翻抱過來，掀開被子舉手，一掌拍下去時，只感覺椎心的痛，也沒有預料中的脆響，這才看到自己的雙手十指被包成了小包子，根本就合不攏，方才只是氣憤，全然忘了痛了。

錦娘被他突然抱起來翻轉，就知自己是真惹火他了，那巴掌還沒下來，她便哇哇大叫起來。「相公，莫打，我錯了，錯了呀！相公。」等那巴掌拍下，臀部還是感覺鈍痛，卻也沒聽到往常那清脆的聲音，立時也反應過來，他的手還傷著呢，於是又喊：「相公，你的手痛呢，別亂動啊，你……要不先記著，以後手好了再打吧。」

聲音委委屈屈，清澈的大眼裡升起一層氤氳，是滿滿的心疼和愧意。冷華庭心裡忍著氣，努力不去看她的眼睛，又是一下拍在錦娘的小屁屁上，嘶著嗓子罵道：「說了讓妳好好待著的，妳好好待著就是，別人的生死關妳個屁事啊，妳……妳是不是要氣死我？是不是嫌我活得命長了啊！」

「相公，相公我不敢了……莫打，好疼啊！」錦娘被打得哇哇亂叫，巴掌還沒落下，她的叫聲就起了。「娘回來了吧，我要告訴娘你欺負我、你欺負我……不對，寶寶，你爹欺負娘啊，你出來以後，一定要為娘報仇，要報仇啊！」

冷華庭聽著她胡言亂語、耍寶耍賴，心裡的鬱氣頓時消散許多，想著怕傷著她的肚子，忙將她抱過來放在腿上，鳳眸凝視著她，見她雖一臉的笑，眼中卻是淚珠盈盈，抽抽噎噎，聲音比之剛才低了好幾度。「相公，我真的錯了，我再也不敢讓你擔心了。相公，你……別生氣，別生氣了好不？」

冷華庭心中一酸，輕輕將她攬進懷裡，感受她存在的踏實，粗著嗓子說道：「妳說話可要算數，不可以再騙我。」

「嗯，一定算數。相公，你也要保證，不能讓我擔心，你比我更清楚，那會有多痛，你一定捨不得我也痛的，對吧？」錦娘窩在他懷裡，哽著聲，立即開始討福利。

「嗯，可是肚子餓了？起了用點東西吧。」冷華庭消了氣，這會子又擔心起錦娘的身子來，低頭見她小臉仍是圓潤，心裡稍安，慶幸老天待他不薄，逢此大難卻並沒有傷她分毫，更加如珠似寶地將她疼進了骨子裡。

錦娘微抬眸，見他神色緩和，深吸一口氣，突然捉住了他的手，眼睛冒著怒火，小綿羊立即化身大野狼，舉著他的手就罵：「你是傻子還是瘋子啊！那樣多兵士都在挖土，又不是沒有工具，你竟然將一雙手弄成了這個樣子？你……你是想氣死我，是嫌我活得太長了吧！你是存心在懲罰我，讓我心痛是不是？我告訴你，以後再如此，我就……我就……」就了半天也不知道會怎麼樣，卻是越罵越氣，眼淚也跟著下來了。

「娘子，當時太心急，一時就忘了，腦子裡全是害怕，哪裡還想過要用什麼工具？妳別氣，會傷了身子的，寶寶也會受妳影響喔。」真是風水輪流轉，這會子冷華庭就像討好主人的小狗，老實溫順地、小意地想要縮回自己的手，無辜地閃著他好看的睫毛，眼神無辜又無助。卻不知，錦娘見了仍是一聲怒吼。「不許再裝無辜！你……你就是欠治，再沒見過你這樣的傻男人了，我……我要告娘親去！對，讓娘親罰你。」

「娘子，我錯了，錯了還不行嗎？娘親聽了會傷心的，來，快來用飯吧，寶寶都餓得在罵了。」冷華庭溫柔地將她攬進懷裡，笨拙地擦去錦娘臉上的淚痕，柔聲哄道。

「寶寶哪裡會罵了？咱們的寶寶啊，一定會是個謙謙溫潤的君子，會是個人見人愛、花見花開的小可人兒……」錦娘覺得氣也出得差不多了，肚子確實好餓，嘴裡碎碎唸著，卻也乖巧地依言下床。

外面的四兒和豐兒兩個早就等著了，張嬤嬤估摸著小倆口該醒了，便叫人擺飯，果然聽到屋裡的吵鬧聲，先是少爺在吼，少奶奶唯恐天下不亂地哇哇大叫，聽得四兒和豐兒兩個捂著嘴直笑，張嬤嬤沒好氣地用帕子砸她們兩個。「妳家主子正受委屈呢，虧妳們還笑得出來！」

四兒聽了笑意更深，壓低嗓子，頭一昂道：「嬤嬤放心，少奶奶可不是個肯吃虧的主，等著吧，一會兒就會是少爺倒楣了。」

果然話音未落，屋裡的吼聲就轉了向，變成了錦娘的尖嗓。張嬤嬤聽著就皺了眉，無奈又寵溺地看著那扇沒有打開的門，聽著屋裡少爺小意輕哄，眼裡也泛出濕意來。少奶奶不是那三從四德的迂腐女子，思想另類得很，難得的是少爺萬事都寵著少奶奶，任她打罵只求她開心就好，這樣的男子著實少見。更難得的是，他們情比金堅，患難中，兩兩相愛的情義更是彌足珍貴。

屋裡總算傳來錦娘的喚聲。錦娘也罵累了，捧著肚子下了床，四兒、豐兒兩個忙進屋去服侍著，冷華庭並無內傷，只是雙手如今活動不便，豐兒看著又心痛又無奈，忍不住跟著錦娘也唸了句。「少爺也是太不看重自個兒了，也怪不得少奶奶會罵呢。」

四兒聽著睃她一眼，錦娘原本平息了的氣又被豐兒給引出來，又開始碎碎唸。「就是，沒見過這麼傻的，看吧，好好的手弄成了這樣，以後再這樣，我就……我就要休夫！」

「妳說什麼?!妳再說一遍試試！」原本老實溫順了的某人一聽這話便炸了，蹭得一下站了起來，漂亮的眼裡快噴出火來。

某個踩了地雷的小女人，不過是逞口舌之快罷了，立即縮了脖子軟了音，低著頭不敢看他。

第九十二章

張嬷嬷見小倆口出來了，臉上就帶了笑。用完飯，錦娘才想起王妃應該也住到別苑裡來了，忙問張嬷嬷：「娘呢，歇著了嗎？」

「奴婢才去看過了，王妃還沒醒呢。放心吧少奶奶，廚房裡還有飯備著呢。」張嬷嬷笑著回答。

「喔，那我等娘醒了再去看她，這一路上定是勞累了，多歇歇的好。」錦娘接過四兒遞過來的茶，輕啜了一口，又端了去餵冷華庭。

冷華庭卻是皺著眉，不知道在想什麼。錦娘便放了茶，問道：「相公，可是有什麼心事？」

「咱們先去看看太子殿下吧，也不知道殿下的傷勢如何了。」冷華庭說著便推了輪椅往外走。

錦娘卻道：「雙兒呢？雙兒在哪裡？」

張嬷嬷聽了忙去叫了雙兒來。雙兒這兩天過得膽戰心驚的，那天的爆炸嚇壞了這丫頭，按說她也是立了大功的，心下卻很是忐忑不安，就怕有人報復她。那人太神奇了，那樣多的軍隊圍著的院子，他們也能潛得進來，將整個院子炸平了，若是讓人知道是她救了少奶奶，怕是也會將她炸成肉醬去吧？

這會子，錦娘喚了她進來，她便連頭都不敢抬了，縮著肩站著，大大的眼睛滴溜溜地轉。

「雙兒，這次多虧了妳，我才能夠化險為夷，正好屋裡也缺人手，以後，妳就在這屋裡辦差吧！」院子裡的宮女雖然也有不少，但那是皇家的人，錦娘可不敢隨便支使她們，還是自己身邊的人用著妥當。

雙兒聽得一怔，抬起水汪汪的大眼，眼裡的驚懼一閃而過。錦娘看著便皺了眉，安慰她道：「這裡是皇家別苑，保護措施可比咱們那院子要好得多了，妳別怕，我還想著，等我回京城去時，帶了妳一起呢。」

雙兒聽得一滯，立即乖巧地跪下，給錦娘磕了個頭。「謝少奶奶抬舉，雙兒一定會好好幹的。」

錦娘聽了便點了頭，對雙兒道：「妳以後就是我身邊的人了，一會兒多跟四兒和豐兒姊姊幾個學著。」

錦娘和冷華庭進去時，太子正好用了點粥，正歪在床上不知道想什麼，見這兩口子進來，臉上便帶了笑意。錦娘正要下跪行禮，太子一急，手一伸，便想要去扶她，卻忘了自己腿上有傷，差一點自床上滾下來，嚇得一旁的太監忙扶住他。

太子臉色微窘，對冷華庭道：「小庭啊，快別讓弟妹行禮了，她可是雙身子的人。」

冷華庭淡笑著對太子道：「臣省得的。不過，您是君，我們是臣，禮數還是不能廢的。」說著，對錦娘睃了一眼，錦娘自然明白他的意思，仍是將禮行得完整了。

太子看著盈盈下拜的錦娘，心裡很不是滋味。

「殿下您的傷可是好些了？」錦娘笑吟吟地問，圓潤秀氣的小臉上洋溢著幸福的笑，一雙大眼亮而明媚，太子看著心情便好了起來。

「嗯，太醫上了藥，如今燒退了，應該過不了幾日便會好的吧。妳是特意來探病的嗎？」太子眼裡挾了笑意，故意只問錦娘。

「臣來，一是探病，二嘛，那些個賊人如此大膽妄為，臣嚥不下這口氣，想請問殿下，是否已經派人著手調查了？」冷華庭表情淡淡的，卻是搶先替錦娘回道。

太子聽得一怔，苦笑著看著冷華庭，一臉委屈地說道：「小庭啊，你太子哥哥我可是昏迷了才清醒過來呢，你也不心疼心疼嗎？」

冷華庭翻了個白眼，沒好氣道：「臣自是知道殿下受了傷的，只是當日若只有幾十個賊人，是很難將江南大營的人馬炸開一條路的，而且臣那院子至少也有幾十畝，竟然能用炸藥夷為平地，得有多少炸藥才行？那炸藥究竟是大錦朝內的，還是自境外搬運而來？」

一番話讓太子陷入了沈思。那樣多形跡可疑的人進了江華境內，而江華府竟是一點訊息也未發出，可見江華府內必定有問題。

太子心裡有了計較，面上卻是平靜得很，他看了一眼冷華庭放在膝上的雙手，眼神微黯。這世上，小庭對錦娘的癡情，怕是無人能比了，怪不得錦娘對他也是如此死心塌地，他們之間任誰也難插得進去吧，旁人……只有羨慕的分啊。

「小庭，你也受傷了，此事我也知道不能拖，但我身邊的隨扈那天便死得只剩一個了，手下暗衛倒有不少。你先別著急，將白晟羽召回，著他與冷遜二人暗中調查江華府，務求一擊得中。」太子臉色嚴峻，神色鄭重。

只有此時，錦娘才能感覺得到太子與平素不同，威嚴中帶著凜然冷冽的氣勢，那是久居上位者才有的氣勢。

「白大人此時正在鄰縣招兵，一時半會兒也回不來，不過，臣倒正想將那新兵全部召回，加緊訓練，務求以最快的速度訓練出一支精兵。」冷華庭冷靜地回道。

太子沈吟了一會兒，才道：「小庭，你是不是有了懷疑的目標？」

「您不覺得奇怪嗎？臣那二叔在大錦不過官居四品，就算能偷了大錦的機密去西涼賣，也沒本事和資格調得動蒼狼吧？聽說，那可是西涼南院大王一手創建的，是他手中的一件法寶，就此折煞在了大錦，而且幾乎是無功而返，我那二叔又拿什麼去給南院大王交代？他在西涼又如何混得下去？」冷華庭思索再三，說出自己心中的疑惑。

「殿下，臣婦昨日能找到那條暗道並及時救下您，可絕不是偶然，而是事先有人通知了臣婦，說有人正要在院裡投放炸藥。」錦娘正色地說道。

「喔，那示警之人何在？」太子也有些意外。錦娘的話他是最信的，忙讓錦娘將人帶進來。

雙兒被宮娥領進來，跪在太子面前，將那日自己所見悉數稟報了太子，錦娘又將自己與那前任大總管之間的嫌隙一併說明。太子聽得大怒，一拍床沿，就要自床上起來，卻是扯到了傷口，痛得眉頭緊蹙、齜牙咧嘴。

「華堂如此大膽嗎?!」太子不可置信地吼道。

「臣認為，這倒不至於，依臣所見，臣兄長不過是被人利用了而已。」冷華庭沈吟著說道。

太子聽了也是點頭。「按說，華堂與青煜等人是先行到別院的，我想，那炸藥很可能在那時候就埋下了，只等我一到便來個一石二鳥，將我和弟妹雙雙炸死，這樣既斷了大錦的財路，又讓朝廷發生內亂，到時，西涼再大舉興兵，大錦便岌岌可危了。」

「殿下自然知道，臣那大哥是很想臣和娘子死的，但是，他沒有理由也沒有膽子想要殺死太子殿下您，所以他有罪，但並非首惡。臣今日來，便是想請太子允臣明日便開始練兵，請將江南大營的南練武場劃給臣做練兵之用。」冷華庭終於說出了自己此行的目的。

太子聽了半晌都沒說話。此事也關係太大了，先前與錦娘協議過的三個條件，早就快馬加鞭地送往京城了，但如今不過過去了十多日，皇上的聖旨最快也得一、兩個月以後才能到，江南大營的南練武場可是只供朝廷練兵所用，怎麼能夠給私兵訓練？

「殿下遭此大劫，皇上知道後定然會大怒，會更加擔心殿下的安危，但自周邊調兵來江南，又動靜太大，會引起民眾的恐慌。臣的私兵練成，不只是臣一家老小的安危，也保護了殿下，再者，臣這私兵可是殿下名下的人馬喔，您一定會有用得著的時候的。」冷華庭嘴角帶著微笑，對猶豫不決的太子說道。

太子聽了立即凝了眼，定定地注視著冷華庭，半晌才道：「小庭，你……可是確定了？」

冷華庭迎向太子的目光，很認真地回道：「臣認定了，臣此生定然只認殿下一個主子，絕不反悔。」

太子聽了便看向錦娘。他與小庭的話是打啞謎，他不知道她聽得懂否，但這一刻，聽完小庭的表態，他不覺就想看看錦娘的態度。

錦娘確實沒太聽懂冷華庭的話，不過，最後一句還是明白的，便笑著走近冷華庭，湛亮的眸子含著一絲堅決。「殿下，從此以後，您可要好生地護著我和相公喔。」

太子眉眼裡都是笑意。沒想到，自己重傷醒來後，竟然是得到了一個如此大的禮物，有了這兩口子的幫助，何愁大位不保？小庭也是個異類，竟然不站在劉妃娘娘一邊，自己那位十九歲的六皇弟，怕是指望著簡親王府助他一臂之力呢，不過，好像找錯了對象。

「哈哈哈，放心，弟妹，就憑妳救了我，我也該護著你們才是。我可以保證，我有生之年，都不會傷害妳一分一毫的。」太子哈哈大笑著，眼睛卻是專注地看著錦娘，後面那半句便是許下了一個重要的承諾，而且，他的語意落在了錦娘，而非他們夫妻……

錦娘聽得不自在了，但這話也不好反駁，心想，反正自己夫妻一體，傷害了自家相公，那便是傷害了自己，太子這話大可以延伸開去，於是笑道：「謝殿下，有殿下此言，錦娘就再也不怕有人傷害我和相公了。」

太子聽了，心中微澀。小丫頭生怕自己會對小庭不利呢，這麼快就堵了自己的嘴，自己這一生的承諾落在她眼裡，也不知道抵不抵得過小庭的一個眼神……

兩人回到院裡，便看秀姑自張嬤嬤身後閃出，淚眼朦朧就要下拜。錦娘看著也是鼻子一酸，哪裡還讓她拜下去，幾步上前便撲進秀姑的懷裡，就如久別的孩子遇到了娘親，摟著秀姑就不肯鬆手。「秀姑，妳……傷可好了？」

秀姑慈愛地摸著錦娘的手，哽聲回道：「好了，全好了，少奶奶給留了那麼多的好藥，再不好，也對不住少奶奶的一片心了。」

錦娘聽著就開心，在秀姑懷裡窩著，撒著嬌不肯出來。「秀姑，我懷了寶寶了，五個月了呢，正擔心著呢，妳來了，我就不害怕了。」

秀姑的老眼笑得瞇成了一條線，將錦娘自懷裡推開，轉著她的肚子看了個圈。「呀，定然是個小少爺呢。大妹子，妳看，是尖肚，尖肚懷的就是兒子，那扁而偏的肚子懷的才是姑娘，唉呀，得去稟了王妃去，她定然會很高興的。」

張嬤嬤聽了，也跟著在錦娘身邊轉圈，附和道：「大姊不說我還沒注意，啊，還真的是呢，一定會是小少爺的。」

錦娘聽得一頭黑線，不過看秀姑如此高興，她也懶得理論，兒子女兒對她來說都是寶貝，只要是她與相公的孩子，一樣珍貴。

「娘可是醒了？相公，咱們去看娘吧。」錦娘與秀姑膩歪了一陣，便對冷華庭道。

話音未落，便聽到王妃溫柔的聲音。「錦娘，我的孩子，快讓娘看看。」

錦娘回頭，碧玉正打了簾子，王妃一臉急切地自門外進來，蓮步款款，神態雍容，看到錦娘時，腳步頓了頓，眼裡就泛出淚意來，顫著聲道：「真懷了，真懷了，太好了……」一轉頭，看到小庭正坐在一旁的輪椅裡，眼睛清澈地看著自己，王妃心中一酸，出人意料地走過去，一把抱住冷華庭的頭，拍著他的背，說：「庭兒，你要做父親了，你……終於有了幸福，不再孤寂了。」

冷華庭聽得一滯，眼睛也酸澀起來。

王妃鬆開他，慢慢走近錦娘，看著她微挺的肚子，嘴角含著笑，眼淚卻流了出來，張開雙臂，把錦娘攬進懷裡，卻是說道：「孩子，謝謝妳。」

錦娘聽得鼻子泛酸，在王妃懷裡，半天沒有吱聲，吸著王妃身上淡雅的香味，有種賴在母親懷裡再也不想要離開的感覺。王妃的那句謝謝，她知其中深意，是謝她給王妃帶來了孫兒，更是謝她拯救了冷華庭，讓他從一個偏激孤僻的少年，變成了如今熱情開朗、對生活充滿著愛的男子。

「娘，錦娘也謝謝您，是您給了錦娘一個天底下最好的相公。」錦娘的頭在王妃懷裡蹭著，溫柔地說道。

王妃聽得更是心酸，也更是欣慰。

一邊的冷華庭聽到錦娘那句話，唇邊漾開一朵燦爛的微笑，眉眼裡都是飛揚的得意與幸福。錦娘正好自王妃懷裡掙脫，便看到了某人一副欠扁的幸福模樣，心裡又甜又好笑，衝著那個快要笑傻了的人做了個鬼臉。

王妃扶著錦娘讓她在椅子上坐好，自己也坐了下來，一轉眸，終於看到了冷華庭包著如糖葫蘆的十根手指，眼神黯了黯，卻沒有再問。想到別院裡的廢墟，加之來後，又躺了一天多時間才能看到錦娘，有些事情，不問心裡也明白。

碧玉過來給錦娘和冷華庭見禮，手裡拿著一個大包裹，王妃見了就道：「錦娘，打開看看。」

碧玉笑著遞上來，錦娘打開一看，竟然全是寶寶的衣服，有肚兜、有小褂、小開襠褲，還有虎頭帽、虎頭鞋，做工精美細緻，很是可愛，錦娘看著就錯不開眼，嘴裡唸道：「娘，這都是您做的嗎？」

「哪能呢，還有親家母做的幾套呢。聽說我要來看妳，親家母連趕了幾天，親手做好了送來，就盼著妳早些個生了，抱了外孫回去給她瞧呢。」

說到二夫人，錦娘臉色微黯下來，吸著鼻子問道：「我娘，身子還好吧？」

「好著呢，妳別擔心，只是……妳那母親身子越發不行了，怕就在這幾個月了。」王妃聲音也有點沈，雖然知道錦娘與大夫人關係很僵，但畢竟這也不是什麼好信兒，怕錦娘聽了會傷心呢。

錦娘聽著心中感慨。「娘，我二姊她可有回去看過母親？」錦娘想起張嬤嬤曾說，玉娘也懷有身孕，在王府裡趾高氣揚，連上官枚也不放在眼裡，卻不知她對自己的母親可有一份孝心？

「娘來時，皇上已經下旨解除簡親王府的圍禁了，玉娘她……有了身子，又要掌著中饋，忙得很，哪有時間回娘家去探病？再說了，妳那姨娘也不許她去，說是怕過了病氣，娘都懶得管她們，那是她們自己的事情，府裡的事情，她們愛爭便爭，我只要能看到你們兩個平平安安的就好。」王妃淡笑著說道，唇角卻掛著一絲鄙夷。

錦娘聽著便是嘆了口氣，對玉娘是失望透頂了。一個連親生母親也不在乎，一味只顧抓權奪勢的女人，將來又會走上大夫人的老路的。

王妃坐了一會子，眉頭不知不覺就蹙了起來，錦娘看著詫異，看向冷華庭，冷華庭沈了聲對王妃道：「娘，帶我和錦娘去看他吧。」

王妃美麗的眸子裡泛出一絲淚意，顫聲道：「看誰？」嘴裡在問，眼睛卻是一瞬不瞬地看著冷華庭。

「看……那位一路忠心保護您的大叔。」冷華庭含笑說道。

錦娘聽得一頭霧水，起了身，跟著冷華庭和王妃一起穿過後堂，到了一間下人居住的偏房裡。忠林叔正好自那屋裡出來，一見他們來了，微怔了怔，卻是滿臉笑意，躬身行了禮道：「大人醒過後，剛用了些飯食，正在喝茶呢。」

王妃感激地點了點頭，推門進去。

錦娘扶著腰，在後面推著冷華庭，一起進了屋，冷華庭就隨手將門掩上了。

那中年暗衛正坐在窗邊看著窗外的景致，聽見腳步聲，回過頭來，一看是王妃和錦娘兩口子，神情微頓了頓，僵在當場不知如何是好，眼睛從錦娘身上瞟過時，嘴角不禁勾了起來，眼裡是滿滿的喜悅。

冷華庭突然自輪椅上站了起來，向那中年人走過去。

中年人驚得目瞪口呆，喃喃地就喊道：「庭兒……你……你的腿真的好了？」

冷華庭直直地跪在了中年人面前，哽聲說道：「爹爹，孩兒不孝，讓爹爹擔心了。」

錦娘頓時也驚得呆了。王爺不是被人害得昏迷不醒了嗎？不是會喪失記憶的嗎？怎麼會……怎麼會在這裡，還是一副陌生人的模樣？

「不怪你，不怪你的，孩子，是爹爹無能，讓你白受了這麼多年的苦啊……快起來，起來說話。」王爺將冷華庭扶起，一時老淚縱橫。

錦娘一見這情形，忙乖巧地上前給王爺行禮，王爺親手扶住她，卻說出如王妃一樣的話來。「孩子，謝謝妳，妳救了庭兒，也救了我和妳娘親啊。我知道，小庭的腿是妳的功勞，是妳將小庭變回了生病以前的樣子，孩子，我感謝妳。」

錦娘聽著微赧，恭謹地回道：「爹爹，他是我相公。」

一句話勝過千言萬語，冷華庭是她的相公，所以她對他的好，是天經地義的，是心甘情願的，一如他對她的好也是如此，從來沒有計較過得失，更不在意誰付出得更多，誰又得到得更好。

王爺聽著，感慨地點頭，欣慰地看著錦娘道：「你們那個世界過來的人，果然思想性情全然不一樣啊。」

錦娘聽了，震驚得無以復加，不可置信地看著王爺，臉色瞬間蒼白，嘴唇微張，卻半天也沒能說出話來。

看著錦娘蒼白的臉，王爺臉上笑意更深，知道自己方才那試探的話是說中了，忙安撫錦娘道：「妳別害怕，爹爹不會將妳當成妖怪看的。」

錦娘高提著的心這才放下了一些，卻仍是忐忑地看著王爺，更是不知道自己哪裡露了餡。

王爺看出錦娘心中的疑惑，他也不急，慢慢地走到屋中的椅子上坐下，示意冷華庭和錦娘也坐，喝了一口茶，才笑著說道：「妳是不是很奇怪，當初為何妳一進門，爹爹就將那墨玉交到了妳的手上？」

錦娘正為這事不解呢，忙點了點頭，驚奇地看著王爺。

「還記得當初妳娘去孫家見妳第一面時，妳作的詩嗎？」王爺淡淡地看著錦娘，臉上竟然帶著一絲促狹的笑意。

錦娘回想，當初自己那時正餓得黃皮寡瘦，受盡了大夫人的欺凌，見王妃前還被玉娘打了一頓呢，寫的那首詩……呃，是偷竊陸游大師的〈詠梅〉來著……

她突然眼睛一亮，隨即又紅了臉，羞得無地自容，半天也不敢抬頭看人。真是的，穿越女不都是剽竊大師的詩詞當詩仙、詩聖的嗎？為何自己只偷了一、兩首就被人抓包了，這也太悲劇了點吧？

王爺一見她這樣子，立即哈哈大笑起來，半晌才道：「王府裡，幾代下來傳著一本詩集，只有歷來的簡親王才能看到，那是當年葉姑娘，也就是庭兒的曾祖母平日裡練字時所作的，卻沒有現過世。當日，妳娘親將妳作的詩拿回來給爹爹看時，妳都不知道，爹爹當時的心情有多麼激動，差點衝到孫家去將妳搶來呢！」

錦娘聽了這才明白了一些，臉上的紅暈卻是更深了。

「可是，爹爹，我還是不明白，當初您不覺得匪夷所思嗎？我可是真真正正的孫家四姑娘呀。」錦娘抬起疑惑的雙眸，轉頭看了一眼冷華庭，問道。

「哈哈哈，妳有所不知，當年的葉姑娘出名之時，還是一名村姑呢，而且，是一名迫嫁給傻子的村姑，原本純樸又老實，只是不想要嫁，被家人逼著投了河，都過了氣了，後來又回轉了，就變了一個人似的。爹爹當時看到了那首詩作，自然也對妳調查了一番，巧得很，孫家四姑娘以前也是木訥又笨拙，被孫夫人壓迫著，飯都吃不飽，哪裡學過彈琴識字、作詩作畫？而妳，也是醒來後就變了性子，膽子大了，人也聰慧了，爹爹就是再笨也能猜得出一二來的。」王爺笑著解釋道。

王爺眼神灼灼地看著冷華庭。「小庭，這輩子，爹爹最對不起的就是你了，好在爹爹做了件最英明的事情，幫你把錦娘娶了回來，而且，自始至終沒有將墨玉傳給他人。有墨玉在，其他不過是過眼雲煙，世子之位，你要想拿回來，爹爹一定幫你，但如今，爹爹已成為隱形人，能幫的卻是不多了，如何報仇、如何振興簡親王府，全看你和錦娘了。」

聽了這話，冷華庭垂了眼簾，錦娘在心裡嘆了口氣，悄悄握住了他的手掌。雖然此時他的十指全是傷，不能握緊，但當她溫軟的小手伸進去時，他還是裔住了手心，感受到她自手心傳遞過來的撫慰和關懷。

爹爹說得沒錯，不管以前受過多少苦難，也不管爹爹曾經犯下過多大的過錯，至少，他將錦娘尋來送給了自己，前半生，自己的人生或許是灰暗無光的，但是將來，不正是一片光明嗎？

「爹爹，您如今扮成這番模樣，皇上會不會發現啊？會不會治您一個欺君之罪呢？」冷華庭轉而想到，先前可是夥同劉醫正一起說，爹爹要昏迷半年才得醒的，這會子人都不見了，皇上肯定會發現，到時，又是一條罪狀加在爹爹身上。

「放心吧，府裡還躺著一個簡親王爺呢，爹爹派了暗衛護著，應該無事的。」簡親王喝了口水回道。小庭能想開，他的心也寬慰了許多。

「大哥可是回府了，爹爹可是有防備？別人可能瞞得過去，他可就難了。」冷華庭還是不放心，接著說道。

「那就看他的心了，若他真是狼心狗肺，非要連爹爹也賣了，爹爹也由得他了。他幼年時，爹爹確實沒怎麼待見過他，爹爹知道，他心裡是存了恨的……不過，爹爹能給他的也只能那麼多，他要自掘墳墓，爹爹也救不了他，自己的人生自己掌握，爹爹坐等看他會落得個什麼下場了。」簡親王嘴角噙了一絲冷笑，淡淡地說道。

冷華庭有些詫異，以往自己說到與冷華堂的衝突時，爹爹都很困擾為難，但現在他似乎想通透了，不再護著冷華堂，似乎連提起他都不願意，難道那日裕親王的話真的入了爹爹的心？

「爹爹，裕親王那日在山洞前所說的話——」雖然此事有些難以啟齒，但是，冷華庭也很想弄清楚，若那人真的不是自己的親兄弟，以後反倒要好行事得多，再也不必顧及爹爹的感受，不必害怕別人說兄弟鬩牆了。

「小庭，沒有證據之事，爹爹不會信。」王爺不等冷華庭說完便截口道，話雖如此，但眼裡卻閃過一絲沈痛，更多的竟然是釋然，彷彿心中卸下了一個沈重的包袱一樣。

冷華庭於是不再問。「爹爹所言極是。不過，爹爹，兒子有話在前，這一次，兒子不會再手軟。」冷華庭對王爺又行了一禮，鄭重地說道。

與王爺一席長談，父子二人倒是說開了，關係比之從前更為融洽了些，這當然是錦娘和王妃都樂見其成的，王爺不想以真面目示人，便仍是留在下人屋裡，與忠林叔為伴。冷華庭雖然心有不忍，但也覺得如此倒是最好，可以省去很多麻煩，便也不再強求，只是讓張嬤嬤又送了好些用品到了王爺屋裡，這才帶著錦娘退出來。

過了一陣子，太子和冷華庭的傷勢都差不多好轉了，而皇上因著太子遇害和江南別院爆炸一事大發雷霆，一道聖旨終於自京城而來，江南總督因保衛不周，嚴重失職而被去職免官，押回京城候審，而太子與錦娘商談的三個條件，皇上都應允了，簡親王府自建的私兵卻是劃在太子名下，由太子全權管理。

這個結果，冷華庭早就知道，如若沒有這個名目，皇上也不可能開這個先河。新兵訓練正在進行，太子也知道這支軍隊對自己和簡親王的重要性，他當天便將軍隊的印信交給了冷華庭。

「小庭，這是你的心血，太子哥哥絕不會強奪，軍隊所有的處置調配權仍交與你，而且經費也不會全由你簡親王府私出，我會在太子府用度裡調些資金給你，當是我這名義統領的一點心意。」

冷華庭聽著莞爾一笑，說道：「殿下也應該知道，有了那百分之一的分紅，臣如今也是個大富翁了呢，這些人臣還是養得起的，倒是殿下您……要用錢的地方多了去了……」

太子聽得心頭一暖，心知小庭的話說得真心。這一次的暗殺明顯是朝中有人衝著他來的，那在京城冒出來的幕後之人，很可能就是皇上拎出來給太子做磨刀石的，弄個勢均力敵的人出來，無非是想要讓朝中勢力得到均衡，兩方勢力相互爭鬥、相互打壓，最終得利的是皇上，他的皇位便穩如泰山了。

多年太子做下來，太子自然想得通透，所以才會在聖旨一下之後，立即拱手將私兵的權力全部交還給小庭，許諾自己絕不插手，小庭方才所言，也是給了太子一個訊息——他，是支持太子的。

皇上免了葉一的貪墨之罪，卻隻字未提簡親王貪墨一事，裕親王回京也並沒有受到太大的懲處，皇上只是將他好生罵了一頓，罰了他一年的俸祿，將那塊御賜金牌也收了回去，責令他在家好生反省。這樣的處置讓冷華庭很不滿意，但也沒法子，皇權大於天，他們現在也沒有跟皇上叫板的權力，只能暗吞下這一口氣。

簡親王爺仍背有貪墨嫌疑，所以只能繼續裝暗衛，護在王妃身邊，一時還難以用真面目見人。

而冷華堂回京之後，如其他幾位世子一樣，只是被奪了監察一職，並沒有受其他懲處，仍是簡親王世子身分，在張太師和兵部尚書張大人的力保之下，還進了兵部，擔了一個五品郎中之職。

這消息也讓冷華庭哭笑不得，太子對此也三緘其口，並不置評。

第九十三章

因著事情都解決了，太子也該回去，可心裡惦念著錦娘，路上恰巧遇上了白晟羽，便一同來了別苑。

錦娘扶著腰站在正堂裡，她如今肚子大了，就不太喜坐著，就喜歡成天晃悠，太子見了就皺了眉。「弟妹，妳也坐。」

「呃，我站著就好，站著舒服呢。」錦娘笑得沒心沒肺，她家相公一大早出去練兵了，她閒得慌，正想著一會子去王妃屋裡膩歪一陣呢，太子殿下來了，又知道他不日就要回京，便勉為其難，陪太子說說話吧。

「還是坐下吧，我看妳那樣站著都累。」太子無奈地勸道。

「太子妃殿下不是懷過孩子嗎？殿下呀，您不知道，孕婦是要多走動、多站的嗎？」錦娘笑了笑，還是依言坐下了，隨意說道。

太子被她說得一怔，腦子裡只記得太子妃大肚子的模樣，卻是從不知道她懷孕時是坐得多，還是動得多，那時在宮裡，他好像每天都很忙，後院還有其他的妃子……怎麼到了此地，其實更忙，卻是對錦娘一天一天的變化都看在眼裡了呢？

「這樣嗎？那妳以後就多走動些吧……」太子有些心不在焉，但嘴角卻是含著笑的。

「過兩日我便要回京了，妳可有東西要帶給小枚？」

錦娘聽得一怔。在王府裡，也就只有上官枚還算得上是個好人了吧，太子不說，她還真的忘了這一茬呢，可是，她的東西大多在江南別院裡頭，有好些都炸壞了，不由嘟起嘴來，為難地看著太子。

太子莞爾一笑道：「就知道妳沒準備，放心吧，我方才著人備了些江南的土產，一會兒回去送給小枚，只說是妳的心意就是。」

錦娘聽得眉花眼笑，就要起身行禮致謝，太子一揮手阻止了，卻是斂了笑，正色地看著她道：「弟妹，太子哥哥就要回京了，妳和小庭在江南，一定要小心謹慎，無事千萬不要離開這皇家別苑裡，我會把最好的太醫留下來，等妳生時一定用得著的。」

錦娘聽得心中一暖。太子的話有些嘮叨，像個大哥哥一樣，卻很溫暖，透著濃濃的關懷與不捨。相處了一陣子，錦娘對太子的印象很好，他是位謙謙君子，身居高位卻平易親和且睿智正直，將來一定是難得的一位明君。

太子走後，冷華庭滿頭大汗地回來了，與錦娘閒聊了幾句便拉著白晟羽一道，去了太子居所。

太子正在準備一些東西，聽他說要去江華府，眼中便閃過一絲異色，含了笑道：「你是來拉我一起去的嗎？」

「那倒不是，殿下身分如此尊貴，怎麼能紆尊降貴地去見那種人？臣是來稟報一聲，一會子給您送份大禮回來，您可要想好賞些什麼給臣才好。」冷華庭俊臉上帶著淡淡的笑意，斜睨著太子道。

太子聽得莫名，微挑了眉，促狹地走近冷華庭，故意逼近他道：「小庭在太子哥哥心中的地位可是無人能比，你看中什麼，儘管拿去就是，不用拿什麼功勞來換的。」

冷華庭一聽臉就黑了，推著輪椅連連後退，像太子身上沾了什麼毒物似的，看得太子既好氣又好笑。

「殿下可是說好了，只要我提要求，殿下一定會應下的，是吧？」人雖離得遠了些，卻是揪著太子話語說的，眼裡閃著狡黠的光芒。太子無奈地笑笑。「只要你的要求不違背人倫，不違反律法，我應了你又何妨？」

冷華庭要的就是這話，他將手一拱，拉過白晟羽道：「三姊夫給我作個證人，一會子咱們去辦，給殿下送份大禮了，殿下可要兌現承諾。」

冷華庭一出太子府，便與白晟羽、冷謙幾個鑽進了一輛馬車裡，三人各拿一套衣服換了起來。

冷華庭竟然穿了一身女裝，還是大紅的嫁衣，他原本就長得美豔，再穿紅裝，便更顯妖媚動人，就是白晟羽也被他那勾魂的模樣看得怔了神，無奈地笑道：「若是弟妹看到你這樣子，不知道會不會罵死我啊，她好好的一個相公被人弄成了傾城美人啊。」

冷華庭無奈地對他翻白眼。

只有冷謙，不管冷華庭化成什麼模樣，他仍是一臉冷漠，剛毅的臉上看不到半點表情。白晟羽真對阿謙佩服得五體投地，在如此美豔絕倫的冷華庭面前，怕也只有阿謙能如此淡定了。

卻說江華府尹，因著買到一位貌若天仙的小妾，高興得一反素日低調自持的習慣，在府上請了幾桌大宴賓客，等到鞭炮齊響，鼓樂共鳴時，他親自握著美人柔軟的小手，下了轎，送進了洞房，外面賓客未散，胖胖的府尹大人就已經耐不住了。

掀開蓋頭的那一瞬，他看得錯不開眼。

蓋頭下的小妾一臉羞怯，眼波粼粼，吐氣如蘭，面容嬌豔，潤澤的唇泛著誘人的秀色，府尹大人身子立時打了個顫，某處早就等之不及了，將她往懷裡一拉。小妾對他嫣然一笑，那笑容如盛開的牡丹，嬌豔華麗，勾得府尹大人魂都丟了一半，手裡的動作便輕柔了起來。小妾嘴角含笑，自懷裡拿出一方繡帕，裝作掩嘴發笑，手在半路卻改了方向，是對著府尹大人的鼻口捂去。

那府尹大人立即眼一翻，直直地向後倒去。

那小妾便打開窗子，向窗外拍了幾下，立即，冷謙和白晟羽自窗外跳了進來。

阿謙一進來，便在那江華府尹身上搜索著，半晌，只在那人身上找到一塊木刻的黑色牌子，拿了遞給冷華庭。

冷華庭見那木牌上刻著一頭灰狼，嘴角便含了笑意，又對白晟羽道：「姊夫可看過他的耳根？指不定是個假貨呢。」

白晟羽聽聞向那江華府尹的耳後根摸去，果然看到有個細小的痕跡，他也算是有了撕假面具的經驗了，正要去撕那人的假面，冷華庭卻制止了他。「把他弄到太子那兒去，在他清醒之後揭開更好。」

而冷謙和白晟羽推著冷華庭，隨後進了太子屋裡。

太子著人打開那麻袋一看，立即怔住了，不解地看著冷華庭道：「小庭，他便是你要送給我的禮物嗎？」

「殿下不認為這是份大禮嗎？」冷華庭淡笑著，推了輪椅過去，在那府尹身上邊點數下，再提起桌上的茶壺往他頭上一澆。那知府悠悠地醒轉，待清醒一些，一抬眸，便看到太子殿下高坐於堂，而自己才娶回的小妾卻是一身男裝，又化回織造使大人的模樣，頓時驚得目瞪口呆，張口結舌。「你……你……怎麼可能是你？你的腿……」

「知府大人，您在說什麼？」冷華庭冷厲地看向那府尹，眸光如刀一般，那知府打了個冷顫，將頭上的水甩了甩，垂著頭，一副瑟縮膽小的樣子，臉上掛著謙卑的笑，卻是暗暗運功。無奈，身上好幾處大穴道全被點了，還被捆了個結實，根本無法動彈，只好認命地放棄，訕訕地道：「您有何事，儘管吩咐下官就是，這……這……下官怎麼說也是一方父母，如此可是有辱朝廷顏面的。」

「你可真會裝啊，三姊夫，撕了他的假面吧。」冷華庭真不願意再跟那知府嘰嘰歪歪，對白晟羽道。

那知府聽得渾身一顫，神情立即變得猙獰起來，白晟羽嘻笑著上前，一下便撕掉了那江華知府臉上的面皮，露出白皙卻粗獷的面容來，當真是一張陌生面孔，而且，是有著西涼人特徵的長鼻深眼面容。

太子見得一怔，立時大怒。這知府果然是西涼人所扮，也不知道在大錦潛伏了多少年，怪不得，那些賊人對江南境內瞭如指掌，而那些想要將自己炸死的炸藥，很有可能便是這知府私藏並運進江南別院的。

那知府知道行藏敗露，倒也不再做出謙卑拘謹的樣子，神情變得懊喪起來，眼睛卻是倨傲冷厲的，他譏諷地笑道：「沒想到，堂堂織造使大人竟然肯如此下作，嫁了老夫做妾呢，哈哈哈！」

太子聽得一陣錯愕，轉頭看冷華庭，卻見他神情淡淡的，並無怒氣，倒是不太相信那府尹的話。以小庭的性子，最恨的便是人家說他男生女相，更不可能真的穿女裝。

「你在蒼狼裡定然擔任了不小的角色吧？」冷華庭果然不答知府之話，單刀直入地問道。

那知府唇角含了絲譏笑，傲然看著冷華庭道：「老夫聽不懂你所說的話。」

白晟羽聽了便又笑著將他身上那塊黑木令牌搜了出來，遞給太子。太子一見那令牌上的雕刻和狼形，臉色更加暗沈，轉頭對冷華庭道：「小庭，你果然是送了份大禮給我，這份情，太子哥哥記下了。」

冷華庭笑了笑道：「很好，殿下可是記住，將來要答應我一個要求的便是。」

說著，自腰身抽出軟劍來，迅捷地挽了幾朵劍花，將那江華知府四肢手腳筋脈盡數割斷，淡淡地對太子道：「此人一身龜息功練至了爐火純青之境，若非使計，根本就捉他不回，所以得廢了他一身功夫，不然穴道解除就危險了。他那府裡定然還有同黨，殿下速派人去捉拿歸案。」

太子見了很是贊同，傳令下去，包圍江華府。

那日便在皇家別苑裡，太子連日密審那知府，果然得知他乃蒼狼的副統領，西涼南院大王最得力的侍衛長，殺了真正的江華知府，潛在江南一年之久，為的便是探聽基地上的秘密，無奈簡親王看似糊塗，其實機警得很，先前大半年根本無法探得半點消息。

他的官位雖是不高，但所守的江華府卻是重鎮，那幾位世子自然是很願意與他交結的，尤其是簡親王世子。而他，也得到了很多想要的機密，更知道了影響基地最重要的人物是孫錦娘，便與主子策劃了那一起爆炸，正好又有人想要謀害太子，自然是一起辦了。

冷華庭施盡多種手段，終於得知，二老爺在西涼地位尊崇，經常出沒南院大王府邸，儼然以大王最心腹的手下自居，就是這知府也要聽從冷二的命令，如今冷二早就潛回西涼，並未在大錦境內了。

太子要啟程回京，冷華庭和錦娘起了個大早，四兒兩個進來後，臉色都有異，錦娘看著就奇怪，仔細一看，四兒的眼紅紅的，像是哭過，而豐兒則是有點神思不定。

「這是怎麼了，眼睛紅得像隻兔子似的。又是阿謙對吧？除了阿謙，妳還能為什麼事情哭？」錦娘沒好氣地將她往外面拉。「走吧，我幫妳找能管得了的人去。」

四兒聽了，磕絆著跟在後面，想走，又有些猶豫，小聲說道：「是他大哥，非要他跟著太子爺一同回京呢，兩個人方才在那邊院子裡打起來了，奴婢去看了一眼，卻被冷大人罵了回來，說奴婢是……是禍水。」

錦娘聽得眉頭一皺。這個冷遜還真是死腦筋呢，怎麼都說不通，不知道強扭的瓜不甜嗎？

「走，去看看，我就不信了，真找不著人治他。」錦娘心裡來了氣，扯著四兒就往外走。

冷華庭推著輪椅跟在後頭。

錦娘到了阿謙住的小院裡，果然遠遠地就聽到打鬥聲。

「謙弟，父親時日無多，你再是有氣，他臨走前也該見上一面吧，這可是身為人子應盡的孝道。」

「他死了，我會磕個頭，算是了了這一生的父子之情。可我說過，他在世，我是不會踏足那府裡一步的，如今不是正好嗎？你可以一人繼承他的家業就是，少了人跟你搶，你不是應該更開心？」冷謙一改往日的寡言少語，邊打邊說道，只是臉上仍是表情缺缺，連一個憤怒的眼神都欠奉。

冷遜大怒，大罵他不孝。這時，錦娘走進院子裡來，看著便有氣，冷笑道：「阿遜啊，你不覺得無聊嗎？為什麼非要拉著冷謙回去，他可是織造使大人的護衛，職責就在江南，沒有織造使大人的差遣，他不能跟你走。」

錦娘不過是拿了雞毛當令箭，她也不知道自家相公這個織造使大人是否就真的能夠命令到冷謙、冷遜兄弟。

「夫人，此乃屬下家事，您最好不要管。」冷遜冷冷地對錦娘說道。

錦娘就見太子自那邊正走過來，便大聲道：「冷大人，你無非就是怕阿謙一直留在這裡，跟四兒好對吧？」

「一個身分低賤的奴婢，最多只能進冷府做妾，哪有資格做冷家媳婦？」冷遜沒好氣地對錦娘說道。

「誰說四兒姑娘身分低賤了？」太子抬腳進來時，就聽見冷遜在貶四兒，不由皺了眉問道。那日在地道裡，若非錦娘身邊這個機靈的丫頭，他只怕便會死在那暗道裡了，四兒也算得上是太子的半個救命恩人。

冷謙、冷遜見太子來了，忙停了手。「殿下，阿謙執意要娶那四兒為妻，全然不顧父母之命，此乃大不孝。」

「怎麼？孤的救命恩人難道配不上你的兄弟不成？」太子搖著扇子，慢慢踱到冷遜身邊，斜睨著冷遜。

冷遜聽得一滯，不敢反駁，只是又瞪了四兒一眼，那神情像要將四兒吞了似的。

錦娘看太子的模樣，便覺得今天四兒怕是能得償所願了，所以，故意大聲說道：「不就是個門戶不對嘛？難得四兒和阿謙情投意合，殿下，您幫幫他們吧。」

「嗯，四兒和豐兒兩個救駕有功，孤特免了她二人奴籍，封六品宮廷女官，專門服侍冷夫人。」太子朗聲說道。

四兒聽了還怔怔的，沒回過神來，豐兒卻是機靈得很，立即扯了四兒就俯身下拜，高呼千歲，四兒這才回過神來，跟著磕頭道謝。

六品女官雖然仍是服侍錦娘，但身分卻比奴婢不知道高出了多少，只要主子允許，女官是可以嫁人的。太子此舉，既抬了四兒和豐兒的身分，更是提高了錦娘的身分，這意思也很明顯，回京之後，錦娘的封賞定然很快就會下來，至少也是個二品的誥命，冷遜若再以四兒身分不配來阻止阿謙的婚事，那就說不過去了。

只是這明顯是太子以權壓人，冷遜雖不敢反駁，眉頭卻是皺成了一團。

錦娘看著就想笑，挺著肚子走到冷遜身邊道：「阿遜啊，我原想著讓你喝阿謙和四兒的喜酒呢，看來，你是喝不到了。麻煩你回府去對叔父大人言明，阿謙和四兒的婚事，本夫人會妥妥當當地幫他們辦了的，保不齊，明年就能為你冷家添個新丁呢。」

冷遜聽了臉色更黑，不過，他也知道錦娘如今的地位不比往日，不能太得罪了，雖然他氣惱冷謙不孝，但若冷謙兩口子真得了錦娘兩口子的信賴，對他冷家的好處是不可估量的。如此權衡下來，冷遜也轉了臉，拱手對錦娘道：「那就有勞夫人了，舍弟的一切全靠夫人打理，下官回去必勸家父，早日迎了四兒姑娘回府。」

嗯，這態度還不錯，早這樣，也不必自己費那麼多口舌了。錦娘聽了很滿意，四兒更是喜出望外，兩眼淚盈盈地看著冷謙，偏生冷謙最受不得她這個樣子，難得地紅了臉，彆扭地轉過臉去。

錦娘又向太子行了謝禮，太子笑看著她，又說了幾句囑咐的話，才正式啟程。錦娘與王妃、冷華庭還有白晟羽幾個送至了院外。

太子走後，天氣便開始變得炎熱起來。冷華庭每日出去訓兵，錦娘的肚子一天、一天地大了起來，終於，當天氣轉涼，江南的香溢滿園的荷花開始凋零殘落，早開的菊花開始綻放時，錦娘的孩子也要瓜熟蒂落了。

生產的前幾日，錦娘的心便開始忐忑不安，既高興又害怕，每天都堅持在院中走動，儘量讓自己多運動。

太醫每天會來給她請平安脈，告訴她孩子很健康，而且，胎位應該是正的。錦娘聽了心中稍安，但還是害怕，這種害怕是沒來由的，就算身邊的人安慰再多，她還是會恐慌。

冷華庭每日裡不再出門，天天守著她，陪她在園子裡散步。她害怕時，他會溫柔握緊她的手安慰她，其實，他的心比她更加慌張。

這幾個月，錦娘常挺著肚子在屋裡畫圖紙。孩子生完後，新的基地就要開始籌劃興建，而她畢竟是個女人家，又有了寶寶，不可能總是拋頭露面、在外奔波，所以，她每日裡都要教冷華庭一些機械上的知識，將葉姑娘留下的圖紙改良，兩人一起商量著，怎麼製造出更加輕便實用的織布機。

冷華庭在這方面是天才，錦娘只需解釋一遍，他便會聽懂，並舉一反三，在錦娘修改葉姑娘的圖紙時，提出了很多合理的意見。

錦娘生產前，兩人終於將基地的圖紙規劃完整，而冷華庭完全可以脫離錦娘，自己領導創建新的基地。

太子回京後不久，皇上便下旨解除了簡親王的貪墨嫌疑，但王爺仍然每日繼續以暗衛身分出現，只是太子不在後，他便出現得頻繁一些。王妃卻是為著錦娘的即將生產而興奮焦慮，劉嬤嬤也與王妃和錦娘走得近了些，這些日子，她每日裡來南院坐一坐，與王妃聊聊往事，話家常。

這一天，錦娘扶著四兒在院子裡遊走著，突然，肚子一陣脹痛，下身像有什麼東西湧出，她心頭一驚，忙對四兒道：「快，要生了，咱們回屋去。」

四兒嚇了一跳，看著錦娘一臉的痛苦，忙道：「少奶奶，您還能走嗎？讓人抬了擔架來吧！」

錦娘死死地拽著四兒的手，咬牙道：「不用，我能走回去，應該只是陣痛，這會子還生不下來的……」

四兒聽了，仍是大聲呼喚了起來。「快來人，少奶奶陣痛了！」屋裡張嬤嬤和秀姑兩個一陣小跑過來了，兩人一邊一個，夾了錦娘就往屋裡去。

那邊王妃也聽到了，丟下劉嬤嬤便開始吩咐丫鬟婆子們準備熱水。產婆和太醫是早就等在院裡的，一應用具早就安排妥當，產婆是在江華縣城請來的，聽說是最有經驗的接生婆，為這，冷華庭還派人調查過產婆的背景，覺得安心了才放進皇家別苑裡頭。

錦娘一陣陣痛過後，又鬆活了些，被秀姑和張嬤嬤兩個扶進了屋裡，卻不肯就此躺到床上去。以前她送過隔壁家的大嫂去醫院生孩子，也是陣痛了好幾個小時，醫生總說沒到時候，不讓進產房躺著，要她在外面走動，所以錦娘也明白，多走動，只會對生產更為有利。

但那請進來的產婆，四十幾歲，很是精明幹練的樣子，見了卻是皺了眉。「夫人最好還是躺到床上去的好，不怕別的，就怕陣痛時，您一個不小心，閃著了腰可不好，生孩子可就是靠腰間的那把勁呢。」

錦娘卻仍在地上轉悠著，不肯上床去，這時便聽到冷華庭在外面說道：「娘子，別害怕，我守在外面呢，妳好好地聽產婆的話啊。」

他聲音清亮溫柔，卻微微有些發顫，聽得出來他比錦娘緊張多了。果然就聽王妃在罵他。「庭兒，你快別說話了，這聲音會讓錦娘更緊張呢。」

冷華庭方才在屋裡看圖紙，錦娘陣痛時他並不知道，等她進了產房，才慌忙火急地趕過來，聽見裡面的對話聲，便更是著急，不知道該如何是好，又急又無助。錦娘關在屋裡，他是半點忙也幫不上，只能推著輪椅在正堂裡轉悠著，努力平復著自己內心的惶恐不安，死死地盯著產房那扇緊閉的門。

他只好閉嘴，無助地看著王妃。第一次，他像個沒長大的孩子，很希望能在王妃這裡得到安慰和力量。

王妃慈愛地摸著他的頭，細聲道：「沒事的，哪個女人都要經歷這一關，娘那時候生你也是這樣的，你爹爹也緊張得不得了，但娘還不是平安地將你生下來了？別緊張，你一緊張，錦娘只會更緊張的。」

房裡，錦娘聽到冷華庭的話，反而心情變得平靜下來。她原就是這個性子，遇到事情的緊急關頭，便放開心懷，坦然接受事情的過程。生孩子是最無助的，是無法讓人替代的，那個過程只能自己承受。想通之後，她便不再慌張。

終於，那種撕裂般的疼痛開始了，錦娘躺在床上後，雙手緊緊抓住床頭的木欄，死死地咬著嘴唇，儘量不讓自己叫出聲來。產婆在一旁教著她如何呼吸、如何用力，告訴她陣痛開始時才用氣，而且力氣要用在腰上，不要全憋在了臉和脖子上。錦娘哪裡明白這一些，當再一波陣痛來臨時，她終於發出了一聲慘叫。

聽得外面的冷華庭身子一顫，緊張地看著產房門。錦娘每叫一聲，他的心便像被人緊揪了一下，痛得快要緩不過氣來，整個人便像放在烈火上煎烤，難受得生不如死。

而屋裡，錦娘聽著產婆的話，幾次調整著自己的呼吸，但孩子總是不能下來。時間一點一點地流逝，錦娘心裡越發著急起來，那產婆的話聽著很有經驗，而且錦娘也是照著她的話來做的，但每每感覺孩子要生出頭時，不知為何，像是又縮了進去似的。張嬤嬤和秀姑在一旁也是急得一臉的汗，眼看著錦娘的力氣越發虛弱，呼喊聲都沒有了先前的大，看那產道卻仍是只開了兩指，心下就惶急起來。

但產婆卻是一臉的老神在在、不急不忙的樣子，秀姑問得急了，她便道：「沒法子，夫人太不聽勸了，把力氣都浪費在了地上，讓她上床歇著她非要走動，看吧，這會子沒力氣生了，只怕是難產了，孩子太大了。」

張嬤嬤聽得一陣惱火。這產婆的話聽著怎麼有股幸災樂禍的味道呢？

床上的錦娘雖然虛弱得很，但心智很清明，她每一次陣痛時，都跟著孩子一起在努力用勁，但那產婆似乎伸手在她腰間按住，輕輕往上一端，她的陣痛便能輕鬆很多，但原本要滑出去的孩子似乎又縮回了身體裡，張嬤嬤和秀姑可能不懂，但她卻能感覺得到。

而且，生產的時間越長，她感覺陣痛反而越小。她的心逐漸往下沈，再這樣下去，孩子可能會憋死的，而自己也會喪命。

她不甘心，一伸手，抓住秀姑的手，咬著牙，虛弱地說道：「讓……讓她……出去。」

秀姑聽得一驚。少奶奶這時候怎麼任性起來，正是生產的關鍵時候，怎麼能讓產婆出去？忙耐心勸道：「不成的，少奶奶，她才會接生，我和張妹子都不會啊，不能讓她出去。」

張嬤嬤在少奶奶眼裡看到了一絲堅毅，她雖無接生經驗，但也看過幾個孩子的出生，雖然她看不出產婆在哪裡動了手腳，但她相信少奶奶，這種信任是經歷幾番生死之後才有的。一路南下的過程裡，少奶奶一次又一次躲過了劫難，那絕對不僅僅是依靠運氣就能辦成的。

那產婆聽了錦娘的話，臉上並沒怒色，卻是大聲說道：「少夫人，您如今是痛急了，婆子不與您計較，您聽婆子，好生呼吸，來，跟著我吸氣，用力……」

一陣劇痛又襲來，錦娘用力的同時大喊。「抓……住……她……的手。」

張嬤嬤聽了就去抱住了那產婆，那產婆動不得，果然錦娘深吸一口氣，腰間一陣用力，孩子的頭終於出來了。張嬤嬤看著大喜，大聲喊道：「少奶奶，好樣的！再加油，頭出來了，快了快了！」

那產婆對張嬤嬤喝道：「別抱著我，快去托住孩子的頭，不然孩子的脖子會受傷的！」

張嬤嬤一聽忙鬆了她。孩子的頭露在產道外，那樣柔弱嬌嫩，她根本就不敢去托，那產婆將她往邊上一推，自己很有經驗地托住孩子的頭，在錦娘再一次用力時，輕輕往外一帶，孩子終於生下來了。

第九十四章

錦娘感覺身子陡然一輕，孩子滑下來的一瞬，渾身舒泰至極。原來，做母親，是要先痛，痛到了極致後，新生命降生的那一刻又是如此快樂幸福的呵。

孩子一生出來，張嬤嬤和秀姑二人喜不自勝，淚都快要流出來了。那產婆托起孩子，就去拿剪子，張嬤嬤心一突，猛地將孩子奪了過去。那產婆微怔了怔，笑道：「臍帶還沒剪呢，嬤嬤太著急了些。」

張嬤嬤自然知道臍帶沒剪，但方才錦娘生產的過程著實讓她膽戰心驚，尤其錦娘臨生時讓自己抱住那產婆，而且抱住了之後，孩子果然便順利生出來了，這讓她不得不對這產婆產生懷疑，見產婆拿剪子，張嬤嬤就心驚。孩子才出生，那剪子只要稍稍錯下位，可能就會傷害到孩子。

「我抱著，妳剪就是。」張嬤嬤對那產婆說道。

秀姑正幫錦娘拭著汗，見小寶寶被張嬤嬤抱在懷裡，還沒出氣呢，不由急了，忙放下帕子去拿乾淨的棉布。

那產婆眼神微閃著看了張嬤嬤一眼，很熟練地剪了孩子的臍帶，她的另一隻手將連著錦娘宮腔的臍帶纏在手指上，卻不往外帶。

孩子出來的小臉青紫，一直沒哭，張嬤嬤看著著急，倒提著孩子的腳，在他的小屁股上打了一下，孩子終於大聲哭了起來，那清脆響亮的聲音響徹了整個皇家別苑。

秀姑正好拿了包布來，和張嬤嬤兩個一起去給孩子打包了，誰也沒有注意那產婆並沒將錦娘宮腔裡的臍帶帶出來。

錦娘生完後，整個人便洩了力氣，正迷糊著想睡，突然便感覺到肚子又痛了起來，她一驚，微揚了頭去看，就見那產婆正猶疑著，似在想什麼事，目光盯著她自己的手指。錦娘心一緊，艱難地微坐了起來，終於看清那婆子手上正纏著臍帶……

「婆婆怎麼還不將胎盤導出來？」錦娘隨意地問道。

那婆子聽得一怔，臉上露出一絲尷尬的笑，手輕輕一帶，便將錦娘宮腔裡的胎盤扯了出來，再拿煮過了的紗布給錦娘淨身，高興地說道：「恭喜夫人，生的是個公子呢。」

錦娘這會子也聽到了寶寶的哭聲，她終是用勁太過，疲憊地睡了過去。

寶寶的哭聲震天價響，張嬤嬤也不哄他，和秀姑兩個將孩子打包好後便往外面抱。

卻說冷華庭在屋外急得成了熱鍋上的螞蟻，推著輪椅來回轉。錦娘的叫聲一聲比一聲慘烈，聽得他整個人都快要瘋了，他幾次衝到產房前，想要踹了那門進去，都被王妃死死地攔住。

「你做什麼，產房豈是男子能進去的？那不只是對你不吉利，對錦娘母子也不好，會有血光之災的。娘守在外面，就是怕你受不了了，會衝動。女人生孩子都是這樣的，你老實地待在外面等就好了。太醫都在呢，真要是難產，張嬤嬤也會叫人的。」

冷華庭聽了，只得又退回到堂中，死死地盯著那房門，聽錦娘的呼叫聲越發弱了，他的心揪得更緊，兩手緊緊地抓著輪椅扶手，指甲都深深摳進木扶手裡了，他卻全然不知。

總算，屋裡傳來一聲清脆響亮的哭聲，驚天動地，卻救贖了冷華庭和王妃兩個，王妃喜得手都顫了，衝著冷華庭就道：「庭兒，生了、生了啊！」

冷華庭一聽那哭聲，整個人都快要虛脫了一般，身子軟在了輪椅上，眼睛仍死死地看著房門，半晌，只聽見孩子的哭聲卻不見有人出來，他的心又揪了起來，大喊道：「錦娘……」孩子生了，卻聽不到錦娘的聲音，他莫名就害怕和慌張。

王妃也等不及了，讓碧玉看著冷華庭，自己就要往屋裡去。這時張嬤嬤終於抱了孩子出來，與王妃正好碰個正著。「王妃，是個小少爺呢，奴婢恭喜王妃，賀喜王妃。」

王妃一把就將孩子從張嬤嬤手裡抱了過來，揭了孩子臉上遮著的包布去看，只見自家的小孫子，小臉肉紅肉紅的，一頭青鴉鴉的頭髮伏貼地貼在頭上，大大的鳳眼正睜得老圓，好奇地滴溜溜亂轉，挺俏的小鼻子上有幾顆白色的小顆粒，像是胎裡帶來的胎痕，而那小嘴此時也不哭了，正嘟著，時不時地還吐兩個泡泡出來，就一個小版的冷華庭，看得王妃眉花眼笑，幾個時辰的緊張和害怕在看到小孫子的一瞬間全都化為烏有。

冷華庭這會子顧不得看兒子，推著門就要進去，碧玉見了忙攔住他。「少爺，等一會兒再進去吧，裡面正在收拾呢。」

張嬤嬤也道：「是的，正要給少奶奶擦身子呢，您一會子等屋裡的味兒散一散了再進去吧。」

冷華庭哪裡還等得及，先前沒有進去，是怕自己的緊張會給錦娘困擾，就像王妃說的，他什麼也不懂，什麼也幫不了錦娘，不若在外面等了實在，這會子他再也不顧她們的阻攔，推開門衝了進去。

秀姑果然正與那產婆兩個一起在給錦娘清理著，冷華庭便推了輪椅到錦娘身邊，看她小臉蒼白，睡得卻很安詳，心裡也跟著沈靜下來，輕輕撫弄著她披散在枕畔的秀髮，握著她放在錦被外的手，柔聲道：「娘子，辛苦了。」

錦娘睡得並不熟，初為人母的喜悅，讓她神情有些振奮，像是感覺到有人在耳邊說話，動了動手指便醒了過來，一睜眼，便觸到冷華庭深情凝視的眸子，看他滿頭大汗，精神委頓的樣子，便微微一笑。「看到寶寶了嗎？好不好看？」

「咱們生的兒子一定好看的。娘剛才把兒子抱去了呢，一會子說是讓產婆幫他洗洗再送進來。」冷華庭笑著點了下錦娘的鼻子道。

「不是三天才洗的嗎？怎麼一出生就要洗嗎？」錦娘聽得莫名，轉頭一想洗洗也好，孩子身上都沾著胎水呢……但那產婆……

「相公，那產婆有問題。」

錦娘突然便抓住冷華庭的手，將他的頭往下面一拉，在他耳邊輕聲說道。

冷華庭聽得一滯，一股怒火便直衝大腦，沈聲問道：「她方才下過手了？」

錦娘點了點頭，她不是很肯定，卻是感覺得到。

冷華庭快要氣炸。這個產婆他可是經過精心調查的，她在江華城內享有盛名，有著豐富的接生經驗，沒想到還是沒有防住……

「那我去殺了她。」冷華庭冷聲說道。

「別，我說不出證據的，相公。這會子沒有名目去殺她，我感覺，她的手段並不狠，下手時，也存了一絲善意的……」錦娘皺了眉道。接生時，她明明白白看到了那產婆眼裡的憐憫之色，像是在看一個即將死去的人一般，那眼神裡還是有一絲的不忍。

「我明白了。」冷華庭皺了眉說道。

就算冷華堂和冷二有心想要害錦娘，只怕也是鞭長莫及，手伸不了這麼遠的，那這個背後之人又會是誰呢？自己在朝廷裡又得罪了何人，會又想著要置自己的妻兒於死地？

一時間，冷華庭真的想不出這個人會是誰，錦娘也不知道，她的想法和冷華庭一樣，所幸這產婆沒有得手，那幕後之人怕是會找她的麻煩，循了這條線能挖出些東西來的。

兩人都沈默了。錦娘迷迷糊糊地又要睡，生孩子真是力氣活，她方才就是惦記那產婆的事才容易驚醒，這會子被冷華庭溫柔地撫摸著，心下覺得安寧得很，慢慢地又睡著了。冷華庭悄悄地退了出來。

冷華庭出了門，卻不見了王妃和碧玉，連張嬤嬤也不見了人影，自己的兒子還沒見過面呢，一時詫異，好在豐兒自耳房裡出來，見他四處張望，便笑道：「王妃抱著小少爺去了後院呢。」

冷華庭聽得了然，便自己推了輪椅往王爺所在的屋子裡去。果然王妃和張嬤嬤都在王爺屋裡，王爺修長的手臂正彎成了窩，小心翼翼地抱著他的小孫子逗弄著，眉眼裡全是笑意，不時還對王妃道：「娘子，妳看，唉呀，他又吐了個泡泡呢。」

「嗯呢，這小傢伙可真是調皮，才出生，哭了那一嗓子就不哭了，也不睡，真與別的孩子不一樣呢。」王妃笑得見牙不見眼。

冷華庭過去給王爺行了一禮，想要將兒子自王爺手上抱過來，王爺手一收道：「你抱什麼？自來便是男子抱孫不抱兒的，我是他爺爺，該我抱才是。你一邊去。」

冷華庭聽得一臉黑線，巴巴地看著王爺的手，王妃便笑著推了推王爺道：「庭兒還沒有見過寶寶呢，你讓他做爹爹的看看吧！」

王爺聽了這才依依不捨地將身子彎下一些，卻仍是抱著孫子不放，只是把寶寶湊到冷華庭面前，讓他瞧著。

寶寶玩累了，正打著呵欠，小手小腳都被包到包布裡面，似乎感覺不太舒服，便扭了扭脖子，聳了聳肩膀，濃長而秀氣的眉頭蹙著，一張嘴哇地一聲大哭起來。冷華庭看著那小肉團就錯不開眼。這就是自己的兒子嗎？是錦娘辛苦懷胎十月生下的兒子嗎？

他心裡升起一絲異樣的感覺，似乎有點不真實，那小小的、漂亮得像個小妖孽的孩子真是自己的嗎？伸了手，他小心翼翼地就想要去摸那張粉紅的小臉，可還沒觸到，寶寶一聲大哭嚇得他立即將手縮回，王爺惱怒地瞪了他一眼。「說了爹爹是不能抱兒子的，你看你，一碰他就哭了。」

王妃不由瞪了王爺一眼，道：「寶寶是餓了，哪裡如你說的那樣了？他這會子眼睛還看不清人呢，才生出來的孩子，六識都不全的。」

王爺聽了也急了。「小庭，奶娘呢？快叫奶娘來餵寶寶。」

「錦娘說她自己餵，說是自己餵的孩子更親一些，而且還……還那什麼，提高免疫力，對吧，是這話吧？小庭。」王妃接過寶寶，對王爺說道。

「嗯呢，娘，錦娘說是喝了母親的初乳能讓孩子少生病呢。」冷華庭終於有機會將孩子抱過來，臉上露出欣喜的笑意，手一觸到那一團小肉團，心便也跟著柔軟起來。他笨拙地、小心地抱著，推了輪椅往外而去，頭也不回地對王爺和王妃道：「我送寶寶去喝奶了。」

孩子抱到錦娘屋裡時，錦娘還沒醒，不過，寶寶一個勁兒地哭，聲音似乎能穿破雲端，錦娘很快被寶寶吵醒，冷華庭歉意地將寶寶抱近錦娘，錦娘睡眼惺忪地揭開被子。

錦娘看著自家兒子那乾哭的臉，不禁想起剛進王府時，某人動不動也是哭，讓所有人為他心疼和不忍，寶寶還真不愧是某人的兒子，臉長得像就算了，怕是性子也像了個七、八。不過，母子連心，寶寶的哭聲扯著她心疼，忙將寶寶抱進懷裡，擼起衣服側著身子給寶寶餵奶。

寶寶的嘴巴被塞住後，總算不哭了，大口大口吸著奶水，小身子還一抽一抽的，冷華庭看著就心疼，在一旁拍著他的背，錦娘拿手打他。「別動他，會嗆到的。」

王妃給產婆打了個大包紅，產婆吃過飯後便來向錦娘辭行。錦娘什麼也沒說，倒是也打了個包紅給她，那產婆似是心中有愧，有些不好意思接，她神情有些尷尬，立在錦娘床邊很不自在的樣子，錦娘輕拍著剛剛睡著的寶寶，小聲對產婆道：「您拿著吧，您是我家少爺的接生婆，該得的。」

產婆滿臉羞愧地接了，並退了出去。

張嬤嬤一直將她送到皇家別苑的二門外才回轉，但那產婆等張嬤嬤一離開，便加快了腳步，彷彿逃似地往別苑前門跑，但沒走多遠，便被一名宮女攔住。「嬤嬤何事如此驚慌？不是怕人搶了妳的封賞吧？」

產婆一聽那聲音，身子都有點軟，哆嗦著手道：「姑娘這是說哪裡話來，此乃皇家別苑，誰人敢做那傷天害理之事？」

「喔，如此說來，嬤嬤倒是個良善之人，不知拿雙份賞錢，心裡有沒有愧呢？」那宮女聲音冰冷如霜，聽得那產婆一顫，頭都不敢抬，手裡卻是拿了一個大包紅遞給那宮女。「姑娘請收下吧，只說我無能為力，非不想為，那位夫人太過精明，我被識破了，只能罷手。」

那宮女裝作不懂，也不接她手裡的包紅，卻道：「嬤嬤的話說得莫名，我不過跟您笑話呢，嬤嬤既是家中有事，那便請吧。」

產婆聽了如釋重負，忙抬腳便往外走，但走到假山處去，身後突然閃過一個人來，拿了刀便向她背後捅來。她渾然無覺，眼看著那刀便要刺中她，有人用劍架住了那把殺人的刀，那持刀之人一驚，抬眼看去，立即一臉蒼白。

阿謙上前奪了他手裡的刀，這時那產婆才回過神來，看著身後明晃晃的鋼刀，整個人便癱在了地上。

一名暗衛押著那宮女自另一邊走了出來，阿謙卻道：「少爺，怎麼處置這幾個人？」

冷華庭施施然自假山後推了輪椅出來，看著那名行刺的皇家侍衛，冷笑道：「就在此地審案吧，最好是將他們的主子一併引了出來。」

那宮女聽了，卻是冷笑地對冷華庭道：「大人，此處乃是皇家別苑，奴婢幾個都是宮裡的人，你們不過是寄居於此，無權審問奴婢們。」

冷華庭聽得哈哈笑。「那本大人審這婆子還是可以的吧。」

那宮女聽得一窒。那婆子並非皇宮裡的人，又是給錦娘接過生的，冷華庭懷疑了她又有證據的話，她還真不能阻止。她不由惡狠狠地瞪了那婆子一眼，威脅意味十足。那婆子被那鋼刀嚇破了膽，心知今天她再難逃過一劫去，那個幕後之人不管她有沒有成功都會將她滅口的，倒是不用冷華庭開口問，自己趴跪在冷華庭面前，大聲說道：「大人，正是這位宮女，她說讓奴婢對少夫人下手，想要害得少夫人一屍兩命，婆子心軟，沒有下得手去。」

冷華庭聽了便斜了眼睨著那宮女，淡淡地說道：「妳可是聽明白了？這位婆子可是指證了妳，而且，方才妳與她的一番對話，本大人也聽得清清楚楚，妳還有何話說？」

「不過是一個鄉野粗人，大人何必聽她信口開河，她無憑無據地亂咬人呢。」那宮女絲毫不懼，冷笑著回道。

那婆子還真的拿不出什麼證據來，聽了只得紅著眼看著那宮女，只對冷華庭道：「大人明察，婆子與少夫人往日無仇、近日無冤，原又是做此營生的，害了夫人，只會讓婆子臭了名聲，斷了前程，若非她逼著婆子，婆子也不會做如此下作之事。」

冷華庭自然信她，他微瞇了眼看著那宮女。

「阿謙，分筋錯骨手。我倒要看看，是她們的筋骨硬，還是她們的嘴硬。」冷華庭淡淡地對阿謙說道。

那宮女不由大怒，大聲喊道：「大膽！誰敢在皇家別苑裡放肆，統統視同謀反！」

一時，院中的侍衛便圍了過來，抽刀冷冷地盯著冷華庭。

冷華庭突然縱身飛起，對那宮女連連甩了幾個清脆的耳光，打得那宮女立即臉腫如豬頭，又輕飄飄地坐到自己的輪椅上，然後用帕子擦了擦手，對圍攏的侍衛淡淡地說道：「你們敢輕舉妄動一下試試。」

那些圍攏的侍衛有幾個也看得分明，知道那宮女的所作所為，太子在別苑裡住時與織造使大人的關係有目共睹，這宮女不知死活敢對夫人下手，他們犯不著也跟著摻和。如此一想，有人便向後退去。

阿謙在冷華庭打那宮女時，已然對那行刺的侍衛下了手，立時，那侍衛便如殺豬般嚎了起來，大聲道：「屬下只是奉劉嬤嬤之命行事，大人饒命！」

冷華庭聽得一怔。沒想到幕後之人竟是與王妃交好的劉嬤嬤，她是……劉妃娘娘的人……

阿謙又提起那宮女，只是兩手一錯，剛被冷華庭打得暈頭轉向，目星直冒的宮女也立時慘叫了聲來，身上的骨頭似乎被一寸一寸地折斷著似的，疼痛難忍，咬著牙堅持不到幾分鐘，她便招了，大喊著饒命，也供出了嬤嬤的名字。

冷華庭讓阿謙和暗衛提著這兩個，押著那產婆回了自己的院子。不多時，那劉嬤嬤一臉憤怒地被暗衛推搡著進了正堂，王妃和王爺聽到動靜，都到了正堂，一見這情形，心裡便明白了七、八分。

王妃不可置信地看著劉嬤嬤，顫著聲音問道：「真是妳嗎？是妳買通婆子下手要害我的兒媳婦和孫兒？」

劉嬤嬤聽了，看著王妃的眼睛裡便帶了一絲憐憫，無奈地搖了搖頭道：「劉家三個姑娘，二姑娘，您可真是個異類，幾十年如一日地單純，與其說是單純，不如說是愚蠢，連誰要害妳誰對妳好都沒分清，又何怪別人會一再對妳下手？」

王妃聽得一窒，美麗的大眼裡蘊滿淚水，痛苦地搖了搖頭，身子顫抖著倒退了好幾步。

王爺看著心疼，伸了手就想要扶她，但畢竟他如今不能暴露身分，只好憐惜地看著。他實在是氣急，大步走到那劉嬤嬤面前，突然出手扼住了劉嬤嬤的喉嚨，聲音如地獄閻羅般森冷。「說，是不是劉妃娘娘指使妳的？」

劉嬤嬤輕蔑地看著王爺，冷笑著，臉色全無半點懼色，艱難地說道：「改……改了頭……頭面便當奴婢……不認識了嗎？」

王爺手一擰，那劉嬤嬤立即再說不出話來，臉上被掐得醬紫，原本漂亮的大眼都快要突出眼眶來了，王爺才鬆了她，狠聲道：「妳最好是將罪狀和主使之人老實地寫下來，不然，妳知道我的手段，我忍妳主子很久了！」

劉嬤嬤被王爺扔在了地上，驚恐地看著王爺，捂著喉嚨咳了好一陣才道：「你……當真無情，虧得主子這麼些年一直也沒有對你下狠手，留得一分情意在，不然，你簡親王府早滅了。」

「妳真當我是傻子嗎？婉清善良溫厚，我不想對她明言，更不想她被污濁之事染黑，所以這麼些年來，任婉清與妳主子交好，但若非我在後面看著，妳那主子怕也早就對婉清下手了吧？當年，小庭的傷，妳主子定然也沒少摻和。」王爺也懶得顧及，冷冷地對劉嬤嬤道。

劉嬤嬤瞪大了眼睛看著王爺，好半晌才道：「原來，你是裝糊塗，你一直在裝！」

「妳那主子聰明反被聰明誤，什麼都想要，怕是最終什麼也得不到。如今太子地位穩固，她還是早些死了心的好，不要因野心害了她自己的兒子才是。我今天不殺妳，他日帶了妳回京，讓妳跟妳主子見面，將我的話悉數轉告於她，她若再如此下去，別怪我不客氣了。」王爺說完後，扶著王妃往內堂而去。

冷華庭聽了半天也沒聽明白王爺的話，便讓阿謙將那劉嬤嬤、宮女、侍衛一併關押了起來，又將那產婆打了三十大板，才扔了出去。

自己轉回王爺屋裡，但王妃正在哭，他也不好再問，王爺的臉也是黑如鍋底，冷華庭想著就氣，忍不住衝著王爺吼道：「您明知她是劉妃娘娘的人，又明知劉妃娘娘一直針對簡親王府，怎麼還放任她害錦娘？差一點就將錦娘害死了，當年，您犯過這樣的錯，如今……您還要再犯一次?!」

王爺聽了長嘆一聲，眼神痛苦地看著冷華庭道：「庭兒，你當父王是神仙嗎？那劉嬤嬤原是犯了錯，被劉妃娘娘貶到江南別院的，爹爹原以為她應該對劉妃娘娘心存怨氣的，而且這些日子以來，她一直就在說著怨恨劉妃娘娘的話，她被貶到這裡已經多年，我怎麼也想不到她竟然是劉妃娘娘的一著暗棋，一著埋了多年的暗棋呢？」

——未完，待續，請看文創風078《名門庶女》7精彩結局！

文創風 071 4

相公生得俊美無比又腹黑無敵，
她孫錦娘也不差，
宅鬥速速上手，如今更能使計設陷阱，
一步步靠近幸福將來……

文創風 073 5

才剛過一陣子舒心日子，
陰謀詭計又接連而來，
當真是應接不暇，
不過他們小倆口也不能任人欺凌，
如今也要將計就計，反將一軍……

文創風 077 6

王府掩藏了十幾年的秘密，
終於一一水落石出，但傷害依舊，
因此她更堅定地要愛，
愛相公、愛家人，
用愛反擊一切陰謀！

文創風 078 7 完

終於能見到相公站起來，
玉樹臨風、英姿凜凜，
教她這個做妻子的多驕傲，
等了這麼多年，經歷各種離別，
他們總算能看見
最終的幸福日子……

文創風 077

名門庶女 6

國家圖書館出版品預行編目資料

名門庶女 / 不游泳的小魚著. --
初版. -- 臺北市 : 狗屋, 民102.02-
冊 ; 公分. --（文創風）
ISBN 978-986-328-039-2（第6冊：平裝）. --

857.7 101027936

著作者	不游泳的小魚
編輯	戴傳欣
校對	黃薇霓　林若馨
發行所	狗屋出版社有限公司
地址	台北市104中山區龍江路71巷15號1樓
電話	02-2776-5889～0
發行字號	局版台業字845號
法律顧問	蕭雄淋律師
總經銷	知遠文化事業有限公司
電話	02-2664-8800
初版	102年4月
國際書碼	ISBN-13　978-986-328-039-2
原著書名	《庶女》，由瀟湘書院中文网（www.xxsy.net）授權出版

定價230元

狗屋劃撥帳號：19001626

網址：love.doghouse.com.tw　E-mail：love@doghouse.com.tw